AF154115

ars vivendi ®

Foto: © Birkefeld

Ewald Arenz' umfangreiches Werk wurde vielfach ausgezeichnet und in mehrere Sprachen übersetzt. Bei ars vivendi erschienen u. a. der Kriminalroman *Das Diamantenmädchen* über das Berlin der Goldenen Zwanzigerjahre, der Familienroman *Ehrlich & Söhne*, der luftig-leichte Sommerroman *Ein Lied über der Stadt*, sein heiter-apokalyptischer Roman *Herr Müller, die verrückte Katze und Gott*, seine Erzählbände *Eine Urlaubsliebe* und *Plötzlich Bescherung* sowie die Familiengeschichten *Meine kleine Welt*.

Ewald Arenz

DIE ERFINDUNG DES GUSTAV LICHTENBERG

ROMAN

ARS VIVENDI

2. Auflage Sonderausgabe
5. Auflage 2024
© 2004 by ars vivendi verlag
GmbH & Co. KG, Cadolzburg
Alle Rechte vorbehalten
www.arsvivendi.com

Lektorat: Sabine Cramer
Umschlaggestaltung: finken & bumiller, Stuttgart
Covermotiv: Margarita Steshnikova / shutterstock
Druck: CPI books GmbH, Leck

Printed in Germany

ISBN 978-3-7472-0515-0

Die Erfindung des Gustav Lichtenberg

Für Bärbel

I

1

Es war das romantischste aller Jahrhunderte, in das Lichtenberg geboren wurde, wo auch immer. Es muss ja so sein, dass ein Ende schon abzusehen ist, damit man eine Zeit verklären kann. Es muss so sein, dass man schneller und intensiver zu leben versucht, weil man weiß, hier neigt sich etwas dem Ende zu, hier geht etwas für immer verloren. Und während die einen, die Dichter und Sänger, schon mit vorauseilender Wehmut und immer größerer Süße vom verlorenen Blau sprachen und sich nach Japan sehnten oder nach Amerika, da konnten die anderen es nicht erwarten, bis das Neue entstand.

Die Welt wird aufhören, still zu sein, muss Lichtenberg gedacht haben, der tagsüber lachende Junge aus irgendeiner kleinen Stadt, in der es nachts finster und das Schweigen schwer war und alle Ängste eines kleinen Jungen erst mit dem Sonnenaufgang verflogen. Die Welt wird anfangen zu singen, muss der junge Lichtenberg gedacht haben, als er auf seiner Reise, noch zu Fuß und zu Pferde, an den Eisenhütten am Rhein vorbeikam und die Hämmer auf dem Stahl hörte. Sie wird singen und klingen, muss er gedacht haben und versucht haben mitzupfeifen, als er das erste Mal ein Dampfsignal schrillen hörte. Die Welt wird leuchten, muss er gedacht und sein Herz wild geklopft haben, als er das erste Mal abends auf einem Hügel stand, mitten auf einem ungepflasterten Weg zwischen Feldern und Wiesen, und auf Berlin sah, das schon Gaslicht hatte. Und ich mache sie singen, mache sie hell und bewege sie. Und er dachte den wilden, halb verhohlenen Gedanken, dass er ein Werkzeug Gottes sein könnte, auserwählt, die Menschheit zum Licht zu führen. Alle denken das einmal, wenn sie jung sind, in freudigem Erschrecken. Auch Gustav Lichtenberg.

Es war ein romantisches Jahrhundert. Die Maschinen bekamen Namen wie »Rocket« und »Adler«, und die Opfer der Jungfernfahrten waren Helden, die für den Fortschritt starben, auch wenn sie, wie jener britische Abgeordnete, nur zu dumm waren, um rechtzeitig die Gleise zu überqueren. Ein Husar werden oder ein Ulan im glänzenden Waffenrock? Ach, lachten die jungen Männer wie Lichtenberg, ein Gewehr abfeuern kann jeder. Aber wer schmiedet den Stahl dazu, zieht den Lauf? Solche wie Lichtenberg träumten nicht mehr davon, auf dem Pferd zu sitzen. Pferde – altmodisch. In Berlin, rechneten sie vor – gesetzt den Fall, Verkehr und Bevölkerung nähmen gleichbleibend zu –, werden die Straßen in zwanzig Jahren halbmeterhoch in Pferdemist stecken, man wird der Pferde nicht mehr Herr werden, der Hafer wird gänzlich für das Pferd draufgehen. Pferde! Aber – ein Dampfboot führen! Herr über fünfzig, siebzig Pferdestärken auf einmal! Im Rauch stehen und die Pfeife schrillen lassen. Wenn sechzig Mann ein Schiff flussauf treideln, an ihnen vorbeizugleiten, voller Kraft, und dabei Herr über eine Maschine, die noch zehnmal so stark ist. Was für ein Abenteuer!

So muss Lichtenberg damals den Weg in die Stadt Berlin genommen haben, den Kopf voller Träume und voller Maschinen. Er wird gesungen haben, vor lauter Lust an sich selbst, seinem Erfindergeist und seiner Jugend. Und vielleicht denkt er auch an seine kleine Stadt und an die Apothekerstochter Clara. Ihretwegen ist er hier, macht er sich vor, und doch weiß sie nichts von seiner Liebe.

2

Von Gustav Lichtenberg hatte Ludwig das erste Mal gehört, als er ein Buch über Erfindungen des neunzehnten Jahrhunderts las, das ihm der Amtschef zum Einstand geschenkt hatte. Obwohl dieses Jahrhundert doch das bürgerlichste war und dazu das ordentlichste, das Jahrhundert, in dem die ersten Lochkartensysteme verwendet wurden, um Einwohner zu zählen, das Jahrhundert der Schädelvermessung für Passkontrollen und der erneuerten peniblen preußischen Verwaltung, gab es auch in diesem Jahrhundert Platz für so eine schillernde Gestalt wie Lichtenberg, von dem später keiner mehr mit Gewissheit sagen konnte, ob er auch wirklich gelebt hatte. War Lichtenberg überhaupt Lichtenberg gewesen? Als Revolution war, 1848, war er zum ersten Mal aufgetaucht. Keiner der Abgeordneten der Paulskirche natürlich, sondern ein junger Handwerksgeselle, fiebernd vor nationaler Erregung und voller Freiheitswillen, wie alle anderen, aber vor allem voller ungeheurer Ideen zu großartigen Erfindungen, bei denen die englische Dampfmaschine immer wieder eine wichtige Rolle spielte. Auf den Barrikaden in Berlin habe er in den Märzkämpfen gestanden, erzählten manche, andere behaupteten, er sei in Baden gewesen und habe sich Struve angeschlossen. Nur – ein Gustav Lichtenberg tauchte in keinem Polizeibericht auf, es gab keine Meldezettel und keine Pässe mit seinem Namen, kein Kirchenbuch, in dem seine Geburt vermerkt wäre. Ein Gustav Neumer aus Lichtenberge war für Berlin verbürgt, aber der starb auch dort. Lichtenberg aber soll nach 1849 in die Schweiz oder nach Amerika gegangen sein, wie so viele gescheiterte Revolutionäre. Aber auch in England, geben andere Quellen an, soll er gewesen sein, in den Kohlegruben Manchesters oder in London. Eines der Bücher über die Industrialisierung, das Ludwig gelesen hatte, nannte Lichtenberg als einen jener meist namenlosen Ingenieure, die durch zahllose kleine Verbesserungen die Maschinen des Kohlebergbaus immer weiterentwickelt hatten, der aber, wie tausend andere auch, in den Schatten Bessemers oder Bells oder Stephensons geraten war.

»Lichtenberg«, schrieb der Autor, »ist so vergessen wie der Erfinder des Kippschalters oder des Blinkers im Auto. Wahrscheinlich ist der Kettenantrieb an einem Förderband oder die Brechwalze an einer Grubenmaschine seine Idee gewesen, aber das Leben ein kleines Stück leichter gemacht zu haben, genügt eben nicht, um berühmt zu werden.«

Daran erinnerte sich Ludwig, als er nach Hause kam und die Papprolle, die er aus dem Archiv des Patentamtes mitgenommen hatte, auf den Tisch legte. Er hatte keinen Hunger, trank nur ein Glas Wasser und warf die Jacke über einen Stuhl, dann öffnete er die Papprolle und zog die Zeichnung heraus. Das war der spannendste Augenblick. Nicht das halb verbotene Kramen im Archiv und auch nicht der Moment, in dem er mit der Rolle unter dem Arm am Pförtner vorbeiging. Nein, es waren diese wenigen Sekunden, die er brauchte, um eine Zeichnung in einen Begriff zu übersetzen, die so spannend waren. Das war, wie als Kind nach Schätzen im Garten graben: der Augenblick zwischen dem Schurren der Schaufel auf Metall und dem Moment, in dem man entdeckte, dass es – natürlich – nur eine alte Stange war, auf die man gestoßen war. Trotzdem hatte er damals immer weiter nach Schätzen gegraben.

Er rollte die Zeichnung auf und legte sie auf den Dielenboden. Die Ecken beschwerte er mit Bleiklötzen, die noch aus dem physikalischen Institut stammten und als Buchstützen in seinen Regalen lagen. Und dann sah er den Namen in geschwungenem Sütterlin und schwarzer Tusche, links oben, umrahmt von einem genau gezogenen Rechteck neben der Nummer der Patentanmeldung und dem Jahr, 1899. Gustav Lichtenberg. Da musste er über sechzig gewesen sein, rechnete Ludwig automatisch. Wenn es stimmte, dass er in den 1830er Jahren geboren worden war. »Gustav Lichtenberg«, sagte Ludwig laut und plötzlich aufgeregt. Irgendwo hinterlässt man immer eine Spur. Das war schon fast ein Schatz! Lichtenberg. Diesmal schurrte die Schaufel nicht nur auf Metall, diesmal glitzerte es auch verlockend in der Tiefe. Diesmal ließ die Spannung nicht nach, wie sonst immer, wenn er schon halb enttäuscht auf die Konstruktionszeichnung sah. Er blickte auf die Zeichnung und hielt für eine Sekunde den Atem an, dann holte er tief und scharf Luft. Er hatte schon viele Skizzen dieser Art vor sich gehabt, denn es war ja sein Beruf, sie auf ihre Patentfähigkeit zu prüfen. Aber eine Zeichnung wie diese, das wusste er, war noch nie durch seine Hände gegangen. Lichtenberg!, dachte er und pfiff tonlos durch die Zähne. Er konnte die Schönheit der Maschine erkennen, noch bevor er wusste, was sie tat. Diese Zeichnung nämlich beschrieb eine Maschine wie eine Fuge. Aus dem Blatt, aus jeder mit der Zeichenfeder gezogenen Linie sprachen Klarheit und Präzision. Er kniete sich hin und folgte gespannt mit dem Finger den Verbindungen, las neugierig die Beschriftungen unter den altmodisch gefiederten Pfeilen, die auf bestimmte Teile wiesen. Draußen regnete es. Ludwig stand rasch vom Boden auf und schloss das Fenster, damit keine Tropfen vom Fensterbrett auf das Papier springen konnten. Dann kniete er sich wieder hin und betrachtete den Bauplan – diesmal mit einem kleinen Schauer, der nicht alleine von der Regenkühle kommen konnte. Es war wie das Erschrecken eines Kindes, das tatsächlich eine vergrabene Kiste gefunden hat, eine plötzliche Ehrfurcht: Was kam jetzt? Das hier war nicht einfach nur ein Kippschalter oder eine Flügelmutter, die den Alltag ein bisschen erleichterten. Dies hier war komplex und groß, aber offensichtlich bis ins Kleinste durchdacht, soviel konnte er sehen. Lichtenberg hatte zum Beispiel bei der Kraftübertragung des Kolbens auf ein – aus welchen Gründen auch immer – elliptisches Rad geschickt eine völlig ungewöhnliche Lösung gewählt, um den Totpunkt zu vermeiden. Aber mehr? Mehr verstand er nicht. Die Schatzkiste war schwer. Aber verschlossen.

»Was für eine Art Maschine ist das?«, murmelte Ludwig fasziniert, während er mit immer größerer Lust am Rätsel die beigefügte Explosionszeichnung durchging und Teile entdeckte, die ihm völlig unbekannt waren, »Wofür haben Sie diese Maschine gebaut, Herr Lichtenberg? Wofür?«

Er versuchte, dem Schema auf den Grund zu kommen, die Erfindung Lichtenbergs in einzelne Gedanken zu zerlegen und sie zurückzuverfolgen, bis er auf die Kernidee stieß, aber es war viel zu kompliziert. Von manchen Reglern wusste er nicht, wie sie funktionierten, manche der eigentlich primitiven Schaltkreise erschienen ihm sinnlos. Trotzdem konnte er das Ganze so weit beurteilen, dass er sah, hier war nichts ohne Zweck und bestimmtes Ziel. Er war kein Ingenieur, leider. Er war nur Physiker. Schließlich richtete er sich auf, saß in der Hocke auf den Fersen vor dem Plan und dachte nach. Er musste die Beschreibung finden, dachte er, aus der Skizze allein ging nicht hervor, welche Funktion die Maschine hatte. Wahrscheinlich ist es etwas völlig Profanes, versuchte Ludwig sich gegen eine Enttäuschung zu wappnen, so etwas wie eine frühe Geschirr-spülmaschine oder ein Aufzugmotor. Aber im Stillen hoffte er doch, dass seine Ahnung und sein Gefühl für Maschinen ihn nicht trogen und dass diese Maschine etwas Besonderes war. Vielleicht hatte Lichtenberg nur keine Geldgeber auf-treiben können. Er hatte die Prüfgebühr nicht bezahlt, sonst wäre die Zeichnung nicht in das Regal der ungeprüf-ten, vergessenen Erfindungen geraten. Es kam ja eigent-lich fast nie vor, aber manchmal geschah es eben doch, dass einer einen Schatz fand. So, wie es eigentlich im letzten Jahrhundert nicht vorgekommen war, dass einer aus den Kirchenbüchern und den Karteien der Meldestellen und Behörden verloren ging.

Um die Kiste zu öffnen, brauchte er die Beschreibung. Zu jeder Zeichnung im Patentamt gehörte eine Beschreibung. Natürlich war es nicht erlaubt, Pläne aus dem Patentamt mitzunehmen, aber diese Skizzen waren ohnehin für die Welt verloren. Ludwig hob die Zeichnung auf und spannte sie sorgfältig an der Wand auf. Dann machte er sich etwas zu essen, setzte sich an den Tisch und aß, während er den Plan an der Wand gegenüber betrachtete. Nach und nach glitt er, ohne es zu merken, in Erinnerungen und schließ-lich in einen leichten Schlaf, bis er, schon spät abends, vom Tisch hochschrak und verwirrt ins Bett ging.

3

Natürlich könnte es sein, dass Lichtenberg nicht sein rich-tiger Name gewesen ist. Man kann sich vorstellen, dass der junge Gustav durch die Straßen seines Heimatstädtchens geht, und da liegt im Schaufenster des einzigen Buchladens der Stadt ein Werk des Göttinger Professors, des geistvollen Physikers und Meisters der geschliffenen Aphorismen, es liegt aufgeschlagen hinter einer staubigen Scheibe auf dunkelblauem Samt, wie man damals eben Bücher präsentierte. Und die aufgeschlagene Seite zeigt wieder ein Buch, und daneben steht: »Wenn ein Buch und ein Kopf zusammenstoßen und es klingt hohl, ist das allemal im Buch?« Und der sechzehnjährige Gustav braucht einen kleinen Augenblick, bis er den lakonischen Witz verstanden hat, aber dann lacht er los, kann gar nicht anders, lacht schallend laut, steht prustend und immer wieder aufs Neue loslachend vor dem Buchladen und kichert noch auf dem Heimweg, er braucht bloß an das Wort Buch oder Kopf zu denken. Vielleicht weiß er gar nicht, dass es eine Verwandtschaft zwischen seinem Kopf und dem des anderen gibt, dass auch er die Fähigkeit hat, ungewöhnliche Verbindungen zu ziehen, anders zu denken als all die anderen. Aber sobald er das verstanden haben wird und seine Stadt vier Jahre später verlässt und das erste Mal in einer der ordentlichen hessischen oder thüringischen oder brandenburgischen Herbergen einkehrt und das Polizeibuch ausfüllen muss, vielleicht schreibt er da, ohne nachzudenken: Gustav Lichtenberg. Vielleicht muss er lachen dabei, über den gelungenen Betrug, über die Freude, plötzlich jemand anderer zu sein.

4

An dem Abend, als Ludwig den Plan fand, war er noch lange nach Feierabend an seinem Schreibtisch gesessen und hatte vorgegeben, noch arbeiten zu müssen, bis schließlich alle gegangen waren. Dann war er aufgestanden, hatte das

Licht ausgedreht und war auf den Gang getreten. Er mochte es, allein im Amt zu bleiben und die langen Flure entlang ins Archiv zu gehen, an den dunklen Milchglasscheiben der Bürotüren vorbei. Das Linoleum auf dem Boden vor den Fenstern der Westseite spiegelte verschwommen das Aufleuchten der Wolken vor der untergehenden Sonne, und es war still. Es war vor allem diese Stille, die er liebte, wenn alle Geschäftigkeit des Tages erloschen war und das Gebäude wartete. Dann hoben sich die wenigen übriggebliebenen Geräusche an die Oberfläche, und man konnte sich vorstellen, die große Maschine Welt arbeiten zu hören.

Kurze Zeit nach Antritt seiner Stellung hatte er in den Stunden, die ihm neben seiner Arbeit blieben, begonnen, das Archiv zu erkunden. Der große Saal, in dem zwischen alten, gusseisernen Säulen in hohen Regalen die Patentschriften aus zweihundert Jahren aufbewahrt wurden, in denen die technischen Zeichnungen Tausender Erfindungen in Rollen lagerten und die zugehörigen Beschreibungen in gestochener Tuscheschrift zusammengelegt in schwarzen, harten Kartons, dieser große Saal erinnerte Ludwig an den alten Steinbruch vor dem Dorf, in dem er aufgewachsen war. Chronologisch und alphabetisch geordnet lagen die Erfindungen, nützliche und phantastisch sinnlose, nebeneinander, vergessene und millionenfach Wirklichkeit gewordene, übereinander. Rohrsysteme, Schaltkreise, Wasserdruckmotoren, gasbetriebene Pumpen, Flügelräder – Ludwig stellte sich manchmal die Zeichnungen all dieser Erfindungen an einer riesigen Wand ausgestellt vor, in einem Museum, das dem Willen der Menschen gewidmet war, dem Willen zur Weltveränderung.

An diesem Abend war er durch die Gänge geschlendert, an den Schiebeleitern vorbei, die an den Regalen lehnten. Ludwig war eine von ihnen hochgestiegen, hatte im Hochsteigen die Namen gelesen, die Jahreszahlen und die Patentnummern. Manchmal tat er das: holte eine der Papprollen hervor, zog den Bogen heraus und sah sich die Zeichnung an. Es gefiel ihm, in den Erfindungen zu stöbern wie in einer Bibliothek. Er versuchte, aus der Zeichnung zu erkennen, welche Funktion die Maschinen hatten. Manchmal kam es vor, dass diese technischen Darstellungen bestechend einfach waren. Ein paar Linien auf dem Papier, die ersten vier Buchstaben des Alphabets reichten aus, um eine grundlegende Neuerung zu beschreiben, etwas Selbstverständliches, woran nur noch niemand gedacht hatte. Das war, als ob die Welt ein Muster hätte, das man nur zu erkennen brauchte, und er wollte verstehen, wie man das Muster der Welt sichtbar macht.

Deshalb war er Physiker geworden, dachte er, als er von der Leiter stieg. Deshalb hatte er das Dorf verlassen. Die Physik war die Lehre von den unsichtbaren Gesetzen, nach denen die Welt geordnet war. An manchen Maschinen, den besonderen, konnte man die Gesetze ablesen wie aus einem Buch. Und wer die Gesetze kannte, der konnte sie für sich benutzen. Manche Maschinen waren eine überraschende Auslegung dieser Gesetze wie das Rotorschiff oder die Natronlokomotive. Und manche Maschinen sahen aus, als würden sie die Gesetze überlisten. Wie das Perpetuum mobile. Es hatte ihn, wie immer bei diesen Wanderungen durch das Archiv, zu seinem Lieblingsregal in der westlichen Ecke des Raumes gezogen. Ludwig war ein ernster Mensch, aber der Gedanke, dass diese schlampige Ecke erst abends richtig hell wurde, ließ ihn lächeln. Hier wurde nie etwas geholt, hier wurde immer nur abgelegt, hier sammelte sich der Schutt des Patentamtes. Die Patentanmeldungen, die nicht geprüft worden waren, weil dem Erfinder das Geld für die vorgeschriebene Prüfung gefehlt hatte oder weil er gestorben war oder weil er schon wieder eine neue Erfindung gemacht hatte, diesmal die wirklich revolutionäre, die eine Maschine, die das Leben der Menschen verändern und den Erfinder reich und berühmt machen würde.

Diesen Ort hatte Ludwig entdeckt, nachdem er die neue Stellung als Patentprüfer nur widerwillig angenommen hatte, weil er nach dem Studium nichts Besseres mit sich anzufangen gewusst hatte und ihm der Gedanke, in einem Großbetrieb arbeiten zu müssen, zuwider war. Das war der Ort, der Ludwig in seiner Stellung hielt. Hier stand er oft vor den unordentlich gestapelten Kartons, griff aufs Geratewohl nach diesem oder jenem Jahr, las die Patentbeschreibung und sah sich die Zeichnungen an, staunte manchmal über die Naivität der Erfinder, war manchmal heiter berührt, wenn er längst überholte Gerätschaften entdeckte wie die Bürstenwalze, eingereicht 1907. Sie ließ sich an Kutschen montieren, um die Pferdeäpfel aufzunehmen, angetrieben von den Hinterrädern und mit einer Kurbel versehen, damit der Kutscher sie während der Fahrt hinunterlassen konnte. Er lächelte zurückhaltend über Dinge, die sicher nie jemand hatte brauchen können – oder wollen: einen Kupferring mit eingelassenen Magneten, eingereicht 1922, von Damen um den Kopf zu legen, damit der Hut – ebenfalls mit Magneten versehen – am Kopf bliebe und die Verletzungsgefahr durch Hutnadeln in der Straßenbahn gebannt würde. Eine erwünschte Nebenwirkung sei die Linderung von Migräne, erwähnte der Autor. Eine automatische Dampfschreibmaschine, eingereicht 1897, ein monströses Gerät, dessen Tasten mit eigenwillig modisch gemusterten Schläuchen versehen waren, die zu einem etwas unhandlichen Hundertliterkessel neben dem Kontortisch führten. »Die Explosionsgefahr«, las Ludwig lächelnd, »lässt sich durch fachmännische Handhabung durch zuvor sorgfältig eingewiesene Kontoristen auf ein Minimum reduzieren.«

Aber das war nur die Unterhaltung, das Beiwerk. Er wusste nicht, was er suchte, ob er überhaupt suchte, wenn er hier unten stand und ein Patent nach dem anderen ansah. Ludwig war immer von Maschinen fasziniert gewesen. Neue Maschinen bedeuteten, dass jemand über das Alltägliche hinausgegriffen hatte, dass er weiter, anders und vor allem neuer gedacht hatte als die anderen. Aber dann hatte er die Sinnlosigkeit, hier unten zu stehen, gespürt, und seine Müdigkeit, die er eigentlich oben im Büro hatte lassen wollen, hatte ihn eingeholt. Es war ein dummes, absurdes Spiel, diese Zeichnungen zu stehlen, nur um sie zu Hause anzusehen und dann wieder zurückzubringen, immer aufs Neue enttäuscht. Mit einem Ruck und plötzlich mürrisch über sich selbst hatte er sich umgedreht und hatte gehen wollen. Im Weggehen war er in der Dämmerung über eine Kante gestolpert, hatte nach einem Regal gegriffen und dabei die Rolle zu fassen gekriegt. Er hatte sie aus dem Regal gezogen, wie absichtslos. Und als er sie in der Hand hielt, da war er schon weitergegangen und hatte sie sich schließlich unter den Arm geklemmt. Er lächelte kurz. Es war eben doch so, als ob man sich selbst eine Kleinigkeit mitbrachte und das dunkle Gefühl der Leere für einen Augenblick vertrieb.

5

Nachdem es die Nacht hindurch geregnet hatte, war es ein sehr schöner Morgen, in den Ludwig allmählich aus dem Schlaf auftauchte. Die Balkontür des gegenüberliegenden Hauses spiegelte durch die Balkongitter ein Muster aus Sonnenlicht an seine Decke. Er lag noch eine Zeit lang im Bett, nachdem er aufgewacht war, und ließ seine Gedanken sich selber denken. Sie bewegten sich alle mehr oder weniger um den Entwurf der Maschine. Er konnte sich vage an einen Traum erinnern, der mit der Maschine zu tun hatte. Morgens war eine gute Zeit zum Denken. Er wachte gerne früh auf, das war schon immer so gewesen. Dann lag er mit halbgeschlossenen oder offenen Augen da, im Zimmer bewegte sich nichts außer dem langsamen, fast nicht wahrnehmbaren Wandern des Musters an der Decke, und seine Vorstellungen konnten in schneller Reihenfolge vor ihm auftauchen und wieder verblassen, schon von der nächsten Idee überlagert. Was treibt uns eigentlich, dachte er, wieso stehen wir auf, ziehen uns an, arbeiten und essen? Wieso tun wir das eine und nicht das andere, wieso sind wir so und nicht anders? Die Kraft ist doch immer dieselbe, dachte er. Es ist immer dieselbe Energie, nur die Bauart bestimmt, was wir tun. Bisher hatte er sich treiben lassen. Es war, dachte er, während er beobachtete, wie der unscharfe Schatten eines Gitterstabes allmählich über eine Unebenheit im Putz der Decke glitt, als wäre ich bisher im Bau gewesen. Man hat mich gemacht, geformt und ausgebildet; jede Schulstunde und jedes Buch ein Rädchen mehr in meinem Getriebe, jede Erfahrung und jedes Gefühl eine andere Leitung, ich bin wie eine ungeheuer komplexe Maschine.

In der Renaissance hatte man das auch gedacht, erinnerte er sich. Aber da war die Vorstellung viel simpler gewesen, mit der Entdeckung der Uhr war man auf den Gedanken gekommen, der Mensch sei wie eine große Uhr, Gott habe ihn aufgezogen, nun liefe er nach vorbestimmter Weise ab, und manchmal zerbräche auch etwas in ihm und dann stünde die Uhr eben still. Die Adern: Schläuche. Die Sehnen: Antriebsriemen. Die Gliedmaßen: Hebel. Das Herz: die Pumpe. Richtig, dachte Ludwig, aber das Eigentliche hatten sie vergessen. Das wichtigste Bauteil, das dafür sorgt, dass man nicht einfach abschnurrt und dann stillsteht. Die Unruh. Daran hatten sie nicht gedacht. Und sie hatten sich auch nicht vorstellen können, dass es einmal Maschinen geben würde, die sich selbst veränderten, die so ungeheuer kompliziert in all ihren Wechselwirkungen waren, dass sie ein Eigenleben entwickelten, dass keine der anderen glich, sobald man sie eingeschaltet hatte.

So war er auch. So war jeder Mensch. Eine wunderbar gebaute Maschine, so unvorstellbar kompliziert, dass man sie niemals ganz verstehen würde. Allerdings, dachte Ludwig erstaunt über die Konsequenz dieses Gedankens, wusste man bei den meisten, wozu sie da waren. Ein Arzt heilte. U-Bahnführer beförderten Passagiere. Raumfahrer entdeckten den Mond. Wozu war er da? Es war, als ob er fertiggebaut, aber nicht eingeschaltet worden war. Der Gedanke durchströmte ihn mit einer Welle von Erregung. Die Lichtenbergmaschine war genauso. Vielleicht gehörten sie zusammen, dachte er, wenn ich weiß, was die Lichtenbergmaschine tut ... Er öffnete die Augen ganz. So ein Unsinn, dachte er. Ich bin Physiker, und die Physik weiß von keinem Gesetz, das Mensch und Maschine verbindet.

6

Selbst in einem Jahrhundert, in dem man leichter reiste als in unserem, in dem es nicht denkbar war, einen Beruf zu erlernen, ohne dazu im Ausland gewesen zu sein, könnte es Lichtenberg trotzdem schwergefallen sein, die Heimatstadt zu verlassen. Vielleicht brauchte es einen Anlass, selbst für jemanden wie den jungen Gustav Lichtenberg, der anders dachte als die anderen. Lag es an seiner Mutter, dass er anders dachte? Irgendwann verbietet der Vater – ein königlich preußischer Beamter – der Mutter, aus dem Haus zu gehen. Ihr Benehmen wird immer eigenartiger. Sie spricht auf der Straße Bekannte an, erklärt, fremde Sprachen verstehen zu können, ohne sie gelernt zu haben, sogar das Japanische, denn aus den Zeichen sei doch klar zu erkennen, was das Wort bedeute. Gustav kennt es nicht anders. Sie ist ja seine Mutter. Sie ist es, die sich fast ausschließlich mit ihm beschäftigt, ihm die schwierigsten Bücher vorliest, mit ihm spielt, endlose Spaziergänge unternimmt und ihn unterrichtet. Als er alt genug ist, um zu verstehen, dass es für die Mutter nicht nur ein Spiel ist, wenn sie sich vor den Schwarzen verstecken müssen, die er nicht sehen kann, spielt er doch der Mutter zuliebe immer noch mit. Der Vater darf nichts davon wissen. Manchmal betet die Mutter hastig ein Vaterunser nach dem anderen, isst und schläft tagelang nicht. Der Vater schämt sich ihrer, aber zu den Empfängen muss er sie doch mitnehmen, zumindest ein Mal im Jahr.

Einmal erklärt sie dem Kronprinzen, ohne ihm vorgestellt worden zu sein, dass der Vorsteher der Behörde ein französischer Spion sei und die Großherzogin Kopf der ultramontanen Verschwörung, die es ausgerechnet auf sie abgesehen habe. Der Kronprinz ist ein galanter Mann und macht einen Scherz daraus, die peinlich berührte Gesellschaft lacht befreit, aber von nun an darf Gustavs Mutter das Haus nicht mehr verlassen. Eine Witwe aus der Nachbarschaft kommt jetzt häufig, um sich des Hauses anzunehmen. Die Mutter wird immer schmaler, weil sie nicht isst und nicht schläft, weinend umarmt sie Gustav immer wieder, der – obwohl ein großer Junge – oft mitweinen muss. Ärzte kommen und gehen. Keiner kann so recht helfen. Hier wird Opiumtinktur verschrieben, da werden niederschlagende Tränke hergestellt. Phasen, in denen sie geheilt scheint, wechseln mit schlimmeren Anfällen. Gustav fragt die Ärzte aus, lässt sich Bücher mitbringen und medizinische Hauspostillen, durchsucht die väterliche Bibliothek.

Endlich stößt er auf eine Theorie, die plötzlich alles geraderückt, die alles zu erklären scheint. Atemlos und voller Hoffnung liest er vom tierischen Magnetismus, vom Fluidum, das Sterne und Menschen und alle Materie verbindet, dem vollkommen beweglichen Stoff, feiner als alle bekannte Materie. Er liest von den medizinischen Experimenten Brentanos mit dem Mesmerismus, von Galvanis Entdeckung der Muskelreizung durch elektrischen Strom und Mesmers zahlreichen Heilungen mit Hilfe des Bacquet, der großen Elektrisiermaschine. Magnetismus und Elektrizität sind die beiden Gesichter der elementaren Kraft, und alle Krankheit, so liest Gustav, komme von einer Störung des Gleichgewichts dieser Kräfte im Körper.

Beim nächsten Besuch des Arztes fängt Gustav ihn im Hinausgehen ab, fragt aufgeregt, erklärt wild und etwas unzusammenhängend, gestikuliert, bis der Arzt, der Mitleid mit dem Jungen hat, ihn versteht. »Mesmer ...«, lächelt er dann müde, weil er schon weiß, dass er dem Jungen nicht sagen können wird, dass es der Mutter immer schlechter geht, »Gustav, der Mesmerismus, das war so eine romantische Idee, auf die Kinder und Frauen schon immer gerne hereingefallen sind. Ein paar Hysterikerinnen hat Mesmer schon auch heilen können, aber deine Mutter ist keine. Und Mesmer hat es am Schluss auch eingesehen, glaube ich. Nein, Junge«, sagt der Arzt und schüttelt den Kopf, dem halbwüchsigen Jungen über die Haare zu streichen traut er sich nicht mehr, »mit Magnetismus ist da nichts zu machen. Wir verlassen uns lieber auf die Wissenschaft, was? Es gibt keine geheime, magnetische Verbindung zwischen Menschen und Sternen.« Und nickt aufmunternd. Gustav nickt auch, enttäuscht, zögernd, pflichtbewusst.

Drei Jahre später lässt der Vater die Mutter ins Tollhaus bringen. »Es geht nicht mehr«, erklärt er dem Sohn erschöpft, »ich kann nicht mehr. Und für sie wird es das Beste sein, glaub mir!« Aber jetzt sieht Gustav den Vater nur an. Er sagt gar nichts, gar nichts, und verlässt einen Tag später das Haus für immer. Es ist ein romantisches Jahrhundert, voll der großen Gesten.

So könnte es gewesen sein.

7

Ludwig beeilte sich, ins Patentamt zu kommen, den Morgen hindurch hatte er im Halbdunkel die Umrisse des Plans an der Wand gesehen und war schließlich gespannt aus dem Haus gegangen. Er freute sich darauf, die Beschreibung zu Lichtenbergs Erfindung zu lesen. Er hatte ein genaues Bild vor Augen, er kannte ja nun Lichtenbergs Schrift, ein Bild von einem Blatt, in engen Zeilen in der leicht geneigten Handschrift Lichtenbergs beschrieben. Vielleicht würde er Schwierigkeiten mit dem Sütterlin haben, würde die Buchstaben noch einmal nachschlagen müssen, aber das Wichtigste würde er erkennen können. So kam er ins Amt und begann seine Arbeit, mit Schwung und gutgelaunt.

Aber die Begutachtung der technischen Zeichnungen, die ihm zur Prüfung vorlagen, fiel ihm heute schwer, die Linien der Lichtenbergmaschine, die er vor Augen hatte, schoben sich dazwischen. Er machte Fehler, musste sich zusammenreißen und von vorne anfangen. Unvorhergesehene Probleme tauchten auf, ein Kollege war krank, nichts funktionierte. Ludwigs Schwung war gebrochen, der Tag wurde mühsam, und er wurde zunehmend missgestimmt, weil er absehen konnte, dass er tagsüber keine Zeit finden würde, um ins Archiv zu gehen und dort die Kartons nach Lichtenbergs Beschreibung zu durchsuchen. Er hatte zwar nie gefragt, aber da er im Rahmen seiner Arbeit mit dem Archiv nur wenig zu tun hatte, war er sicher, dass es ein Versehen war, dass sein Schlüssel für die Tür des großen Saals dort unten passte. Und da er sich diese Stunden im Archiv nicht nehmen lassen wollte, sah er zu, dass niemand dabei war, wenn er ins Archiv ging. Während sich sonst häufiger Gelegenheiten boten, schien es heute besonders schwierig. Schließlich gab er auf, beschloss, nichts übers Knie zu brechen, und wartete, bis der Dienst zu Ende war. Selbst dann musste er vorgeben, etwas vergessen zu haben, um noch einmal zurück ins Amt zu gehen. »Warte nicht auf mich«, sagte er zu dem Kollegen, »es dauert ein Weile.« Dann war er endlich allein.

Es war ein bisschen, dachte er, wie der kleine gespannte Moment, wenn man den Motor des alten Traktors zu Hause anwarf – man drehte die Kurbel mit Gewalt gegen den weichen Widerstand des Kolbens, riss sie herum, zog schnell die Hand weg, dass ein möglicher Rückschlag einem nicht die Knochen brach, und wartete auf das Anlaufen. Wie stolz man war, wenn der Traktor zitterte und langsam, stockend zu tuckern begann. Oder, dachte er, als er die Treppen hinunterstieg, die ihn immer ein wenig an die Schule erinnerten, und wurde rot bei der Erinnerung, oder wie der gespannte Augenblick, in dem man einen Brief unter der Bank weitergeben ließ, zur großen Liebe eines Viertklässlers. Aber dann presste er plötzlich die Lippen zusammen und merkte, wie sein Gesicht heiß wurde. Keine gute Erinnerung, in der ein unbeholfener Brief in der Pause den anderen Mädchen vorgelesen wurde und alle lachten. An diesem Tag und an den nächsten – die ganze Woche.

Aber, als er die Treppe hinter sich gelassen hatte und die Tür aufschloss, den Saal betrat und den Geruch von altem Papier und Holz atmete, da ließ die Spannung nach, und die besondere Lust am Alleinsein kehrte wieder, als er durch den hohen Raum in die Ecke der vergessenen Erfindungen ging, in der er am Freitag den Plan der Lichtenbergmaschine entdeckt hatte. Die Leiter rollte in einer Schiene oben an den Regalen, Ludwig schob sie an das Ende der Schiene und stieg hinauf. Die Kartons lagerten, nach Jahren und nach ihren Anmeldenummern geordnet, je fünf übereinander im Regal. Ludwig hatte sich die Nummer aufgeschrieben und suchte nach dem Karton. Aber da hier nur selten etwas geholt wurde, hatten sich die Boten meistens nicht die Mühe gemacht, die Kartons beim Zurückbringen wieder dort einzuordnen, wo sie hingehörten, sondern einfach hingestellt, wo gerade Platz war. Es war eine mühsame Suche. Die Nummern waren völlig durcheinander, die Folge der Jahreszahlen stimmte nicht, und Ludwig entschloss sich schließlich, einfach Karton für Karton durchzugehen.

Eine Dreiviertelstunde später stand er ganz oben auf der Leiter, holte tief Luft und biss die Zähne zusammen. Nein. Das konnte einfach nicht sein. Er hatte eine Nummer übersehen. Oder verwechselt. Vielleicht war einer der Kartons hinter die anderen gerutscht. Für einen Augenblick schloss er die Augen und sah sich selbst zu. Lächerlich, dachte er, was liegt an dieser Beschreibung? Was liegt an der Maschine? Eine Spinnerei. Natürlich. Es war nur eine Spinnerei. Für alle anderen. Doch wer versteht die Verliebtheit der anderen? Man lächelt milde, aber verstehen … Er begann noch einmal von vorne und ließ keinen Karton aus. Manchmal öffnete er die schwarzen Klappen mit den kleinen Metallecken und sah in die Schublade, um sicherzugehen, dass auch die entsprechende Beschreibung darin war, dass keine Verwechslung passiert war. Aber das konnte er unmöglich bei ein paar Hundert Kisten machen, und bei den Stichproben, die er zog, stimmte alles. »Ich finde diese Beschreibung«, murmelte Ludwig verbissen. Es war ein klarer Tag gewesen, und die Dämmerung hatte lang angehalten, doch jetzt nahm das Licht ab, es wurde spät. Die gusseisernen Säulen traten schwarz und massig gegen die Fenster hervor. Die Nummern wurden schwerer zu entziffern. Ludwig zwang sich zur Genauigkeit, bevor es zu dunkel wurde. Er konnte ja kein Licht anmachen, das von außen zu sehen gewesen wäre. Schließlich war er zum zweiten Mal fertig.

Er sah sich um, obwohl er wusste, dass er nichts übersehen hatte. Es konnte nicht sein, dass er nichts fand. Es war, als hätte man ihn betrogen, als sei wieder ein Versprechen nicht eingelöst worden. Kalte und klare Wut stieg in ihm hoch. Es hatte schon immer lange gedauert, bis er wütend wurde, und schon als er noch ein Kind war, hatten die anderen diese Wut gefürchtet. Es war keine hitzige, schnell kommende und gehende Wut, sondern eine schleichende, überlegte, zerstörerische Leidenschaft. Er wusste, dass er sich verletzen würde, aber er holte aus und schlug mit der Faust auf die Kartons ein. Er legte alle Kraft in die Schläge, die harten, dicken Kartons brachen, er zog die Schubladen heraus und kehrte sie um, Papier stob und flatterte, er griff nach den Blättern, zerriss sie, fegte Kartons aus den Regalen, trat mit Wucht gegen die Rollen, in denen die Zeichnungen aufbewahrt wurden, und zerknickte sie. Er sagte kein Wort, er schrie nicht, aber er hieb mit ungeheurer Kraft auf die Kartons, bis sie nachgaben, bis sie zerstört waren, bis er schließlich erschöpft und keuchend abließ und teilnahmslos die aufgeschürften Knöchel seiner Hand anstarrte. Blut sammelte sich langsam daran und tropfte auf die Fetzen der Beschreibungen von Maschinen, die alle Träume geblieben waren. Sein Traum war nicht dabei. Minuten stand er so, atmend, das Blut rauschte ihm in den Ohren, bis schließlich mit der zunehmenden Schwäche auch die Vernunft zurückkehrte und er sich daran machte, die Verwüstung so gut wie möglich zu vertuschen. Ihm war klar, dass diese Zerstörung nicht unentdeckt bleiben konnte, aber er hoffte darauf, dass es eine ganze Zeit lang dauern würde, bis jemand diese Ecke wieder genauer betrachtete. Inzwischen raffte er zerrissene Blätter zusammen und stopfte sie in halbwegs wieder in Form gebrachte Pappschubladen und diese zurück in die Bibliothekskartons.

Mittlerweile war es dunkel geworden. Gut, dachte er, es ist nichts verloren. Ich habe den Plan. Ein anderer Gedanke kam ihm und erfüllte ihn plötzlich ganz. Vielleicht sollte es so sein. Vielleicht war es gerade gut, dass es zu Lichtenbergs Erfindung keine Erklärung mehr gab. Außer ihm kannte keiner die Maschine. Und schließlich gab es eine andere Möglichkeit, die Funktion der Maschine zu entdecken.

Er würde sie bauen. Er musste sie einfach bauen, nach dem Plan, der zu Hause an der Wand hing.

Plötzlich hatte er Angst, dass in seiner Wohnung irgendetwas geschehen war, das den Plan zerstört hatte. Feuer vielleicht – hatte er den Herd ausgedreht? Vielleicht hatte er ein Fenster vergessen und der Wind hatte ... Der Hausmeister hatte einen Schlüssel. Wenn er unerlaubterweise ins Archiv ging, vielleicht ging dann der Hausmeister in seine Wohnung, wenn er nicht da war. Ludwig beseitigte hastig die letzten Spuren, soweit er noch etwas erkennen konnte, und beeilte sich, aus dem Amt zu kommen. Fast rannte er durch die Straßen nach Hause, stürmte die Treppen hoch und schloss die Tür seiner Wohnung auf, hastete in sein Zimmer und drehte das Licht an. Dann atmete er tief aus. Der Plan war, wo er sein sollte, nichts hatte sich geändert, und die Linien waren klar und schön.

Den Rest des Abends verbrachte Ludwig damit, den Plan durchzupausen und zu überlegen, wo er die Kopie sicher verwahren konnte. Als er endlich eingeschlafen war, träumte er davon, die Maschine zu bauen, zu Hause auf dem Dorf, in der Scheune vom Furtner. Die Lichtenbergmaschine war gleichzeitig der Dampfdrescher – groß, leise und voller Kraft, wie er ihn als Kind gesehen hatte.

8

»Gusseisen?« fragte der Werkmeister ungläubig. »Gusseisen? Sie wissen schon, dass Aluminium bereits entdeckt ist, oder? Gusseisen können wir hier gar nicht herstellen!«

Ludwig stand in der Werkstatt des physikalischen Instituts und hielt einen Stoß Blätter in der Hand. »Die Gehäuse für die Vakuumpumpen sind auch gegossen«, sagte er etwas unsicher, froh, dass er diese Reaktion vorausgesehen hatte.

»Ja«, sagte der Werkmeister sichtlich verärgert, »aber das ist Grauguss. Was Sie wollen, ist Temperguss. Sie wissen ja wohl, was der Unterschied ist, oder? Wozu brauchen Sie die Teile überhaupt? Ich hab so was noch nie gesehen!«

Das wunderte Ludwig nicht. Außer ihm hatte diese Teile noch kaum jemand gesehen. Er hatte zwei Nächte damit zugebracht, die Skizzen aus Lichtenbergs Explosionszeichnung auf modernes Papier zu übertragen und mit der entsprechenden Beschriftung zu versehen. Erst dann war er sich endgültig darüber klar geworden, dass er bereits dabei war, die Maschine zu bauen. Und erst dann hatte er sich Gedanken darüber gemacht, wie er überhaupt an die Bauteile kommen sollte. Ihm war klar, dass er sich fast alle Bestandteile der Maschine fertigen lassen musste und dass er das niemals bezahlen konnte. Temperguss zum Beispiel dauerte Tage. Jedes einzelne Teil musste mindestens zweiundsiebzig Stunden lang geglüht werden, damit der Kohlenstoff im Eisen zur Temperkohle und der Guss schmiedbar wurde. Er war am Küchentisch gesessen, eine Tasse Kaffee vor sich, und hatte mutlos den Plan angesehen, bis ihm eingefallen war, wo er die Teile herstellen lassen konnte, ohne sie bezahlen zu müssen. Als ihm das physikalische Institut in den Sinn kam, war ein plötzliches Hochgefühl durch ihn geströmt. Doch er müsste etwas Verbotenes tun. Natürlich. Und er war kein Draufgänger, aber hier hatte er auf vage Weise das Gefühl, dass es gerecht sei zu lügen. Er konnte doch niemandem erklären, dass er eine uralte Maschine bauen wollte, um herauszufinden, wozu er da war, wieso er auf so seltsame Art mit dieser Maschine verbunden war, dass er sie unbedingt bauen musste.

In der Experimentalphysik gab es eine eigene Werkstatt, die Geräte für die einzelnen Arbeitsgruppen baute. Wenn man Student war. Und wenn man einen vom Professor unterschriebenen Auftragszettel hatte. Und wenn man die Materialkosten über die Arbeitsgruppe abrechnete.

Ludwig hörte dem Murren des Werkmeisters mit einem freundlichen Gesicht zu. War er das?, dachte er ungläubig. Er war doch zurückhaltend, und außer den vielen kleinen Unehrlichkeiten, die jeder halb unbewusst begeht, hatte Ludwig noch nie jemanden betrogen, jemanden so dreist belogen. Es musste an der Maschine liegen. Er hatte ja auch noch nie das Gefühl gehabt, dass er in seinem Leben etwas wirklich Wichtiges getan hätte. Es hätte, dachte er verbittert, auch keinen Unterschied gemacht, wenn es ihn gar nicht gäbe.

»Passen Sie auf«, wandte er sich an den Werkmeister, »wenn Sie wollen, rufen wir den Professor an, und Sie beschweren sich bei ihm. Woher soll ich wissen, warum er ausgerechnet Temperguss braucht? Ich gebe bloß den Auftrag ab und ...«

Der Werkmeister beruhigte sich, und Ludwig merkte erstaunt, wie sicher ihn der Ärger gemacht hatte, oder besser das Verlangen, eine Spur zu hinterlassen und nicht einfach irgendwer zu sein. Es wurde ihm klar, dass er nicht wollte, dass von ihm nur so halbverwehte Abdrücke blieben wie von Lichtenberg.

Es war schwer gewesen, an den Auftragszettel zu kommen. Er wusste aus seinen Studientagen, dass einer seiner Professoren bereits unterschriebene Zettel im Büro der Arbeitsgruppe verwahrte, damit man nicht jedes Mal zu ihm kommen musste, wenn man einen Auftrag hatte. Nur kannte er niemanden aus der Gruppe mehr, und deshalb hatte er wie ein Dieb im Gang warten müssen, bis der

Raum leer war, hatte sich mit klopfendem Herzen in den Raum geschlichen und die Schubladen durchgesehen, hektisch, mit schwitzenden Händen und sogar zitternd, bis er endlich ein Blatt gefunden hatte, es an sich riss und aus dem Büro stürzte. Und das Schlimmste kam ja erst noch – er würde die Teile abholen müssen, und die Arbeitsgruppe würde eine Rechnung bekommen für etwas, das sie nie bestellt hatte. Ludwig hatte plötzlich das Gefühl, sich in wenigen Minuten völlig verstrickt zu haben, aber er konnte ja immer noch zurück, er musste nur dem Werkmeister die Papiere abnehmen, sagen: »Ich frage lieber noch einmal nach«, und alles wäre vorbei. »Wann kann ich die Teile abholen?«, fragte er stattdessen und fügte noch hinzu: »Es ist eilig.«

»Ach«, sagte der Werkmeister, »erzählen Sie mir was Neues« und ging zum Kalender.

»Donnerstag in einer Woche«, sagte er, »nachmittags.«

»Danke«, sagte Ludwig und verließ die Universität. Er musste sich zwingen, nicht zu rennen, und schrak zusammen, als ihn ein Assistent grüßte, der ihn noch von früher kannte. Aber schon begann er sich vorzustellen, wie er das Holzwägelchen mit den Gussstücken aus der Uni schieben würde, stumpfgrau, aber noch warm und nach Öl riechend. Die Lichtenbergmaschine, dachte er dann. Ich baue die Lichtenbergmaschine.

Eine Woche noch, bis die Teile fertig waren. Ludwig verließ das Amt jetzt immer mit den anderen, aß auswärts in einem der billigen Lokale und wanderte stundenlang durch die Stadt, um müde zu werden und schlafen zu können, damit es schneller Morgen wurde. Er besorgte all die Teile für die Lichtenbergmaschine, die er sich nicht anfertigen lassen musste. Seine Wohnung nahm immer mehr den Charakter einer Werkstatt an. Metallschrauben,

Nieten, Schellen und Blei zum Dichten häuften sich an den Wänden. Aber irgendwann war er auch damit fertig, und das Gefühl des Schwebens und Wartens wurde immer stärker. Die Vorstellung vom Bau der Maschine nahm zwanghafte Züge an, und er konnte nicht mehr einschlafen. Seine Gedanken gingen im Kreis, verhedderten sich zwischen den Linien der Zeichnung, und die Glocken der Kirchen waren die einzigen Anker in der Nacht. Sie erinnerten ihn leise und ohne Nachdruck an zu Hause, an ruhige Abende, bis er endlich einschlief.

Er sprach kaum während dieser Tage. Seltsam, es war ihm nie aufgefallen, wie wenig er redete. Die Gespräche mit den Kollegen ließen sich ohne Anstrengung führen, oberflächlich und in dem Augenblick vergessen, in dem sie endeten. Und Freunde? Es war nicht so, dass er sich in Gesellschaft gar nicht bewegen konnte, aber die Menschen um ihn herum blieben ihm fremd, wohl vor allem deshalb, weil er sich nur ganz selten für jemanden wirklich interessierte. Die Welt war übervoll von Rätseln, die zu lösen waren, voller Strukturen, die man nachzeichnen und entschlüsseln konnte. Dagegen erschienen ihm die Menschen oft sehr gleichförmig und bestenfalls wie einfache Unbekannte in einer Gleichung. Für die Lösung konnte man den einen an die Stelle des anderen setzen und kam doch zum Ergebnis. Nur selten traf er Menschen, die ihn mehr interessierten, die nicht nur komplex und voller Widersprüche waren, sondern dabei auch noch in einer Weise auf ihn wirkten – und er auf sie –, die er nicht verstand, nicht einmal ansatzweise. Er wusste nur, dass diese wechselseitige Wirkung existierte.

An dem Tag, an dem er die Werkstücke abholen konnte, wachte er lange vor der Zeit mit einem Ruck auf. Die Stimmen der Vögel waren noch unterscheidbar, denn es dämmerte eben erst. Die Kirchturmuhr schlug fünf Uhr. Vor Ludwig stand der Plan der Lichtenbergmaschine, ohne dass er die Augen öffnen musste. Er konnte im Geist jede Verbindung nachfahren. Und er stellte sich vor, wie er ein Teil an das andere setzen würde. Er fühlte fast die schwarze, unregelmäßige Oberfläche des Tempergusses, hörte das sanfte Reiben, wenn die Stücke ineinanderglitten, und den dumpf metallischen Ton, wenn das Ende der Muffe erreicht war und man hören konnte, dass die Rohre saßen. Er stellte sich vor, wie die Maschine wuchs, es war, als ob die Linien auf dem Plan sich vom Papier lösten und sich zu einem Modell formten, dicker und grau wurden und schließlich die Maschine bildeten.

Und dann kam er nicht weiter, seine Phantasie trug ihn nicht über den Augenblick hinaus, in dem die Maschine angeworfen würde. Es war, als ob es in seinem Geist eine Schwelle gäbe, die er nicht überschreiten konnte, hinter der alles nichtssagend leer war. Ludwig erschrak zuerst über seinen Mangel an Vorstellungskraft. Möglichkeiten! Es musste doch Möglichkeiten geben. Aber dann verstand er, warum das so war: Er müsste die Maschine nicht bauen, wenn er sich vorstellen könnte, was in dem Augenblick geschähe, wenn er sie anschaltete. Der Leerlauf ist zu Ende, dachte er und warf die Bettdecke zurück, endlich. Eine besondere Erregung überkam ihn, während er sich anzog, frühstückte, nervös auf und ab ging, bis es Zeit wurde, in die Universität zu fahren. Er hatte sich schon am Vortag krankgemeldet, weil er sich nicht vorstellen konnte, im Amt zu sitzen und auf den Abend zu warten, um dann erst anzufangen, die Maschine zu bauen.

Das Holzwägelchen, das der Werkmeister halb missmutig, halb stolz auf die Fertigstellung in der kurzen Zeit präsentierte, war ungeheuer schwer.

»Ich gebe Ihnen jemanden mit«, sagte der Werkmeister großzügig, nachdem Ludwig den Wagen in drei Minuten eben bis zur Schwelle gezerrt hatte.

»Nein!«, wies Ludwig ihn fast schroff zurück, »ich schaffe das schon.«

»Wie Sie meinen«, zuckte der Werkmeister die Achseln, »ich wollte, ich hätte so viel Zeit wie ihr Studenten«, und kümmerte sich nicht mehr um ihn.

Ludwig war froh darüber, denn er hätte nur schwer erklären können, wieso er nicht den Lastenaufzug in den zweiten Stock nahm, woher der Auftrag ja vorgeblich kam. »Wunderbar«, keuchte er im Gang, als er wütend den Wagen hinter sich herzerrte und sich einbildete, sehen zu können, wie die Räder Spuren im Linoleum hinterließen, »wozu habe ich studiert? Ich hätte mir ausrechnen können, wie schwer das Zeug ist!« Aber gleichzeitig sah er die seltsam schön geformten Ventile, die Rohre und Klappen, die fein geformten, ineinanderliegenden Ringe, die kunstvoll frei drehend aufgehängt waren, das halbmetergroße Schwungrad und zwei feine Kolben. Alles glänzte leicht von dem Öl, mit dem man die Teile geschützt hatte. Er biss vor Anstrengung die Zähne zusammen, aber er lächelte. Schließlich hatte er den Karren draußen.

Das Auto, das er sich von einem Amtskollegen geliehen hatte, lag nur noch knapp über dem Boden, als er alle Teile verstaut hatte, hektisch und immer in Angst, dass jemand aus der Arbeitsgruppe käme oder der Werkmeister oder sonst jemand, der ihn fragte, wieso er eine halbe Tonne Gusseisen umlud. Schließlich brachte er den Holzwagen zurück und fuhr danach, mit einem letzten Aufwallen an Panik, am Pförtner vorbei.

Vier Stunden später saß er völlig erschöpft auf dem Boden seines freigeräumten Wohnzimmers mitten zwischen über hundert Teilen einer Maschine, die außer Gustav Lichtenberg noch nie jemand gebaut hatte. Und dann holte er tief Luft, und das Gefühl eines ersten Triumphs spülte die Schmerzen aus seinem Rücken fort.

»Jetzt«, murmelte er, während er aufstand und die Geräusche rings um ihn unter die Hörbarkeitsgrenze sanken, die Farben der Umwelt grauer wurden und alles in ihm nur noch damit beschäftigt war, Teile und Linien einander zuzuordnen, Verbindungen vorauszuspüren, aus den verblassten Tuschespuren eine massive, schwarz glänzende Maschine zu bauen. Ludwig hörte nicht, dass die Dielen zu knarzen begannen, als in der Mitte des Zimmers der Grundaufbau der Lichtenbergmaschine entstand. Er spürte nicht, dass die Dielen sich ganz leicht bogen, als er Stück um Stück einsetzte. Die Maschine wuchs ein wenig, dann schrumpfte sie wieder, weil alles Bauen ein Ausprobieren war, selbst Ludwig mit seinem Gespür für Maschinen konnte unmöglich voraussehen, dass die vier unterschiedlich großen Schwungräder in einer genau vorbedachten Reihenfolge eingebaut werden mussten, und zwar nur in dieser Reihenfolge, denn sonst ließen sich die nötigen Verbindungen nicht mehr herstellen. Ludwig baute die Räder acht Mal ein und wieder aus, bis er beim neunten Mal endlich das richtige Nacheinander getroffen hatte. Da war es zwei Uhr nachts, und er hatte seit zehn Uhr morgens weder gegessen noch getrunken. Er wankte ins Bad, trank viel kaltes Wasser aus dem Hahn und fiel ins Bett.

Um sieben Uhr wachte er auf. Und arbeitete weiter, die Haare verstruppelt, Ringe unter den Augen, aber mit einem Glühen hinter der Stirn, glücklich, dass er arbeiten konnte, zunehmend ängstlich vor dem Augenblick, in dem die Maschine fertig sein würde. Die Maschine hatte nun fast ihre endgültige Größe erreicht – sie ging Ludwig bis zur Brust. Er hatte den Plan auf dem Boden ausgebreitet und saß nun oft eine halbe Stunde oder länger auf den Knien vor dem Papier, weil er versuchte, eines der angegebenen Stücke aus der Explosionszeichnung im Riss wiederzufinden. Dann wieder stand er mit dem Teil in der Hand vor der Maschine und suchte die passende Stelle, es einzusetzen. Und immer noch blieb die Maschine rätselhaft. Er hatte gedacht, ihm würde während des Zusammenbaus klarer werden, wozu die Maschine gut war. Aber das Einzige, was er bisher sagen konnte, war, dass sie sich nicht bewegen lassen würde. Es gab keine Möglichkeit, diese Maschine wieder aus seinem Zimmer zu entfernen, ohne sie zu zerlegen. Ludwig umkreiste sie, manchmal lauernd, manchmal fast verzweifelt, wenn es Stunden dauerte, bis er die Lösung für den Exzenter fand, der – anders war es nicht möglich – an eines der Schwungräder gehörte, es aber rätselhaft blieb, wie er dort befestigt werden sollte. Bis Ludwig dann plötzlich die Augen aufgingen und er stöhnte: »Natürlich«, und das Teil wie von selbst an seinen Platz glitt.

Seine Hochachtung für Lichtenberg stieg mit jedem Element, das er einbaute. Lichtenberg hatte offensichtlich alles radikal anders gedacht. Es gab keine Verbindung in seiner Maschine, die so war, weil man es immer schon so gemacht hatte. Jedes einzelne Teil war in seiner Form absolut der Funktion unterworfen. Da gab es kein Teil, das verwendet wurde, weil man es fertig kaufen konnte. Praktisch alles war neu erfunden. Ludwig schüttelte voller Bewunderung den Kopf, als er endlich begriffen hatte, wie sich ein Bleigewicht – offensichtlich zum Auswuchten eines der Räder – mit einem einfachen Klick so einrasten ließ, dass man es jederzeit verstellen konnte. Das allein hätte schon für ein Patent gereicht, dachte er sich, das allein schon. In dieser Nacht schlief er gar nicht. Immerhin nahm er sich die Zeit, eine Kanne Kaffee zu kochen.

Am frühen Morgen stand er wieder vor dem Plan und baute schließlich den einzigen Teil der Maschine zusammen, den er verstand. Es war die Energieversorgung, und hier hatte Lichtenberg ausnahmsweise nichts Neues erfunden, sondern auf die klassische Energieerzeugung seiner Zeit zurückgegriffen: Es war eine zierliche Dampfmaschine.

»Das wird spannend«, murmelte Ludwig am späten Nachmittag todmüde, als er zurücktrat. Seine Hände zitterten und waren voller Öl und Schrunden. »Mal sehen, was die Nachbarn sagen, wenn ich in meiner Etagenwohnung eine Dampfmaschine anwerfe«, sagte er schwach lächelnd.

Er war so am Ende seiner Kraft, dass er sich auf den Boden vor die Maschine setzen musste. »Also gut«, sagte er, zwischen Erschöpfung und Aufregung, »also gut.« Er gab sich einen Ruck und richtete sich auf, stöhnte aber unwillkürlich, weil sein Rücken furchtbar schmerzte. Dann rückte er näher zur Maschine, schraubte den Einfüllstutzen des Wassertanks auf und öffnete die Feuerung. »Wasser«, murmelte er, »Holz. Kohlen.« Er stand auf, ging in die Küche und holte das Wasser in Flaschen. Er war so müde, dass er schwankte und sich an der Maschine festhielt, als er das Wasser hineinlaufen ließ. Kohlen, dachte er, aber plötzlich kamen ihm die Treppen in den Keller und wieder zurück vor wie eine Wanderung. Ach was, dachte er mit großen Pausen dazwischen, morgen. Aber eines musste er auf jeden Fall wissen: ob sie lief. Ob alles an seinem Platz war und er alles richtig gemacht hatte. Ob er wirklich fertig war. Er griff in die Speichen des Schwungrades. »Los!«, sagte er und drehte es mit Wucht an. Als er die Hand zurückzog, war es, als ob alle Muskeln auf einmal weich und zufrieden wurden. In der Maschine surrte es sanft und glatt. Wie ein Schlaflied, dachte er und griff noch einmal hinein. Die Maschine surrte. Draußen sangen die Vögel wie auf dem Land und plötzlich fühlte sich Ludwig daheim, zu Hause, zufrieden. Später, dachte er froh, später ist auch noch Zeit. Und ergab sich dem Gefühl und dem leisen, glücklichen Vogelgezwitscher, als die Maschine auslief. Er dachte an nichts mehr außer an Schlaf, Schlaf, ging hinüber und fiel ins Bett. Im leeren Wohnzimmer daneben stand die Lichtenbergmaschine, und das Licht eines wolkenzerfetzten Frühlingsabends sammelte sich an ihren eisernen Löwenfüßen wie in Pfützen. Sie war fertig.

9

Lichtenberg in Berlin. Was für eine Stadt! Sie summt elektrisch vor Aufregung, vor Leben und vor Neuerungen; eine Entdeckung jagt die andere, und es dauert eine Zeit lang, bis Lichtenberg entdeckt, dass all diese Erfindungen nur deshalb gemacht werden, weil die Laboratorien und die neuen technischen Hochschulen die einzigen Orte sind, an denen Metternich keine Spitzel sitzen hat. Wissenschaftliche Bücher sind zu dick, um zensiert zu werden, und am Polytechnikum reden sie in den Vorlesungen nicht von der Republik in Rom und auch nicht vom Tyrannenmord beim Tell. Was bleibt den Deutschen als die Wissenschaft?

Vielleicht lebt er im russischen Viertel und freundet sich mit einem Studenten an, der nimmt ihn mit zu den Vorlesungen über Elektrizität. Mesmer spukt immer noch in seinem Kopf herum. Lichtenberg sitzt im Kolleg, achtzehn, neunzehn oder zwanzig Jahre alt, und hört zu: Faraday hat herausgefunden, dass die Schwingungsrichtung des

Lichtes durch ein Magnetfeld beeinflusst werden kann. Ein paar Straßen weiter gründen Siemens und Halske eben ihre erste Elektrofirma. Duchenne de Boulogne verwendet elektrische Ströme zur Heilung der verschiedensten Nervenleiden und organischen Krankheiten. Siemens experimentiert mit Isoliermaterialien und entdeckt die Vorzüge des Guttapercha. Lichtenberg wandert von Kolleg zu Kolleg, liest sich durch die Hochschulbibliothek und saugt Wissen auf wie ein Schwamm. Braid hat, während er Experimenten des Magnetiseurs Lafontaine beiwohnte, die Hypnose entdeckt. Nebenan gründen sie die Physikalische Gesellschaft zu Berlin, die später einmal Max-Planck-Institut heißen wird. Kirchhoff formuliert die Gesetze von der Stromverzweigung. Du Bois-Reymond veröffentlicht die Ergebnisse seiner Forschungen über tierische Elektrizität.

Während Lichtenberg liest und hört und wieder liest, beginnt er, in diesem elektrischen Zeitalter ein Muster durchschimmern zu sehen, ein Webmuster von Magnetismus und Äther und Elektrizität. Vielleicht erinnert er sich an den schlesischen Weber aus seiner Kindheit, dem legte man ein Stück Stoff hin, er blickte nur einmal darauf, dann bäumte er den Webstuhl auf, genau die richtige Anzahl Kettfäden, stellte das Muster ein und webte es nach, das Probestück, ohne Fehler. Das nimmt Lichtenberg sich vor: das Webmuster der Welt erkennen.

10

Ludwig schlief. Die Dämmerung ging über in die Nacht, und der Himmel beruhigte sich, als der Mond aufging. Die Schatten der Lichtenbergmaschine auf den Wänden gewannen eine weiche Kontur und glitten lautlos und geheimnisvoll über die Tapete, entwarfen phantastische Bilder immer anderer Maschinen. Ludwig schlief. Der Mond verließ den Himmelsausschnitt des Fensters, und die Schatten zerfielen. Die Maschine ruhte dunkel und immer dunkler in der Mitte des Zimmers wie ein großes Tier. Die tiefen Atemzüge aus Ludwigs Zimmer hätten auch von ihr kommen können, ihre Umrisse waren jetzt vage, und man hätte nicht sehen können, ob sie sich im selben Rhythmus bewegte. Ludwig schlief, ohne sich zu rühren, ohne zu träumen. Als die Morgendämmerung kam, nahm sie die Dunkelheit von der Maschine wie eine Decke. Der Dielenboden bog sich ein klein wenig unter dem ungeheuren Gewicht, manchmal tickte es im Holz. Ludwig schlief weiter, den Morgen hindurch, verschlief den Mittag und schließlich, immer unruhiger, je mehr er sich durch den schwarzen See von Erschöpfung nach oben schlief, bis in den frühen Abend, dann wachte er endlich auf.

Es hatte etwas zutiefst Verstörendes, nach diesem verschlafenen Tag in der Dämmerung aufzuwachen. Ludwig war sich einige Augenblicke lang nicht klar darüber, ob es Morgen oder Abend war. Er war aus dem üblichen Rhythmus herausgetreten, und plötzlich war auch die Uhr nicht mehr zuverlässig, sie zeigte sieben, aber in welcher Tageshälfte? Er schüttelte einige Male schwer den Kopf. Vielleicht war es die Urangst, sich verirrt zu haben, die ihn so denkunfähig machte, die plötzliche Panik, nicht zu wissen, wo man ist – nur war es hier ein Verirren in der Zeit und nicht im Raum. Schließlich konnte er wieder so klar denken, dass er aus dem Fenster sah und erkennen konnte, dass das Rot im Westen stand. Er hatte schrecklichen Durst, ging in die Küche und trank Wasser und kalte Milch, bis sich seine Zunge wieder einigermaßen normal anfühlte, er musste stundenlang mit offenem Mund geschlafen haben.

Er saß am Küchentisch und fühlte sich leer. Die Maschine stand fertiggebaut im Nebenzimmer, er bildete sich ein, ihr Gewicht im Rücken zu fühlen. Und eigentlich, dachte er, ist es ja auch so, die Anziehungskraft einer solchen Metallmasse könnte ich vielleicht sogar schon messen. Aber er fand die Energie nicht, aufzustehen und hinüberzugehen. Jetzt, wo sie fertig war, hatte er auf einmal Angst davor, sie anzuschalten. Eine Dampfmaschine ist nicht gerade leise, dachte er. Aber das war nur ein Vorwand, in Wirklichkeit war es ihm egal, ob sie laut war, er hatte einfach das Gefühl, jetzt könnte nicht die Stunde der Wahrheit sein. Vielleicht war ja auch der Weg das Ziel, versuchte er sich einzureden, vielleicht war es nur darum gegangen, sich selbst zu beweisen, dass er sie bauen konnte. Aber gleichzeitig verachtete er sich für diesen Gedanken, er war natürlich Unsinn – er hatte einfach Angst, sie würde nicht funktionieren. Oder – sie könnte auch gefährlich sein. Er hatte beim Zusammenbau genug von der Maschine verstanden, um zu wissen, dass sie mit Sicherheit ein wie auch immer geartetes elektromagnetisches Feld aufbauen würde. Ob das ein Nebeneffekt oder die Hauptfunktion war, konnte er immer noch nicht sagen. Und wenn es stark war, könnte es wirklich gefährlich werden. In einem plötzlichen Entschluss stand er vom Küchentisch auf, nahm seine Jacke und verließ die Wohnung. Er brauchte frische Luft und Bewegung, um einen klaren Kopf zu bekommen. Als er die Treppe hinunterging, meinte er, die Anziehungskraft der Maschine in den Beinen zu spüren, und lief unwillkürlich schneller.

Es war ein kalter, stiller Abend. Die Straßen waren leer, und es tat gut, sich zu bewegen. Während er durch die

Straßen ging, noch immer ein wenig befangen von dem verschlafenen, verlorenen Tag, war es auf einmal so, als träte er neben sich, liefe neben sich her und beobachte sich von außen. Ein einsamer Mensch. Ein seltsamer Mensch. Er sah sich die Straße entlanggehen, ohne ein Ziel, sah sich im Rückblick die Maschine bauen und war auf einmal tief erschrocken über sich selbst. Was macht dieser Mensch, dachte er, er ist so einsam, dass er sich eine Maschine baut, tagelang mit niemandem spricht, von niemandem vermisst wird, niemanden hat, mit dem er reden kann. Er ist nicht richtig zu Hause, er ist verquer und komisch, er ist bis ins Mark misstrauisch geblieben, ein Dörfler eben. Wenn ich einen Unfall gehabt hätte beim Bauen, dachte Ludwig, wie lange es wohl gedauert hätte, bis sie mich gefunden hätten? Vielleicht hätten die vom Amt ein paarmal angerufen, aber dann hätten sie mit den Achseln gezuckt. Er war schon immer komisch, hätten sie gesagt, und das wäre es erst mal gewesen.

Er ging schneller, stürmte durch die Straßen in immer größerer Verbitterung über sich selbst, dass er so war, wie er war, dass er lieber Maschinen baute als Freunde zu haben ... Plötzlich vermisste er seine Freunde aus der Jugend. Ihm war längst warm, und er hatte die Jacke geöffnet, lief getrieben durch die Straßen, halb bekannte und unbekannte, und war schließlich unten im Süden der Stadt, wo die Kneipen und die Bars und die Restaurants waren. An diesem kalten Frühlingsabend waren die erleuchteten Fenster plötzlich freundlich, und als die Tür der Cocktailbar neben ihm aufging und Musik herausklang, Frauenstimmen, Gesang, Jazz, da war das Gefühl der Einsamkeit auf einmal so unerträglich, dass es ihn herumriss und er in die Bar trat. Einfach so und ohne nachzudenken. In der Bar spielte eine Frau Geige.

11

Wie hat sich Gustav Lichtenberg in die Apothekerstochter Clara verliebt? Er kennt sie schon lange, weil er oft mit Rezepten in die Apotheke des Städtchens geschickt wird. Wie es so geht, eine Zeit lang ist das kleine Mädchen von früher nicht mehr zu sehen, und als der junge Gustav, hin und her geworfen von seinen fünfzehn-, sechzehnjährigen Träumen, die Apotheke wieder einmal betritt, ist Clara schön geworden. Von da an kommt er oft, um sie zu sehen. Er fälscht Rezepte für Hustensaft und Gichtsalbe. Seine selbstverdienten Groschen und die seltenen Silberstücke der Bekannten stehen als über dreißig braune Medizinfläschchen und Tiegelchen in seinem Nachtkästchen. Irgendwann treffen sie sich das erste Mal am Fluss.

»Weißt du«, fragt Clara, nachdem sie eine Zeit lang spazieren gegangen sind und sogar der junge Lichtenberg verlegen ist und noch nicht so weltgewandt, wie er einmal sein wird, und das Gespräch immer wieder stockt, »weißt du, warum wir ein Blechdach haben über der Apotheke?«

Lichtenberg, der sich darüber noch nie Gedanken gemacht hat, weil die Apotheke eben immer anders als die umstehenden Häuser gewesen ist, schüttelt den Kopf. Aber er ist neugierig. Wie immer. »Wieso?«, fragt er und fährt gleich fort: »Im Sommer ist es doch sicher furchtbar heiß darunter«, und fragt, »hast du dein Zimmer unter dem Dach?«

»Nein«, lacht Clara, »sei still. Du bist frech. Nach dem Zimmer einer Dame fragen.«

»Du bist keine Dame«, sagt Gustav Lichtenberg, »du bist ein Fräulein.«

»Still doch«, sagt Clara, »kennst du Justus Liebig?«

Was für eine Frage. Alle kennen Liebig. Liebig, der das Chloroform erfunden hat, der die Bauern zu Chemikern gemacht und ihre Erträge verdreifacht hat. Der König hat ihn eben erst zum Freiherrn ernannt.

»Ja, Clara«, sagt Lichtenberg mit der ganzen Überheblichkeit des Lateinschülers, »natürlich. Man liest doch Zeitung.«

»Nein«, sagt Clara, »du kennst ihn überhaupt nicht. Liebig war nämlich Lehrbub bei meinem Großvater in der Apotheke. Und der hat ihn hinausgeworfen.«

»Dein Großvater?«, fragt Lichtenberg amüsiert und neugierig. »Wieso?«

»Weil«, sagt Clara stolz, »der Liebig immer experimentiert hat.«

Das versteht Lichtenberg. Das tut er auch. Wie kann man anders, denkt er, dies ist das Jahrhundert der Erfinder, und wer nicht forscht, ist tumb und unverbesserlich veraltet. »Na und?«, fragt er fast hitzig. »Das ist doch gut.«

»Naja«, sagt Clara, »der Liebig hat aber immer mit Knallquecksilber experimentiert, abends, nach der Arbeit. Und da muss er an einem Abend etwas vergessen haben, jedenfalls ist er mit meinem Großvater beim Essen gesessen, weil er ja bei uns gewohnt hat. Also, sie haben gegessen, und dann hat es einen fürchterlichen Schlag getan. Mein Großvater hat erst gedacht, die Franzosen greifen an, aber es war nur das Dach.«

Lichtenberg ahnt es: »In die Luft geflogen?«, fragt er, schon glucksend vor Lachen.

»Genau«, sagt Clara stolz, »der ganze Dachstuhl war hin. Und am nächsten Tag ist Liebig auch an die Luft geflogen.«

»Und jetzt ist er Freiherr«, grinst Lichtenberg.

»Die Zeitung, in der das gestanden hat«, setzt Clara noch

nach, »hat der Großvater mit auf den Abort genommen. ›Liebig!‹, hat er gebrüllt. ›Der und Freiherr!‹«

Clara und Gustav können nicht mehr, sie müssen stehen bleiben vor Lachen.

12

Das Lokal war eben erst halb voll, denn es war ja noch nicht spät am Abend. Ludwig ging, noch immer getrieben von dem Gefühl einer unerträglichen Einsamkeit und einer plötzlichen Gier nach Gesellschaft zur Bar. Er fühlte sich linkisch und fehl am Platz, aber er wollte jetzt nicht wieder hinaus auf die Straße. Schließlich zog er seine Jacke aus und hängte sie an einen der Haken unter der Theke, bestellte sich irgendetwas und holte unsicher Luft. Zu seiner Überraschung wurde er nicht misstrauisch angesehen wie ein Fremder und nicht mitleidig wie ein Verlorener, sondern nur wie ein Gast, der trinkt und dafür bezahlt. Die Erleichterung darüber durchströmte ihn warm, es war, als wenn man aus einem Traum aufwacht und feststellt, dass man doch nicht ertrunken ist. Und mit dieser Erleichterung drang endlich auch die Musik zu ihm durch, und er sah nach vorne, auf die Bühne. Es gab einen kleinen Mann am Klavier, der tief vornübergebeugt an den Tasten saß, niemals aufsah und an dem sich nur die Hände bewegten. Es gab einen Mann am Bass, ein Mann wie ein großer, gutmütiger Hund, der mit den Augen an der Geigerin hing und dessen Hände währenddessen trotzdem alles taten, was sie sollten. Und es gab die Geigerin, die gerade die Geige ans Kinn gehoben hatte.

Ludwig konnte nicht beschreiben, was sich veränderte, als sie den Bogen ansetzte und zu spielen begann. Er sah, dass vorne am Tisch eine rauchende Zigarette im Aschenbecher vergessen wurde, weil man ihr zuhörte. Er beobachtete den Barmann, der während des Konzerts keinen Kaffee machte und nicht mit den Gläsern klirrte. Er sah die Frau in dem roten Kleid an dem kleinen Tisch, die sich wegdrehte, um die Musik nicht an sich heranzulassen, denn die Musik bedeutete die schlanke, harte Geigerin auf der Bühne, und es war der Mann neben der Frau mit dem roten Kleid am kleinen Tisch, der die Zigarette im Aschenbecher vergessen hatte. Aber all diese Details schienen ihr nichts zu bedeuten, während sie spielte. Offensichtlich, so bemerkte Ludwig verwundert, registrierte sie alles, sah und hörte die Tür aufgehen und Nachzügler hereinkommen. Nur hatte nichts davon Gewicht. Vielleicht würde sie nachher, wenn sie sich an den Abend erinnerte, die Verbindung zwischen der Frau im roten Kleid und ihrem Mann und der Zigarette herstellen. Aber während sie spielte waren die Bilder nur Begleitung. Ludwig lehnte sich ein wenig zurück und merkte, dass er die ganze Zeit mit seinem Glas gespielt hatte.

Dann kam ein Stück, das er kannte. Das hatte Chet Baker mal auf der Trompete gespielt, und es war melancholisch und schön gewesen, aber jetzt spielte es diese Frau da vorne, und da war es nur noch ein Lied, ein halbes Lied eigentlich, das man summt, um die Enttäuschung und die Einsamkeit auszuhalten, wenn man frühmorgens endlich alleine im Bett liegt, nachdem man fortgelaufen ist und der Vater einen gefunden hat, mitten in der Nacht auf halbem Weg in die Stadt, über fünfzehn Kilometer vom Dorf. Nachdem man geschlagen und ohne Antwort immer wieder gefragt und gefragt und schließlich ins Bett geschickt worden ist. Was hätte man auch antworten können? Einen Mädchennamen? Das Bett zitterte vom Herzschlag. Und dieses Lied war nicht mehr melancholisch und auch nicht mehr schön, sondern es war so bitter und hart wie das Schlucken an Tränen und verletztem Stolz, und es war so herzzereißend schön und klar wie das Glas der Flasche Einsamkeit, die einen umschließt und den Atem raubt. Das spielte sie, und dann war Pause, und sie ging zusammen mit dem kleinen, gebeugten Pianisten und dem Hund durch den Applaus, der nicht aufhören wollte, zur Bar.

»Kognak, bitte«, sagte sie zum Barmann, der während des Songs nicht mit den Gläsern geklirrt hatte, und das kam Ludwig so klischeehaft vor, denn diese Frau war wie ein Urbild einer Jazzmusikerin, aber auch so echt, dass er unwillkürlich sein Glas hob und ihr zutrank. Sie nickte zurück. Immerhin. Und trank ihren Kognak, und dann noch zwei.

Ludwig kam es vor, als wäre sie seit Langem der erste Mensch, den er sah. Er fühlte sich zum zweiten Mal an diesem Abend, wie man sich fühlen könnte, wenn man minutenlang unter Wasser geblieben ist und mit nach Luft schreienden, brennenden Lungen an die Oberfläche kommt. Und dann atmet man zitternd und mit Gewalt ein, denkt gar nichts, sondern atmet nur, atmet und atmet, als würde man klares Wasser trinken.

»Gehören Sie zu denen, die verloren spielen?«, fragte die Geigerin, spöttisch.

Ludwig verstand nicht gleich. Dann stotterte er etwas. »Ich ... ich gehe nicht so oft in Bars«, sagte er dann, als ob das etwas erklärte.

Aber die Geigerin schien zufrieden zu sein. »Hat es Ihnen gefallen?«, fragte sie.

»Ich habe nur die letzten beiden Lieder gehört«, sagte er, etwas verlegen, als wäre das ein Missgeschick. »Aber ja. Sehr gut sogar. Sie ... Sie spielen sehr gut.« Wie ungeschickt er war! Wie er stotterte!

»Dann bleiben Sie noch ein bisschen«, sagte sie routiniert und stand auf, um wieder auf die Bühne zu gehen. Der kleine Klavierspieler und der Bassist folgten ihr, selbstverständlich und ergeben und ohne ein Wort.

Die Bar war jetzt voll und summte von Gesprächen. Es war warm, und überall stieg Rauch von den Tischen auf und legte sich in blauen und grauen Schichten unter die Decke. Der Lärm umspülte Ludwig und verstärkte seinen Eindruck, er müsste sich immer noch anstrengen, um nicht wieder unterzugehen. Aber dann stand die Geigerin da, Geige und Bogen zusammen in einer Hand haltend. Der Bass lief einmal um den Raum, in dunklen, festen Tönen. Als er wieder angekommen war, spielte er um sie herum, als sie sagte: »Das hier ist ein Lied, das wir nur selten spielen. Das kommt, weil ich es singe. Und ich kann nicht sehr gut singen.«

Ein paar Leute lachten. Ludwig nicht.

Die Geigerin verzog die Lippen. »Und weil es ein Lied für die Einsamen ist«, sagte sie, »davon gibt es heute nicht mehr so viele.«

Das Klavier setzte ein. Der Bass ging nicht mehr spazieren, sondern war sofort da, konzentriert und genau. Die Melodie nahm Ludwig gefangen, wie eine Webmaschine ihn gefangen genommen hätte. Schnell und genau und kompliziert entstand ein Muster im Takt eines Schiffchens, das schwingend hin- und herflog. Das war die Melodie. Und als die Geigerin anfing zu singen, sang sie wie jemand, der so eine Maschine bedient und sich von ihrem Takt betäuben lassen möchte, um nicht mehr nachzudenken. Ludwig verstand, was sie gemeint hatte, als sie sagte, sie singe nicht gut. Sie sang mit ihrer Alltagsstimme, sie kratzte ein wenig – die Stimme von jemandem, der viel trinkt. Aber was für eine Intensität lag in dieser Stimme, in diesem mühelosen Singen. Das Lied erzählte von einer Frau am Fenster, es ist mitten in der Nacht, und sie haben fürchterlich gestritten. Der Mann schläft, er ist irgendwann in diesem bitteren Schweigen eingeschlafen, und jetzt liegt er halbnackt auf dem Bett, und sein Gesicht ist nicht mehr böse, sondern sieht so aus wie das Gesicht des Mannes, in das sie sich verliebt hat. Und die Frau am Fenster raucht und denkt: dein Haar und dein Rücken und dein Lächeln und wie du flüsterst und deine Hände und wie du dich manchmal sorgst und wie du Angst hast und wie du dich freust. Wer will frei sein, wenn es heißt, dich zu verlieren? Und das denkt sie die ganze Zeit, bis es hell wird und sie aus der Wohnung geht und den Schlüssel in den Briefkasten wirft, und als die Haustür in der Morgenstille hallend ins Schloss fällt, ist das Lied aus und die Frau ist fort.

Es war für einen Augenblick still danach, und Ludwig stand da, irgendetwas an ihm zitterte, aber als eben die ersten zu klatschen begannen, hatte sie ihre Geige schon wieder am Kinn, und alles war sofort anders. Schnell!, schrie die Geige auf der A-Saite, und der Bass folgte, und das Klavier hämmerte einen brutalen Takt, gewalttätig und laut. Sie spielte halsbrecherisch schnell, riss das Publikum fort und stampfte selber zwischendurch auf, es war keine Zeit zum Atemholen, es war ein Rennen zwischen Klavier und Violine, in dem Kurven mit schrillen Tönen genommen wurden, in dem auf den Geraden keine Zeit für Spielereien war, sondern nur für wirbelnde Hände auf dem Klavier und fliegende Finger auf den Saiten, vibrierend ein Flageolett in einer Zehntelsekunde greifend, ein Rennen gegeneinander und gegen den Bass, der wie eine wahnsinnige Uhr die Zeit immer schneller schlug. Sie hetzten gleichauf, bissen die Zähne zusammen, und jeder holte aus dem anderen das Letzte heraus, zwang den anderen, am Rande des

Gleichgewichts, am Sturz entlangzufliegen, schneller, noch schneller, dann waren sie plötzlich da, schleuderten in einer letzten Kurve in den höchsten Oktaven ins Ziel und kamen in einer Wolke aus Tönen zum Stehen.

Diesmal hielt niemand den Applaus auf. Die Leute sprangen von den Stühlen und klatschten, klatschten und pfiffen, und nur Ludwig hörte allmählich auf zu klatschen, weil er das Gesicht der Geigerin betrachtete und zu verstehen meinte, dass die Frau, die eben ein Rennen gewonnen hatte, immer noch die Frau war, die davor ein Haus für immer verlassen hatte, in dem der Mann schlief, den sie liebte. Auf der Bühne spielten sie weiter, aber Ludwig hörte nicht mehr richtig zu. Er war schon, als er die Bar betreten hatte, verwirrt und in einer seltsamen Gemütsverfassung gewesen. Die durchgearbeiteten Nächte zuvor und der verschlafene Tag, das Gefühl der Leere, nachdem die Maschine fertiggebaut war und gegen seine Erwartung nichts passiert war, all das war zusammengekommen und hatte ihn innerlich empfindlich gemacht, als sei er überall verbrannt und jede Berührung ginge durch bis ins Innerste. Und dann diese Musik ... Er wandte sich an den Barmann: »Kognak«, sagte er.

Als die Geigerin schließlich von der Bühne kam, eine halbe Stunde später, war Ludwig beim dritten Glas. Sie legte ihre Geige auf die Bar und lächelte ein bisschen spöttisch, als sie Ludwig vor seinem Glas sah. »Schön, dass Sie noch da sind«, sagte sie, »auch wenn Sie deshalb trinken müssen. Kognak steht Ihnen übrigens nicht.«

Ludwig, in seinem seltsamen Schwebezustand, nickte. »Ich glaube«, sagte er dann etwas schwerfällig, »ich habe Ihre Musik verstanden.«

»Das«, sagte die Geigerin sehr schön lächelnd, »glaube ich nicht. Ich heiße Elsa Steinhoff.« Sie hielt ihm die Hand hin.

»Ich bin Ludwig Lang«, sagte er.

»Sie haben große Hände«, sagte Elsa Steinhoff.

Ludwig sah auf seine Hände hinunter. Sie waren schrundig und immer noch voller Ölspuren.

»Ich ... ich habe eine Maschine gebaut«, sagte er entschuldigend.

Sie sah ihn fragend, ein wenig interessiert an. »Was für eine Maschine?«, fragte sie.

»Das weiß ich noch nicht«, antwortete Ludwig.

Da kam das erste Mal echtes Interesse in die Augen der Geigerin und sie beugte sich vor.

Es war spät geworden. Die meisten Gäste waren fort. Man musste nicht mehr laut reden, um sich verstehen zu können. Ludwig Lang und Elsa Steinhoff saßen noch immer an der Bar, immer noch einen leeren Hocker zwischen sich, und führten ein seltsam vertrautes Gespräch, in dem die wichtigen Dinge ungesagt blieben, aber verstanden wurden.

»Nein«, sagte Elsa Steinhoff eben, »klassisch. Die Hälfte meines Lebens habe ich in klassischen Orchestern verbracht. Tote Zeit!«, sagte sie hart und böse. »Tote Menschen.«

»Und dann?«, fragte Ludwig und sah ihr zu, wie sie aus dem Wasserglas trank, das neben dem Schwenker stand. Er gehörte zu denen, die beobachteten und zählten. Sie trank zu jedem Kognak ein Glas Wasser. Ganz genau.

»Dann ...«, sagte sie nachdenklich, und für einen Augenblick wurde ihr Mund weich, und Ludwig sah, dass sie eigentlich immer einen weichen Mund hatte, einen großen Mund für ihr Gesicht. »... dann habe ich eines Tages ein Lied gehört, habe drei Stunden später bei der Orchesterprobe meine Geige zerschlagen, bin gegangen und habe zwei Jahre nicht mehr gespielt.«

»Was für ein Lied?«, fragte Ludwig, der versuchte, sich vorzustellen, wie es war, wenn diese Frau wütend wurde.

Vielleicht wie die kleine, harte Feder, die ihn unter dem Auge verletzt hatte, als er heimlich die Pistole seines Vaters auseinandergenommen und versehentlich den Schlagbolzen gelöst hatte.

»Was für eine Maschine?«, fragte Elsa zurück.

Als sie gingen, standen der kleine Klavierspieler und der Bassist auf, aber Elsa winkte ihnen und sie setzten sich wieder, wie Hunde, seufzend, aber ergeben.

13

Wenn Lichtenberg zur Zeit der Revolution um die zwanzig ist, dann muss er im Jahre 1876, wenn er in Philadelphia im amerikanischen Mittelwesten auftaucht, etwa Mitte vierzig sein. Er ist einer von den vielen aus diesem Jahrhundert, die unerschöpflich scheinen. Haniel. Siemens. Bessemer. Halske. Bell. Sie tauchen auf: In Berlin. In Ruhrort. In London. In München. In Chicago. Sie erfinden, ohne Atem zu holen. Telegrafen. Glühbirnen. Vakuumtechnik. Gussstahlfertigung. Sie altern, aber ihre Schöpferkraft lässt nicht nach. Gray erfindet parallel zu Bell das Telefon in Chicago. Und dann erfindet er das erste elektrische Klavier. Lichtenberg hat davon gehört – er reist durch die Welt, atemlos und immer auf der Suche nach Inspiration für seine eigenen Erfindungen. Er liest die Journale, die von Dampfluftschiffen schreien, von Kleidern, die aus gläsernem Garn gewebt werden, von Explosionsmotoren. Da muss er auch von Gray gelesen haben. Er taucht zur Hundertjahrfeier der Stadt auf und stellt sich ihm vor. Hat Lichtenberg einen Namen? Keinen, den Gray kennen müsste. Aber Männer dieser Art verstehen sich zu einer Zeit, in der die richtige Formel, die richtige Idee und die richtige Maschine Türen öffnen, die einem vorher und nachher verschlossen bleiben. Er stellt sich Gray vor. Erzählt von seinen eigenen Experimenten. Von Fehlschlägen und Erfolgen. Die Männer lachen wie Verschwörer, als sie entdecken, dass sie beide schon Dampfmaschinen zur Explosion gebracht haben. Gray lädt Lichtenberg ein, sein Klavier zu betrachten. Sie gehen in den Raum nebenan, wo das Klavier steht, ein übergroßer Trichter davor und Leitungen, die sich wirr durch den Raum schlängeln. Lichtenberg fühlt sich zu Hause.

»Hier!«, sagt der Amerikaner und öffnet den Deckel des Klaviers, und Lichtenberg sieht hinein, schon wieder atemlos vor Freude, weil die Welt so voller Entdeckungen ist: Da liegen statt der Saiten glänzend an die hundert Stahlzungen. »Chromatisch gestimmt!«, sagt Gray stolz, und Lichtenberg fragt, weiß es schon halb: »Und der Ton ... Sie nehmen ihn elektromagnetisch ab, nicht wahr?« Und als Gray nickt, beugt er sich wieder über das Klavier. »Darf ich?«, fragt er in seinem schlechten Englisch. Wieder nickt Gray, und Lichtenberg lässt drei der Zungen wie festgeklemmte Messerklingen schwirren: ein Akkord. Seine Augen weiten sich, wie immer, wenn er aufgeregt ist, und jetzt beginnt er ein hastiges Gespräch, ungeduldig, wenn ihm die technischen Begriffe auf Englisch fehlen, aber Gray und er reden bis in die Nacht hinein. Als am nächsten Tag die offiziellen Feierlichkeiten der Stadt beginnen, steht Lichtenberg neben Gray mit auf der Ehrentribüne und lauscht dem ersten Konzert in der Geschichte der Welt, das zeitgleich an zwei verschiedenen Orten zu hören ist: Über drei Meilen werden die Töne des elektrischen Klaviers durch garnumsponnene Kupferleitungen geschickt. Krachend und klirrend, aber klar verständlich klingen sie aus winzigen, primitiven Lautsprechern.

14

»Sie zittern«, sagte Elsa, als Ludwig die Tür zu seiner Wohnung aufschloss.

»Ja«, sagte Ludwig hilflos, »ich weiß.«

Da lächelte Elsa völlig unvermittelt, und die Spannung, die
während des Weges ständig gewachsen war, das Schweigen
und die Spannung lösten sich ein wenig in diesem kurzen
Lächeln.

»Seltsamer Tag«, sagte Ludwig, als er die Tür aufschwin-
gen ließ, »so viel Neues.«

Elsa Steinhoff verstand, was er sagen wollte. Aber sie
antwortete nicht darauf, sondern lächelte nur. »Haben Sie
Angst vor mir?«, fragte sie dann schließlich doch.

Ludwig blieb stehen, dachte ernsthaft nach. Das amüsierte
sie. »Nein«, sagte er dann langsam, und seine Spannung
ließ noch etwas mehr nach, »nein«, sagte er fast verwundert, »ich freue mich, dass Sie hier sind.«

Er hatte das Licht nicht angemacht. Er drehte nie gleich
das Licht an, wenn er abends nach Hause kam, es war an-
genehm, die Wohnung im Halbdunkel zu betreten. Elsa
folgte ihm durch die Küche ins Wohnzimmer. Als er die
Tür öffnete, trat er zur Seite, und sie sah die Maschine. Sie
ging um sie herum. Sie berührte sie. Fuhr mit den Fingern
die Konturen ab. Roch an ihr. Dann trat sie zurück und
sah sie noch einmal im Ganzen an. »Und Sie haben diese
Maschine alleine gebaut? Hier oben?«, fragte sie halb ungläubig, halb voller Bewunderung.

»Alleine«, bestätigte Ludwig.

»Und«, sie nahm die Augen nicht von der Maschine,

»Sie wissen wirklich nicht, was sie tut? Nicht die geringste Ahnung?«

Ludwig zuckte die Achseln. »Man kann es aus den Plänen nicht erkennen. Deshalb habe ich sie gebaut. Ich wollte herausfinden, wozu sie gut ist.«

»Ja und?«, rief Elsa jetzt ungeduldig, »warum haben Sie sie nicht einfach angeschaltet? Ich hätte niemals warten können«, sagte sie. »Los. Schalten Sie sie an.«

»Das geht nicht so einfach«, sagte Ludwig schwerfällig. Er war sich nicht sicher, ob er nicht lieber alleine sein wollte, wenn er die Maschine das erste Mal laufen ließ, und suchte nach Argumenten. »Sie wird von einer Dampfmaschine angetrieben. Dazu braucht man Kohlen.«

»Eine Dampfmaschine!« Elsa war belustigt und gleichzeitig fasziniert. »Dann holen wir Kohlen.«

Und da ließ Ludwig sich mitreißen. Auf einmal waren sie Verschwörer. Zusammen gingen sie in den Keller, leise, es war ja mitten in der Nacht. Ludwig schraubte das Schloss vom Verschlag des Nachbarn ab. In zwei Kisten schaufelten sie mit den Händen Kohle, so ungeduldig war Elsa. Ludwig, der neben ihr schaufelte, bemerkte auf einmal einen guten, technischen Geruch, er atmete tief ein, bis ihm klar wurde, dass es wohl der Duft des Alkohols war, der Elsa umgab. Ein klarer Geruch, nicht nach Kognak oder so, nur reiner Alkohol. Sie schleppten die Kisten hoch in die Wohnung. Elsa füllte Wasser in einen Krug und lief zehnmal zwischen Küche und Wohnzimmer hin und her, um den Kessel zu füllen. Wenn sie sich ansahen, mussten sie lachen. Spiritus auf die Kohlen. Elsa öffnete die Fenster, reichte ihm ihr Feuerzeug und machte das Licht aus, als Ludwig das Feuer anzündete. Bevor er den Kessel schloss, war der Raum für einen Augenblick in blaues, unruhiges Licht getaucht.

»Eine Dampfmaschine, mitten in der Nacht und mitten in der Stadt«, sagte Elsa ungläubig, »Sie sind ein komischer Mensch.«

»Das dauert jetzt gut eine Stunde«, sagte Ludwig, »der Druck muss sich erst aufbauen.«

Elsa drehte sich vom offenen Fenster weg und sah ihn an. »Welche Musik haben Sie?«, fragte sie ihn.

Ludwig wies unsicher auf das Regal, in dem die Platten und der Plattenspieler standen.

Elsa ging hinüber, kniete sich vor das Regal und sah die Platten durch. Das Wasser im Druckkessel begann zu simmern. »Das hier«, sagte sie und zog eine Platte heraus. Dann sah sie sich den Plattenspieler an und fragte: »Wozu ist die Stange in der Mitte?«

Ludwig trat hinzu. »Ach so«, sagte er dann, »das gibt es nicht oft. Damit können Sie zehn Platten nacheinander hören, ohne sie neu auflegen zu müssen. Eine nach der anderen fällt hinunter auf die Scheibe. Eine der schöneren Erfindungen unseres Jahrhunderts.«

Elsa lächelte: »Dann nehmen wir noch die hier und die hier und die ...«, sie suchte sich die Platten heraus und steckte eine nach der anderen auf die Stange. Die Hüllen ließ sie einfach fallen, mit einer Selbstverständlichkeit, die Ludwig eigenartig berührte, weil sie war, als fühle Elsa sich zu Hause.

»Komm«, sagte sie zu Ludwig, der noch neben dem Fenster stand, und ging, ohne sich noch einmal nach ihm umzusehen, in sein Schlafzimmer. Die ersten, sehnsüchtigen Takte von »You go to my head« klangen an, während sich an der Lichtenbergmaschine viel eher, als Ludwig berechnet hatte, langsam und unglaublich leise das Schwungrad in Bewegung setzte. Die Maschine lief. Staunend über sich folgte er Elsa.

Es war, als sähe er sein Schlafzimmer zum ersten Mal. Er fühlte sich fremd mit ihr darin. Vielleicht lag es auch daran, dass er nie Musik hörte, wenn er schlafen ging. Aber nun war sie da, und die Musik auch. Sie saß auf seinem Bett, im Schneidersitz, mit geradem Rücken, nackt und sehr selbstbewusst. Und als dabei ein neues Lied begann, »Just the two of us«, ein Liebeslied, da fiel die Schüchternheit von ihm ab wie ein Kleid, und er zog sich aus, ohne sich unbeholfen zu fühlen, sondern ging mit einem Lächeln über seine Ungeschicklichkeiten hinweg. Auf einmal spürte er, wie es sein musste, wenn man sang oder spielte und sich in Musik einhüllen konnte wie in einen Mantel.

»Komm hierher«, sagte sie und klopfte mit der flachen Hand leicht auf die Decke, und, ein bisschen verwundert, »was bist du für ein Mensch, Ludwig Lang? Ich fühle mich wohl bei dir.

Da kam er zu ihr.

Lied um Lied spielte, acht Stücke auf einer Seite der Platte und zehn Platten, das machte achtzig Lieder in dieser Nacht, achtzig Lieder zu je vier Minuten, das machte dreihundertzwanzig Minuten, ein wenig über fünf Stunden. Sie liebten sich fünf Stunden lang mit einer Intensität, die Ludwig noch nie erlebt hatte, was vielleicht nicht viel heißen mochte, aber Elsa flüsterte, während sie so eng beieinanderlagen, wie es nur irgend ging, »noch nie«, atemlos und stammelnd, »noch nie«, und ließ die Worte so stehen, und Ludwig verstand sie, obwohl er doch sonst nicht viel mit Menschen zu tun hatte, am wenigsten mit Frauen.

Das Fenster des Schlafzimmers war offen, und die Luft war sehr kühl, als Astrud Gilberto vom Mädchen aus Ipanema sang, so gelassen und mühelos, als säße sie zurückgelehnt auf einem Holzstuhl. Von drüben, dort, wo die Lichtenbergmaschine stand und sich bewegte, trug leise

ihre Stimme herüber. Und alles, was Ludwig sich je er-
träumt hatte, wenn er dieses Lied hörte, das hochgewach-
sene, stolze Mädchen, das zum Strand ging und sich nicht
umsah, das war auf einmal diese kleine, schlanke Frau, die
er beinahe hochheben konnte. »Elsa!« sagte er, als wäre
alles, was er sagen wollte, in dem Namen. Wenn er ihren
Namen nicht hätte sagen können, hätte er schluchzen müssen. »Elsa!« Und er atmete ihren Geruch ein, diesen ganz
klaren Hauch von Alkohol. Außerdem roch es nach Meer,
und zwischen den Tönen der Melodie war das Rauschen
der Wellen zu hören, und daneben hatte noch für einen
Augenblick der Gedanke Platz, Elsas wunderbarer Körper
sei wie eine kleine, warme Maschine und würde von
Alkohol angetrieben. Und der Sand der Copacabana rieb
zwischen seinen Zehen.

Später lagen sie nebeneinander, noch immer von diesem großen Gefühl aneinandergezogen wie zwei Magnete,
manchmal bewegten sie sich ein wenig, um die Fläche
womöglich zu vergrößern, mit der sie sich berührten.
Im Nebenzimmer war eine Platte zu Ende, der Tonarm
schwang zurück und die nächste fiel auf den Teller: Aretha
Franklin sang »It ain't necessarily so«.

»Spürst du das auch?«, flüsterte sie. »Spürst du, wie weh
das tut, wenn es so schön ist? Dass man es fast nicht aushalten kann? Alles in einem Lied ...«

Sie schwiegen wieder und tranken sich einander den
Atem von den Lippen weg. Das kaum fühlbare Stampfen
der Maschine wiegte das Bett, fort wie das Bett vom
Häwelmann, in eine Nacht der Wunder. »Fly me to the
moon ... and let me play among the stars ... let me see how
spring is like on Jupiter and Mars ...«, kam es aus dem
Nachbarzimmer, und Elsa deutete durch das Fenster auf
den Himmel. Ein paar Sterne waren zu sehen. Neumond.

Und mit einem Mal waren sie dort, in der Schwärze des Himmels, das Bett wie von einem unsichtbaren Segel weit über die Erde gehoben, und Ludwig spürte die ungeheure Kälte des Raums beißend und grell wie Zitrone auf der Haut, Elsa rang nach Atem, die Kälte und die Luftlosigkeit waren quälend schön.

»Ich liebe dich«, flüsterte Ludwig plötzlich atemlos, als das Lied zu Ende war, und sie erschrak nicht und lächelte nicht.

»Seltsam«, sagte sie, verwundert und mit klarer Stimme, »wie seltsam, ich liebe dich auch«, und ihr sonst so harter, kleiner Körper wurde weich und passte in jede Wölbung des seinen.

Die Musik klang Stück um Stück, es war immer noch Nacht, und es waren alles Liebeslieder, durch die das Bett fuhr wie durch die sieben Meere. Das regelmäßige, leise Zischen der Überdruckventile der Lichtenbergmaschine war wie ein Takt dazu.

15

Noch einmal könnte Lichtenberg nach Amerika gereist sein. Er ist schon Mitte sechzig, aber trotz der Katastrophen in seinem Leben ist er noch nicht müde geworden. Sein Hunger ist noch größer als zu der Zeit, als er aus seiner Heimatstadt in eine Welt voller Wunder gezogen ist. Er hat das Gefühl, nicht mehr genug Zeit zu haben. Aber diesmal ist es Glück und Zufall, dass er eben in Washington ist und Thaddeus Cahill begegnet, der das größte Musikinstrument aller Zeiten gebaut hat. Es wiegt zweihunderttausend Kilogramm. Zehn Jahre später braucht man dreißig Eisenbahnwagen, um es nach New York zu transportieren. Cahill nennt seine Erfindung harmlos »Telharmonium«, aber als Lichtenberg es das erste Mal hört, weiß er, dass es einen anderen Namen braucht, und nennt es »Dynamophon«.

Als Lichtenberg, von den eigenartigen Tönen angezogen und von seiner Neugier getrieben, das aufgelassene Industriegelände im schäbigen Arbeiterviertel Washingtons betritt, über den ziegelgepflasterten Boden und die Gleise geht und den Geruch von Maschinen und Kohle atmet, der ihn jetzt schon so lange begleitet, da hört er die ganze Zeit diese Töne – viel komplexer als eine Orgel. Und viel mächtiger. Und dann schiebt er ein Tor auf und sieht eine faszinierend lange Reihe von Generatoren. Er ist viel zu neugierig, um sich daran zu erinnern, dass es in Amerika nicht ungefährlich ist, fremden Grund zu betreten. Wie viele sind es? Er zählt: Dreißig. Vierzig.

Da kommt Cahill, wütend stürmt er auf Lichtenberg zu, und es sind drei Polizisten nötig, damit Lichtenberg aufhört, sich zu wehren, und schließlich noch ein dazugeholter eingewanderter Polizist, der Deutsch versteht, bis die beiden Erfinder sich verständigen können.

Es entsteht eine Freundschaft zwischen den ungleich alten Männern, als Lichtenberg mit einem Schauer der Erregung versteht, was Cahill da gebaut hat. Das ist nicht einfach ein elektrisches Klavier. Jeder Ton ist denkbar. Trompete. Glocke. Harfe. Denn jeder Ton kann aus Sinusschwingungen zusammengesetzt werden. Es ist die erste elektronische Orgel, zehn Jahre, bevor die Elektronenröhre erfunden wird.

»Aber Sinusschwingungen«, wendet Lichtenberg ein, »müssen doch von Wechselstromgeneratoren erzeugt werden.«

Da weist Cahill stumm und stolz auf die lange Reihe

von Dampfmaschinen, die jeweils einen Generator antreiben. »Für jeden Ton ein Generator, für jeden einzelnen verfluchten Ton eine verdammte Dampfmaschine!«, sagt er.

Und Lichtenberg grinst plötzlich ein wildes Jungengrinsen über so viel Frechheit, sich den Jugendtraum einer Orgel von zweihundert Tonnen Gewicht zu erfüllen. Das erste Konzert des Dynamophons wird in jedes reiche Haus Washingtons übertragen. Per Telefon. Lichtenberg sitzt auf dem Telegrafenamt, hört begeistert und immer noch lachend zu und überlegt und rechnet und skizziert dabei schon wieder.

16

Die Lichtenbergmaschine bewegte sich nicht mehr. In dem kleinen Dampfkessel siedete das Wasser nur noch kaum hörbar. Auf dem Plattenspieler hing die Nadel in der Leerrille, es rauschte und klickte, wenn sie nach jeder Umdrehung immer wieder zurückrutschte. Ludwig regte sich leise und wachte auf. Noch bevor er die Augen öffnete, fiel ihm – seltsam – zuerst die Maschine ein. Sie hatte nichts getan. Sie hatte überhaupt nichts getan. Er hatte etwas falsch gemacht. Er musste irgendetwas falsch gemacht haben. Für einen Augenblick kam mit einem Schwall die Enttäuschung hoch wie plötzliche Übelkeit, bis allmählich die Bilder der Nacht aufgeholt hatten und die Dinge ins Lot rückten. Aber dann war auch das schon wieder vorbei, denn bei immer noch geschlossenen Augen spürte er, dass alles furchtbar wie immer war und er allein. Er setzte sich auf und sah in einen grauen Morgen.

Elsa war fort. Nicht nur im Bad oder in der Küche, sondern fort. Er merkte das an der Schalheit der Luft, am schalen Geschmack, den die Bilder der Nacht hinterlassen hatten, und jetzt kam die Scham, spöttische, höhnische, hässliche Scham. Plötzlich war er wieder der Junge vom Land, und er schämte sich, dass er von Liebe gesprochen hatte, dass er getrunken hatte, aber vor allem, dass er jemand anderem alles gezeigt hatte, was ihn bewegte. Auf einmal sah er sich selbst, wie er heute Nacht nackt dagelegen hatte, wie grotesk es ausgesehen haben musste, wenn er sich bewegt oder sie geküsst hatte. Er stand auf, mit schweren Knochen, als ob er lange und mühevoll gearbeitet hätte, und ging hinüber ins Wohnzimmer, wo die Maschine stand. Er brauchte einen Augenblick, bevor er registrierte, dass das Klicken vom Plattenspieler und nicht von der Maschine kam. Ungeduldig schaltete er ihn aus und untersuchte die Maschine. Aber es hatte sich nichts verändert. Der Kessel war noch warm. Sie war offensichtlich gelaufen, aber sie hatte nichts getan. Ganz leicht drehte sich das Schwungrad noch in den Lagern, die Ludwig gestern – war es erst gestern gewesen? – noch bewundert hatte, weil sie so reibungslos liefen. Vielleicht war es eine sinnlose Maschine, dachte Ludwig mit schwerem Kopf, irgendein idiotischer, verspäteter Versuch, ein Perpetuum mobile zu bauen. Eine Maschine, die nur Energie verbrauchte und sonst nichts tat. Wie manche Menschen, dachte er bitter. Und dann raffte er die Kleider vom Boden, riss die Jacke im Hinausgehen vom Haken, rannte die Treppe hinunter und fing an, sie zu suchen.

Diesmal rannte er nicht fort. Diesmal suchte er. Im Kopf ein Gitter, das sich über die Stadt legte. In der Mitte die Bar. Aber die Bar war geschlossen, als er ankam, heiß vom Laufen. Er ging durch Straßen, von denen er dachte, dass sie dort wohnen könnte. Er lief schnell, es war ein Gefühl, wie wenn er jetzt noch mit einem dünnen Faden mit ihr verbunden war; wenn er in die falsche Richtung rannte oder zu lange brauchte, würde er reißen. Er versuchte sich zu erinnern: War das Bett noch warm gewesen neben ihm? War sie schon lange fort gewesen? Er lief. Diese Ecke sah nach ihr aus. Dort klappte ein Hoftor, und er rannte hin, um zu sehen, welche Namen an den Klingeltafeln standen. Allmählich belebten sich die Straßen. Ludwig konnte nicht mehr laufen. Der Faden riss.

Als er in die Wohnung zurückkam, ging er ins Schlafzimmer und warf sich aufs Bett. In den Kissen war immer noch dieser gute technische Geruch von reinem Alkohol. Da wurde ihm endgültig klar, wie sehr er sich verliebt hatte. Nicht gut, dachte er mechanisch, nicht gut, zog sich die Kissen über den Kopf und versuchte, wieder einzuschlafen, voller Scham und voller Verlangen und mit einem Gefühl, als hätte man ihn, den Bauernsohn, zum Spaß für einen Tag zum König gemacht und nur er hätte das Spiel nicht bemerkt. Es war ein bitteres Gefühl.

Die nächsten Tage und Wochen wurden für Ludwig eine fiebrig erregte Zeit, aus der er vergeblich einen Ausweg suchte. Er warf sich in die Arbeit, weil er nichts anderes kannte, um mit sich selbst fertigzuwerden. Er arbeitete technische Zeichnungen durch, die sich mit modernen, leicht zu durchschauenden Maschinen befassten, suchte Ähnlichkeiten zu vorhandenen Modellen heraus, lehnte Entwürfe ab, die es schon tausendmal gegeben hatte, und ließ andere zu, nicht, weil sie tatsächlich neu waren, sondern weil das Patentgesetz lächerliche Änderungen einzelner Teile als Neuerfindung akzeptierte. Er wanderte jeden Tag zu Fuß nach Hause, um sich müde zu laufen, vermied aber, jemals an der Bar vorbeizugehen, wo sie gesungen hatte.

Er fing wieder an, sich mit der Lichtenbergmaschine auseinanderzusetzen. Er setzte sie in Gang, und sie lief. Er maß
Reibungswiderstände. Er maß die Erhitzung der Lager. Er
lieh sich von einem Physikerkollegen ein Kalorimeter, um
herauszufinden, wieviel Energie die antreibende Dampfmaschine erzeugte, damit er den Energieverlust gegen-
rechnen konnte – ein hilfloser Versuch herauszufinden,
ob die Maschine wenigstens etwas mehr tat, als Wärme in
Bewegung und dann wieder in Wärmeenergie umzuwan-
deln. Sein Wohnzimmer nahm allmählich das Aussehen
einer Versuchsanstalt an, und Ludwig war sich nicht bewusst, wie sehr seine Altbauwohnung mittlerweile den
Behelfslabors der Genies des neunzehnten Jahrhunderts
glich. Er verbrachte ganze Nachmittage, die er sich frei-
genommen hatte, an den Computern der Universitäts-
bibliothek, um mehr über Lichtenberg herauszufinden. Er
begann, Georg Christoph Lichtenberg zu hassen, und be-
wunderte Gustav Lichtenberg immer mehr, der es verstanden hatte, sich hinter einem anderen so zu verstecken, dass
bei jeder Suche immer der Falsche gegriffen wurde. Bei
allem Suchen fand Ludwig immer nur den Philosophen,
las Aphorismen, die er nicht lesen wollte, und entdeckte,
wenn er nach Schlagwörtern wie »Material« suchte, die
Sudelbücher. Ungewollt blieb manches hängen. Ludwig
hatte nicht gewusst, dass der Philosoph Lichtenberg auch
Physiker gewesen war. Einer der Sätze ging ihm lange nach:
»Einer der merkwürdigsten Züge in meinem Charakter ist
gewiss der seltsame Aberglaube ... Jedes Kriechen eines
Insekts dient mir zu Antworten über Fragen über mein
Schicksal. Ist das nicht sonderbar von einem Professor der
Physik?« Ludwig fühlte sich seltsam betroffen.

Eigentlich war die ganze Arbeit nur der Versuch, nicht
an Elsa zu denken. Aber so wie er als Kind die Fugen im

Gehsteig oder die Kuckucksrufe gezählt hatte, um zu wissen, ob die Klassenarbeit gut ausgefallen war, so deutete er alles, was ihm begegnete, zu Prophezeiungen für sein Verhältnis zu ihr um. Er konnte sich nicht dagegen wehren. Wenn die Lichtenbergmaschine keine Funktion hatte, dann war diese fruchtlose Arbeit wie seine fruchtlose Liebe. Er hörte keine Musik mehr, ärgerte sich aber darüber. Alles schien in Abhängigkeit zu ihr zu stehen, egal, was er tat. Er überlegte, ob Lichtenberg seine Maschine vielleicht noch in anderen Ländern zum Patent angemeldet hatte, und begann, in den Archiven der großen Patentanstalten in England, Frankreich und Amerika zu suchen.

Einmal während dieser trockenen und mühseligen Arbeit gab es einen unvermuteten Lichtblick, einen völlig überraschenden Moment, in dem Ludwig Elsa für eine Minute vergaß und laut lachen musste. Im Archiv des New Yorker Patentamtes war er auf einen Brief aus dem Jahr 1899 gestoßen. An den sehr respektablen und ehrenhaften Herrn Bürgermeister, stand da, und nach einigen Floskeln der Höflichkeit kam der Schreiber zur Sache: Er bitte darum, das ihm unterstellte Patentamt der Stadt New York nunmehr zu schließen. Denn es sei sinnlos geworden. Obsolet. Überflüssig. Alles Erfindbare sei in diesem Jahrhundert erfunden worden und Neues nicht mehr zu erwarten. Deshalb bitte er darum, ihn an anderer Stelle zu verwenden und das Amt aufzulösen, wobei für die Angestellten in angemessener Weise zu sorgen sei, denn viele der Herren hätten Familie. Hochachtungsvoll und so fort, Unterschrift.

Was für eine schöne Idee, dachte Ludwig lachend, und was für eine naive Ehrlichkeit. Und vielleicht, dachte er weiter, während sich in die Heiterkeit schon wieder andere Gedanken mischten, hatte der Mann sogar recht gehabt. Manchmal hatte er den Eindruck, dass zu all der großartigen

Technik in diesem Jahrhundert die Grundlagen im vergangenen gelegt worden waren: Autos. Computer. Atomspaltung. Telekommunikation. Vielleicht gab es wirklich nichts Neues unter der Sonne, und nur er klammerte sich an die Illusion einer besonderen Maschine. Was ihm hier im Büro auf den Tisch gelegt wurde, das war doch alles nicht neu. Das waren doch alles nur Weiterentwicklungen und Alternativen. Vielleicht erschöpft sich die Erfindungskraft des Menschen allmählich, dachte er, und wir zehren nur noch von der großen Springflut der Ideen aus dem letzten Jahrhundert. An diesem Abend ging er noch bedrückter als sonst nach Hause. Es erschreckte ihn, dass er sich wünschte, zu Hause auf dem Dorf zu sein, nicht denken zu müssen, sondern einfach so lange zu arbeiten, bis er todmüde ins Bett fiel und traumlos schlief. Wie er das früher gehasst hatte. Ein schlechtes Zeichen, sich auf den Hof zu wünschen, dachte er, und er fühlte, dass das Scheitern seines Lebens gefährlich nah war.

An diesem Abend fand er den Zettel an seiner Tür.

17

Auf seiner Wanderung, nach Berlin oder nach München, fällt dem jungen Gustav Lichtenberg in der Gegend um Jena herum eine Zeitung in die Hand, die ein Spaziergänger auf einer der Bänke oben beim Napoleondenkmal hat liegenlassen. Und Lichtenberg, müde von einem hungrigen, langen Tag auf Wanderschaft, die nicht so abenteuerlich ist, wie er sich erhofft hat, sitzt auf der Bank, sieht über die Dächer von Jena und schlägt dann die Zeitung auf. Er liest die Lokalnachrichten, wie zu Hause immer, aber er versteht sie nicht, weil er die wichtigen Familien des Ortes und die Straßen nicht kennt. Da spürt er so etwas wie Heimweh, für einen Augenblick nur, und er liest stattdessen die Inserate. »Armer, ehrlicher Junge von vierzehn bis sechzehn Jahren für leichte Arbeiten gesucht. Interessenten wollen sich melden bei Carl Zeiss, Mechaniker, Wagnerstraße 32.« Lichtenberg hat nicht das richtige Alter, aber für sechzehn wird er sich ausgeben können und er hat schon fast kein Geld mehr, die Wanderung verbraucht viel mehr, als er dachte. Er tritt in die Optikerwerkstatt ein. Für ein paar Tage nur, denkt er, aber es werden dann doch Monate daraus, vielleicht ein Jahr, bevor er weiterzieht. Zuerst ist Lichtenberg enttäuscht. Er hat sich von der Bezeichnung locken lassen: Mechaniker. Er hat gehofft, Zeiss wäre jemand, der Maschinen baut, Dampfmaschinen oder vielleicht sogar Lokomotiven. Aber da steht er schon in der Werkstatt und kann nicht mehr zurück, der Lohn ist gering, aber Zeiss will ihn nehmen. Er beginnt zu lernen. Erst widerwillig, dann mit zunehmender Begeisterung. Die feine Mechanik, das Schleifen der Prismen, die hundert Sorten Glas, die es gibt, die Linsen, die mit Wasser gefüllt werden müssen: Lichtenberg staunt. Er baut sein erstes Mikroskop. Zeiss prüft es. Der Tubusauszug geht nicht sauber, und die Führung des Prismas ist um eine Kleinigkeit zu groß. Aber immerhin: Er ist erst seit einigen Monaten dabei, und schon hat er ein Mikroskop gebaut. Er ist stolz. Zeiss ist fertig mit der Prüfung. Lichtenberg wartet gespannt. Da nimmt Zeiss den größten Vorschlaghammer, den es in der Werkstatt gibt, und schlägt mit drei, vier harten Schlägen das Mikroskop zu einer unförmigen flachen Masse aus Metall und Glassplittern. »Noch einmal«, sagt er dann ruhig zu Lichtenberg. Aber am Abend dieses Tages, kurz bevor die Arbeitszeit endet, kommt Zeiss in die Werkstatt und sagt: »Lichtenberg, komm, wir machen einen Ausflug.« Der Meister hat ein paar Kutschen kommen lassen, und sie fahren mit den anderen Gesellen zur Leuchtenburg.

An diesem Abend nimmt Lichtenberg sich vor, eine perfekte Maschine zu bauen, eine, auf die auch Zeiss stolz sein könnte.

18

»Zeit?« stand auf dem Zettel. Lakonischer ging es kaum, dachte Ludwig. Dieses kleine Wort war wie ein Schock. Er hatte nicht wirklich damit gerechnet, je wieder von ihr zu hören. Natürlich nicht. Wer war er? Er eignete sich nicht zum Geliebten. Er war ein Spinner. Aber »Zeit?« bedeutete eine tiefe Vertrautheit. »Zeit?« setzte voraus, dass er auf jeden Fall wusste, wer ihm den Zettel an die Tür geheftet hatte. Es setzte selbstverständlich voraus, dass er wusste, wo er sie zu finden hatte. Es zeigte, dass sie wusste, wo er wohnte, obwohl sie doch spätnachts gekommen und nur ein Mal bei ihm gewesen war. Und es hieß, dass sie, wie oft auch immer, an ihn gedacht hatte.

Als er die Bar betrat, wurde eben aufgebaut, und der kleine Pianist spielte ein bisschen vor sich hin. Es war noch viel zu früh für richtigen Betrieb in der Bar, und man zeigte ihm ein Hinterzimmer, in dem die Musiker sich für gewöhnlich vor und zwischen den Auftritten aufhielten. Er zögerte vor der Tür. Nach der Nacht mit ihr hatte sich ja äußerlich nichts in seinem Leben verändert. Er war nach wie vor allein. Und dieses Zögern jetzt war wie die Frage, ob es nicht so auf jeden Fall besser war. Die letzten Wochen waren nicht gut gewesen. Alleinsein bedeutete immerhin auch, nicht an anderen zu leiden. Aber als ihm bewusst wurde, was er da eben gedacht hatte, öffnete er mit einem Ruck die Tür.

Elsa stand an einem überhäuften Tisch, suchte etwas in ihrem Geigenkasten und sah erst nach einem Augenblick auf. »Ich kann meine Stimmgabel nicht finden«, sagte sie mit einer Vertrautheit, als wäre ihr Gespräch nicht Wochen, sondern nur Sekunden unterbrochen gewesen.

»Hallo«, sagte Ludwig, steif und schüchtern wie immer, schwankte sogar für einen Augenblick zwischen dem Du und dem Sie, bevor er fragte: »Kann ich dir helfen?«

»Ja«, sagte sie, »ich muss die Geige stimmen.«

»Kannst du nicht ans Klavier?«, fragte Ludwig mit einem Blick in den Geigenkasten, aus dem der harzige Geruch von Kolophonium stieg.

»Das Klavier ist verstimmt«, antwortete Elsa, die ein Kleidungsstück nach dem anderen aus ihrer Reisetasche zog und einfach fallen ließ.

Erstaunt über sich selbst stellte Ludwig fest, wie begierig er solche Details registrierte. »Aber wenn du die Geige nicht nach dem Klavier stimmst, wie könnt ihr dann zusammen spielen? Das hört man doch.«

»Niemand hört das«, sagte Elsa voller Verachtung, »so sehr ist das Klavier nicht verstimmt. Aber ich spiele nur mit richtiger Stimmung. Oder gar nicht.« Plötzlich schrie sie los: »Wo ist diese verdammte Stimmgabel!«, riss den Geigenkasten vom Tisch und schleuderte ihn auf den Boden. Ludwig erschrak, erstarrte vor diesem plötzlichen Ausbruch, aber da lachte sie schon wieder und sagte: »Nicht erschrecken. So bin ich oft.«

Ludwig, der aus einem Haus kam, in dem Wutausbrüche nur äußerst selten vorkamen und wenn, dann erst nach

Jahren, in denen sich die Dinge angestaut hatten und die Ausbrüche dementsprechend schrecklich waren, holte tief Luft. »Man braucht keine Stimmgabel für ein a«, sagte er.

»Ach nein?«, fragte Elsa spöttisch, »kannst du es ansingen?«

Ludwig ging hinüber zum Telefon, nahm den Hörer ab und hielt ihn Elsa hin. »440 Hertz«, sagte er, »das Freizeichen hat 440 Hertz. Das ist ein eingestrichenes a.«

Elsa kam herüber und nahm den Hörer. Dann klemmte sie sich die Geige unter das Kinn und stimmte sie. »Ich weiß nicht, was du mit mir gemacht hast«, sagte sie während dessen in geschäftsmäßigem Ton, »aber ich kann nicht mehr schlafen. Die ganze Zeit, die ich unterwegs war, habe ich an dich und deine komische Maschine denken müssen. Was tut sie? Arbeitet sie?«

»Ich weiß es immer noch nicht«, sagte er, »irgendetwas stimmt nicht. Vielleicht habe ich sie nicht richtig zusammengebaut.«

Elsa sah ihn abschätzend an. »Das glaube ich nicht«, sagte sie.

»Du hast mir nicht von dem Lied erzählt«, sagte er unvermittelt.

Elsa verstand zuerst nicht. »Was für ein Lied?«, fragte sie.

»Das Lied, von dem du erzählt hast, das Lied, das du gehört hast, bevor du beschlossen hast, nicht mehr in klassischen Orchestern zu spielen.«

Elsa lachte. »Ach so«, sagte sie, »es bedeutet heute nicht mehr viel. Aber warte, ich spiele es dir vor«, und sie hob die Geige ans Kinn. In diesem Augenblick war Ludwig glücklich, einen Moment lang glücklich ohne Einschränkungen und Ängste, und Elsa lächelte, während sie ihm das Lied vorspielte.

Viel später, als der Abend in der Bar vorüber war, den

Ludwig geduldig an einem Tisch verbracht hatte, kam sie mit ihm. Sie gingen schweigend. Allmählich wurde es richtig Frühling. Die Nacht war mild und hell.

»Ich habe nicht viel Zeit«, sagte sie unvermittelt, »ich bin oft auf Tournee.«

Ludwig nickte. Er hätte zu allem genickt. Als sie in seine Wohnung kamen, trat sie zuerst zur Maschine und sah sie lange an, ging um sie herum, während Ludwig an den Türrahmen gelehnt wartete.

»Ich habe sogar von ihr geträumt«, sagte sie schließlich, »es ist eine schöne Maschine.«

»Naja«, sagte Ludwig, »es ... es ist nur eine Maschine«, und machte unsicher einen Schritt auf sie zu. Elsa kam auch näher und stand schließlich dicht vor ihm. Der Duft, der immer um sie war, dieser flüchtige Geruch nach Alkohol, war wie nach Hause kommen.

»Richtig«, sagte Elsa, »man liebt zu oft die Dinge anstelle der Menschen.« Dann sah sie ihn lange an und Ludwig hielt den Blick aus.

»Jetzt«, sagte sie dann, während ein kleines Lächeln an ihren Lippen zog, »wäre der richtige Zeitpunkt, mich zu küssen, Maschinenbauer.«

Diese Nacht war leise – ohne Musik und ohne Maschine, aber nach dieser durchflüsterten Nacht wachte Ludwig auf, und Elsa war noch da.

Die kommenden Wochen waren für Ludwig, als wäre er nach Jahren in der Schwerelosigkeit, nach Jahren des freien Falls in einem lichtlosen Vakuum auf eine Umlaufbahn eingeschwenkt. Das eigene Gewicht zu spüren, war eine wunderbare Sache. Und auch, wenn es ein unberechenbarer Stern war, den er umkreiste, eine Sonne mit heftigen Ausbrüchen, war sie für Ludwig die Mitte. Wenn er vorher der Maschine wegen im Patentamt nicht immer konzentriert gearbeitet, aber dort viel Zeit verbracht hatte, dann machte er jetzt das erste Mal die Erfahrung, dass sein Pflichtgefühl gegenüber den täglichen Aufgaben nachließ. Sein Vater hätte ihn niemals so erleben dürfen, dachte er manchmal, er hätte ihn nicht verstanden. In der Welt seiner Eltern kam Liebe wohl nicht vor.

Elsa war tatsächlich nicht viel da. Meistens waren es nur ein oder zwei Tage, die sie nicht in der Stadt war, aber ab und zu musste sie für eine halbe Woche fort. Es war auszuhalten. Nach den Bürostunden ging Ludwig jetzt nicht mehr ins Archiv. Auch die Lichtenbergmaschine hatte auf eigenartige Weise an Bedeutung verloren. Sie stand noch immer schwer in der Mitte seines Wohnzimmers, und nichts anderes hatte dort Platz, aber Ludwig interessierte sich nicht mehr wirklich für sie. Und er begann, sich mit Musik zu beschäftigen. Er hatte Musik gehört wie alle anderen. Es gab Platten, die er besonders mochte, aber er war zufällig zu ihnen gekommen, hatte sie im Vorbeigehen gekauft oder geschenkt bekommen. Wenn Elsa nicht da war, suchte er sie in der Musik, die sie spielte. Es war keine Arbeit, sich damit auseinanderzusetzen, Ludwig ließ sich treiben. Das hatte er noch nie getan, und er tat es mit einer geheimen Lust, am Nichtstun haftete der Zauber des Verbotenen. Und Musik zu hören, nichts anderes zu tun, als nur Musik zu hören, das war der Inbegriff des Nichtstuns.

Es war wie eine Warnung, als er an einem dieser Tage unvermittelt zum Chef des Patentamtes gerufen wurde. Als er das Zimmer betrat, war der Direktor im Gespräch mit einem Mann, der nicht im Patentamt arbeitete. Er stellte sich Ludwig sehr freundlich vor, aber Ludwig verstand den Namen nicht. Der Direktor bot ihm einen Sessel an, doch er und der Unbekannte blieben stehen.

»Es wird nicht lange dauern, Herr Lang«, sagte der Direktor, »aber weil Sie doch manchmal länger im Hause bleiben, hätten wir Sie gerne etwas gefragt.«

Ludwig war alarmiert. Woher wusste der Chef, dass er oft länger im Amt gewesen war? Er hatte nicht angenommen, dass der Hausmeister dem Chef darüber berichtete.

»Es ist nämlich so«, fuhr der Direktor fort, »dass wir offensichtlich einen Einbruch mit Vandalismus gehabt haben. Irgendjemand ist ins Archiv und hat dort ein paar Regale verwüstet.«

Ein paar Regale! Ludwig ärgerte sich, dass der Chef immer so übertreiben musste.

»Wir wissen nicht genau, wann der Einbruch stattgefunden hat«, schaltete sich der Unbekannte ein, der offensichtlich von der Polizei war. »Genauer gesagt, vermuten wir, dass sich vielleicht jemand hat einschließen lassen, weil die Türen nicht beschädigt sind.«

»Naja«, sagte der Chef ungeduldig, »und deshalb wollten wir fragen, ob Ihnen nicht irgendetwas aufgefallen ist in den letzten Tagen.«

»Ich habe schon lange keine Überstunden mehr gemacht«, sagte Ludwig vorsichtig und fragte sich im selben Augenblick, ob das nicht ein Fehler war. Wenn sie doch irgendwie herausfanden, dass der »Einbruch« schon ein paar Wochen her war, zu einer Zeit, als er noch fast jeden Abend länger im Amt geblieben war, konnten sie leicht eine Verbindung herstellen. »Was ist denn gestohlen worden?«, fragte er rasch nach.

»Bei den Unterlagen wissen wir es nicht genau«, sagte der Direktor, »aber aus einem der Büros haben sie ein Portemonnaie und eine Jacke mitgenommen.«

»Bei Ihnen fehlt nichts?«, fragte der Polizist nach.

Ludwig stöhnte innerlich. Na wunderbar. Da hatte irgendjemand die Gelegenheit genutzt, um die Versicherung zu betrügen. Sollte er auch irgendetwas als gestohlen angeben? »Ich habe noch nicht nachgesehen«, antwortete er ausweichend, »aber ich glaube nicht.«

»Also, Sie haben jedenfalls nichts bemerkt?«, fragte der Polizist noch einmal nach. »Wann haben Sie denn Überstunden gemacht? Vielleicht können wir die Tage schon mal ausschließen.«

»Ich ... ich schreibe sie nicht auf«, sagte Ludwig unsicher.

Der Chef nickte zustimmend. »Na, das war's dann schon, Herr Lang«, sagte er, und Ludwig stand auf. Der Polizist nickte ihm freundlich zu, und Ludwig war wieder draußen. Jetzt erst begann er zu zittern. Gut gegangen. Für diesmal. Erst allmählich beruhigte er sich. Wenn er Glück hatte, untersuchten sie das Ganze nicht weiter. Wenn er Glück hatte. Aber auf der anderen Seite – er hatte die Lichtenbergmaschine bei sich zu Hause. Und die Pläne. Er verfluchte sich innerlich für seine Unbeherrschtheit und seine Nachlässigkeit. Er hätte längst ins Archiv gehen sollen, um die Spuren seines Wutanfalls zu beseitigen. Kein Mensch hätte es je gemerkt, wenn er die zerstörten Kartons einfach mitgenommen und weggeworfen hätte. Aber zu spät. Den Rest des Tages arbeitete er noch unkonzentrierter, weil er ständig überlegte, was er mit den Plänen der Lichtenbergmaschine tun sollte.

Als er abends nach Hause kam, war er furchtbar verunsichert. Die Maschine stand in seinem Wohnzimmer, dunkel wie ein lauerndes Tier und ungeheuer schwer, er bemerkte erst jetzt, wie sich die Dielen unter ihrem Gewicht bogen.

»Ich werde hier nie wieder einen Tisch hinstellen können«, murmelte er. Der Gedanke daran, die Maschine irgendwann wieder auseinandernehmen zu müssen, kam ihm erst jetzt mit Klarheit zu Bewusstsein. Es würde mindestens einen

Tag dauern, und dann hatte er die Teile noch nicht aus der Wohnung gebracht. Aber die Maschine selbst, dachte er weiter, war ja nicht das Problem. Es waren die Pläne. Er nahm die Konstruktionszeichnung von der Wand, suchte die Kopien und steckte sie zusammen in die Papphülse, aus der sie kamen. Dann dachte er über ein Versteck nach. »Streng dich an«, murmelte er selbstvergessen, »du bist Wissenschaftler.« Und er ging die Möglichkeiten durch, bis ihm schließlich der ideale Ort eingefallen war. Er verließ die Wohnung mit allen Zeichnungen, nahm sein Fahrrad und fuhr zum Bahnhof. Erst gegen sechs Uhr am nächsten Morgen kehrte er völlig erschöpft und grau zurück, hatte aber das Gefühl, sich mit dieser Anstrengung eine gewisse Sicherheit erkauft zu haben.

An diesem Tag kam auch Elsa zurück.

19

Wie kommt Lichtenberg nach Schottland? Ist er bei den Handwerkergesellen dabei gewesen, die dem König auf dem Berliner Schlosshof zugerufen haben: »Mütze herunter!«, als sie die Märzgefallenen der Revolution vor das Schloss brachten und den König zwangen, ihnen die letzte Ehre zu erweisen? Ist er noch in Berlin, als das preußische Militär ein Jahr später, 1849, die Nationalversammlung auflöst und die Herren von der Geheimpolizei mit Namenslisten die Stadt durchkämmen? Oder ist er nach Baden gegangen, wie viele Revolutionäre, und erlebt mit, wie die Preußen die Festung Rastatt nehmen und jeden Dritten erschießen? Vielleicht muss er fliehen, wie so viele, und flieht wie Engels nach England.

Aber finde Arbeit in England! Lichtenberg nimmt alles an. Er sieht mit großen Augen die gewaltigen Dampfmaschinen in Sheffield. Auf seiner Reise nach Norden sieht er in den riesigen Spinnereien und Webereien in Mittelengland seinen ersten Jacquard-Webstuhl, der geheimnisvoll und wie von selbst ein Muster webt. Lichtenberg untersucht die Maschine in einer stillen Stunde und entdeckt, dass sie von Lochkarten gesteuert wird. Als man ihn dabei erwischt, wird er vom Vorarbeiter verprügelt und entlassen. Weiter nach Norden. Lichtenberg ist völlig überwältigt von den Eisenbahnstrecken in England. Davon lebt ein Land, denkt er, von diesem Netz an Lebensadern. Überall gibt es schon Bahnhöfe, bald kann man jede größere Stadt erreichen. Lichtenberg wandert nicht mehr, er fährt.

Eines Tages steigt er in Glasgow aus. Lichtenberg ist einer, der immer sieht, immer staunt. Er steht noch auf dem Bahnsteig, als die anderen Reisenden bereits fort sind, und beobachtet einen Mann, wie er die große Hauptuhr wartet. Aber es ist keine gewöhnliche Uhr, das sieht er gleich. Und der junge Lichtenberg spricht den älteren Mann an. Bain, der Schäfer Bain, der schlechteste Schüler seinerzeit, erklärt Lichtenberg radebrechend die erste elektrische Uhr. Und dann nimmt er ihn mit nach Edinburgh. Er redet wie ein Wasserfall, weil die Herren von der Royal Academy seine Erfindungen immer nur als Spielerei abtun und da endlich jemand ist, der an seinen Lippen hängt. In Glasgow hängt die gleiche Uhr. Lichtenberg zuckt innerlich die Achseln. Kopien interessieren ihn nicht. Wenn eine Maschine einmal gebaut ist ...

Aber dann sagt Bain etwas, das ihn aufhorchen lässt.

»Die beiden Uhren gehen sekundengenau«, erklärt Bain mühsam mit deutschen Brocken im Schottisch, »weil die eine mit der anderen elektrisch verbunden ist. Wenn in

Glasgow das Pendel einen Kontakt berührt, sendet es ein elektrisches Signal nach Edinburgh, das die Uhr zwingt, genauso zu gehen.«

Das gefällt Lichtenberg. Und schon beginnt er weiterzu-denken. Wenn das geht, denkt er ...

Da zieht Bain ihn am Ärmel. »Come«, sagt er, »come and see!« Und Lichtenberg versteht ihn trotz des harten schot-tischen Akzents. Im schäbigen Haus des Schäfers setzt Bain ihn an den Küchentisch vor eine dieser Pendeluhren, nimmt eine sentimentale Ölminiatur von der Wand, zeigt sie Lichtenberg und geht selbst in die Scheune hinüber, hundert Yards entfernt. Lichtenberg ist ratlos. Vielleicht ist dieser Bain etwas verwirrt. Aber dann bemerkt Lichtenberg das seltsame Papier, das unter dem Pendel der Uhr liegt, und er sieht, dass an dem Pendel ein Stift angebracht ist. Und als das Papier sich zu bewegen beginnt, durch eine sinnreiche Konstruktion Millimeter um Millimeter voran-ruckt, sieht Lichtenberg fasziniert, wie der Stift am Pendel einzelne Punkte auf das offensichtlich magnetisierbare Papier setzt. Immer gespannter, immer erregter sieht Lichtenberg, wie auf dem Papier ein Muster entsteht, und mit einem Schrei der Begeisterung springt er auf, als sich vor seinem Auge die tausend schwarzen Punkte plötzlich zu dem Ölbild zusammensetzen, das der Schäfer ihm gezeigt hat. Lichtenberg hat die erste Faxnachricht der Geschichte empfangen. Und für einen Augenblick denkt er wehmütig an Clara und wünscht, ihr auf diese Art ein Bild senden zu können.

20

Wenn sie fort war, stellte er sich vor, wie es wäre, Elsa zu erzählen, was geschehen war. Dass er zutiefst verunsichert war. Ja, und dass er Angst hatte, weil seine Spaziergänge ins Archiv plötzlich Einbrüche geworden waren. Aber wenn sie da war, konnte er nicht mehr reden. Es war so, wie es schon immer gewesen war. Nur nachts, wenn es dunkel und er unsichtbar war, dann konnte er sprechen.

»Wo bist du gewesen?«, fragte er, als sie sich in seiner Wohnung gegenübersaßen. Die ersten Minuten waren die schlimmsten. Alles, was er sagte, war falsch. Sie war hereingekommen, er hatte ihr höflich guten Tag gewünscht und sich innerlich gewunden wegen seiner Unfähigkeit, ihr stattdessen zu sagen, dass er sie vermisst hatte. Sie machte es ihm nicht leicht. Zwar kam sie in seine Wohnung mit dieser Selbstverständlichkeit, die er von Anfang an bewundert hatte, aber mit derselben Vertrautheit nahm sie sich zu trinken, saß ihm schweigend am Küchentisch gegenüber und wartete.

»In Dänemark«, sagte sie, »die erste Auslandstournee.«

»War es ... warst du erfolgreich?«, fragte er.

Elsa lächelte ein wenig. »Ja, Papa«, antwortete sie ironisch, »ich habe gewonnen.«

»Ich wollte nicht ...«, begann er.

Aber Elsa unterbrach ihn: »Ich weiß«, sagte sie, »dann tu's auch nicht. Du musst nicht mit mir reden, nur um zu reden. Aber«, setzte sie nach einem Augenblick des Nachdenkens hinzu, »wenn du irgendwann mal mit mir reden willst, dann solltest du es vielleicht auch tun. Was macht denn deine Maschine?«, fragte sie dann übergangslos.

»Ich arbeite nicht mehr an der Maschine«, sagte Ludwig knapp. Und hatte wieder die Gelegenheit verpasst. »Aber Musik«, setzte er rasch nach, »ich höre mehr Musik.«

Da lachte Elsa. Kein spöttisches Lachen, sondern ein weiches, verstehendes, ein fröhlich lautes Lachen. »Wie schön«, sagte sie dann immer noch lachend, »eine neue Welt, was?«

»Ja«, sagte er ernst, »eine neue Welt.«

»Was für ein Glück für dich, dass ich Musikerin bin«, sagte sie heiter, »komm her, Ludwig Lang, Musikliebhaber. Komm her und begrüße mich richtig.«

Ludwig atmete auf, lächelte, weil die Klippe wieder einmal überwunden war. Aber wie oft das gehen würde, wusste er nicht.

Nachts sagte sie irgendwann: »Es gibt Städte, die haben eine Melodie. Nicht viele, ein paar nur. Aber dieses kleine Hvide Sande, das hat eine.«

»Ich kenne das«, antwortete Ludwig leise, »die Geräusche sind immer anders.« Draußen hörte man die jungen Blätter der Birken. »Ich kann die Städte nach ihren Geräuschen unterscheiden«, flüsterte er. »In jeder Stadt locken die Tauben anders, hören sich die Straßen anders an, schlagen die Glocken heller oder dunkler. Manchmal denke ich, die Glocken machen den Takt aus. Wenn man alle Geräusche aufnehmen und sie hundertfach schneller abspielen würde, vielleicht würde man dann die richtige Melodie einer Stadt hören, mit den Glocken als Takt.«

Elsa schüttelte den Kopf, das spürte er. »Nein«, lächelte ihre Stimme, »ich weiß, wie das bei dir ist. Du suchst ein Muster. Du hörst zwar auch genau zu, aber für mich ist es«, sie zögerte, um die richtigen Worte zu finden, »für mich ist das so, als ob ich die Musik sehe«, sie verbesserte sich, »nein, als ob das, was ich sehe, zu Musik würde.«

Es war einer der ganz seltenen Momente, in denen sie so miteinander sprachen, wie sie sich liebten. Ohne Schweigen dazwischen. Ohne seine Sprachlosigkeit.

»Ich könnte die Musik sichtbar machen«, sagte Ludwig nachdenklich. »Schwingungen kann man berechnen. In Kurven und Linien. Oder in Farben. Musik ist Mathematik. Und Zahlen kann ich sichtbar machen.«

»Ja. Du kannst Musik zu Bildern machen. Vielleicht sind sie sogar schön. Auf eine strenge Weise. Auf eine schweigende Weise. Aber es gibt keine Maschine, die Bilder zu Musik macht.«

»Nein«, gab Ludwig zu. Und nach einer Pause, in der er spürte, wie in ihr diesmal eine wirkliche Furcht vor dem Schweigen begann, das zu oft aufkam und zu lange dauerte, sagte er plötzlich halblaut, ganz klar: »Aber du.«

Und sie wusste, dass er meinte, sie könne das, was keine Maschine konnte, und nahm ihn in den Arm. »Wenn du willst«, sagte sie etwas später, als es schon Morgen wurde, »könntest du mitkommen, nächstes Mal. Wir spielen noch einmal in Kopenhagen.«

Diesmal gab es keine Pause. Ludwig sagte: »Ja. Gerne.«

21

Vielleicht ist es ganz anders gewesen, und Lichtenberg hat sein Städtchen nicht wegen der Mutter verlassen. Es ist ein romantisches Jahrhundert, muss es da nicht die Liebe sein, derentwegen Gustav Lichtenberg überstürzt aus der Stadt flieht? Gustav könnte eine glückliche Kindheit gehabt haben. Sein Vater ist königlich preußischer Beamter, seine Mutter ist eine zurückhaltend fröhliche Frau aus dem freistädtischen Hamburg, viel offener allem Neuen gegenüber als der Vater. Einmal nimmt sie ihn mit zu einem Spiritisten, einem Mesmeristen, der im Saal des städtischen Wirtshauses Kranke mit Magnetismus heilt.

Der Vater aber, den Gustav manchmal scheut, manchmal bewundert, weckt Gustav eines Morgens lange vor Sonnenaufgang. »Pssst!« flüstert er, als der Junge laut gähnend fragt, was es gibt. »Zieh dich rasch an!«

Der Vater hat, das verwundert Gustav am meisten, bereits die Sachen für ihn herausgelegt, das ist doch Frauenarbeit, er wusste nicht, dass der Vater sich in seinem Schrank überhaupt auskennt. Als sie aus dem Haus treten, ist es noch neblig: Es ist ein früher Herbsttag, aber nicht richtig kalt. Gustav zittert trotzdem vor Müdigkeit und Aufregung, als er Hufschlag hört und ein Landauer, kurz danach eine zweite Kutsche, eine Kalesche, um die Ecke biegen. Der Hufschlag hallt durch die ganze Stadt, so kommt es Gustav vor. Der Vater drängt ihn einzusteigen. Es ist eine schweigende Gesellschaft in der Kutsche, die Herren tragen alle Schwarz und keiner redet viel, der Nebel legt sich auf das Gemüt. Aber dennoch – Gustav spürt die seltsame Spannung, die in jeder Bewegung, in jedem kurzen Wort, in jedem Zug an der Zigarre (am frühen Morgen!) liegt. Wohin fahren sie? fragt sich Gustav, bis er merkt, es geht in den Wald. Eigenartig, wird er gedacht haben, als sie an einer Lichtung halten, die er aus manchen Sonntagsspaziergängen kennt.

Alle steigen aus, vom Städtchen schlägt es fünf herüber. Und als dann, rasch und von einer anderen Seite, ein leichter Einspänner auf die Lichtung biegt und wieder drei Herren in Schwarz aussteigen, darunter der Doktor des Städtchens mit seiner ledernen Tasche, da meint Gustav zu verstehen, was geschieht. Hochaufgeregt und gespannt wird er sich auf die Lippen gebissen haben, als die zwei Herren, von denen einer ein Freund seines Vaters ist, sich gegenüberstehen und kalt die Hand geben. Er wird seine Hände aufgeregt geöffnet und geschlossen haben, als sein Vater noch einmal zusammen mit dem anderen Sekundanten den Ehrenhandel beizulegen versucht; hat ihn der Vater deshalb mitgenommen? Aber dann wird die Kiste mit den Pistolen geöffnet, und die Herren legen die Röcke ab. Sie gehen auseinander, der Vater hält ein Taschentuch hoch, läßt es sinken, und da fallen Schüsse. Und noch einmal und noch einmal, und beim dritten Mal stürzt einer der beiden, der Freund des Vaters, er ist an der Seite getroffen, die er sich hält, aber Blut sieht man auf dem weißen Hemd keines. Plötzlich schreien alle und rennen hin, und allein Gustav bleibt stehen, mit einem plötzlichen, wilden Schauder der Erregung, weil er auf einmal ein Stück von dem gesehen hat, wozu Menschen sich treiben lassen von einem Traum etwa oder einer Idee wie der Ehre.

Und als er sich dann, vier Jahre später, schon ein junger Soldat, wegen der Apothekerstochter Clara mit einem Offizier anlegt, es sehenden Auges auf ein Duell ankommen lässt, da steht er ruhigen Herzens auf derselben Lichtung. Weil er keine Angst hat und kühl beobachtet, was geschieht, verletzt er den Offizier mit ruhiger Hand, nicht schwer, aber doch so, dass er aus dem Städtchen fliehen und den Namen Lichtenberg annehmen muss, denn Duelle sind, obwohl ehrenhaft, verboten.

Als Ferdinand Lassalle viele Jahre später in einem Duell wegen einer Frau stirbt, könnte Lichtenberg traurig über seinen Freund gelächelt haben: Liebe und Ehre! Die Menschen lassen sich von Ideen bewegen. Ideen, die Lichtenberg längst selbst bewegen kann.

22

»Was?« Elsa war fassungslos. »Du bist noch nie im Ausland gewesen?«

Ludwig nickte. Sie waren im Zug, der sich der Grenze näherte. »Bei uns ist man nicht gereist«, sagte er dann, »nur zu den Verwandten, bei einer Hochzeit oder einer Beerdigung oder so.«

»Was für eine Ehre für mich«, sagte sie spöttisch freundlich, »gewissermaßen wirst du von mir entjungfert.«

Ludwig schwieg verstimmt.

Elsa stand auf und kam nach ein paar Minuten mit einer Flasche Sekt wieder. »Für die Grenze«, sagte sie, »darauf müssen wir anstoßen.«

Ludwig schwankte einen Augenblick, er freute sich, aber die Verärgerung war stärker. »Musst du immer trinken?«, fragte er und lehnte das Glas ab.

Elsas Gesicht wurde plötzlich ernst. »Aha«, sagte sie. Und nach einer kleinen Pause: »Fragst du wegen mir oder fragst du, weil ich am Vormittag Sekt trinke und offensichtlich zu dir gehöre? Überleg dir das«, sagte sie und ging aus dem Abteil.

Ludwig konnte nicht erkennen, ob ihre Ruhe gespielt war, aber dass sie stolz war, das sah er. Jetzt ärgerte er sich nicht mehr. Jetzt war er wütend über sich. Innerlich hatte er sein Dorf immer noch nicht verlassen. Er gab sich einen Ruck und stand auf, um ihr nachzugehen. Fing ja gut an, die Reise, dachte er, ausgezeichnet. Nachdem er den Zug zunächst in der falschen Richtung abgesucht hatte, fand er sie schließlich im Speisewagen. Sie hatte den Sekt allein getrunken, und jetzt stand ein neues Glas vor ihr. Morgens. Kognak. Er setzte sich ihr gegenüber. Der Zug fuhr nahezu ohne Schwanken und ohne Erschütterung durch die ungewohnt flache Landschaft. Er suchte nach Worten. Das Schweigen wurde schwer in dem leeren Speisewagen des fast lautlosen Zuges. So soll eine Maschine sein, dachte Ludwig einen raschen Gedanken dazwischen – je weniger Lärm sie macht, desto besser arbeitet sie. Lärm ist immer Reibung. Und sprechen, dachte er dann, sprechen ist auch Reibung.

»Hör zu«, sagte Elsa unvermittelt und nur mit einem Hauch Ironie, die auch vom Alkohol kommen konnte, »wenn wir zusammen sein wollen, musst du dein Herz ein kleines bisschen weiter öffnen. So, wie es jetzt ist, halten wir das nicht lange aus.« Sie wartete.

Ludwig sah durch die Fenster auf die Landschaft, die ihm fremd blieb. »Ich wollte dich nicht ... dir nicht sagen, wie du sein sollst«, sagte er endlich.

»Das kannst du auch nicht, solange du immer nur dort stehen bleibst, wo du bist und mir sagst, ich soll kommen.«

»Das ... tue ich das?«, fragte Ludwig erstaunt wie über einen Schnitt, den man zwar sieht, aber noch nicht spürt.

»Das tust du«, sagte Elsa, »aber ich gehe selber nicht so sehr schnell«, sagte sie dann und wies mit einem schiefen Grinsen auf ihr Glas, »du kannst mich immer noch einholen.«

»Ja«, sagte Ludwig zweifelnd. Dann überwand er sich, nahm auf einmal ihr Glas und trank es aus. Wieder wie ein Bauer, dachte er, als er das Glas zurückstellte, auf einen Zug. Der Kognak brannte, als hätte man ihn auf eine offene Wunde gegossen. Aber Elsa lachte.

Als der Zug in Kopenhagen einfuhr, standen sie am Fenster, und Ludwig erinnerte sich daran, wie sie einmal nachts über Städte gesprochen hatten. »Hat Kopenhagen eine Melodie?«, fragte er.

Elsa brauchte einen Augenblick, um zu verstehen, was er meinte. Dann zögerte sie etwas, bevor sie antwortete. »Schwierig«, sagte sie, »ich glaube eigentlich nicht. Aber Kopenhagen ist eine Stadt am Meer – sie holt sich ihre Melodien. In keiner anderen Stadt in Europa wird so viel Jazz gespielt. Alle sind hier schon aufgetreten, wirklich alle. Für einen Jazzmusiker ist Kopenhagen wie …«, sie suchte nach einem Vergleich, sah ihn an und sagte: »wie ein Flug zum Mond für einen Physiker. Aber es gibt trotzdem ein paar Plätze, die eine Art Melodie haben.«

Sie ließen ihr Gepäck in Schließfächern am Bahnhof, und Elsa zeigte Ludwig die Stadt. Als sie aus dem Bahnhof traten, merkte Ludwig, dass die Luft anders war und sein Kopf merkwürdig leicht davon wurde. Auch Elsa wirkte auf einmal so, wie er sie bisher nicht oft erlebt hatte. Sie sah ein bisschen aus wie ein Soldat, dachte er, wie ein Soldat, der am Ende des Krieges die Pistole wegsteckt, mit einer Bewegung, die sagt: Für immer.

»Soll ich dir zeigen, wo die Melodien sind?«, fragte sie vergnügt. Er nickte.

Dann führte Elsa ihn am langen schmiedeeisernen Zaun des Tivoli entlang hinaus zum königlichen botanischen Garten, in dem es eben zaghaft Frühling wurde. Sie führte ihn hinunter zum Hafen, und er spürte, wie sie ihn beobachtete, als er das Meer ansah.

»Das da«, sagte er nach einer Weile und zeigte in das Hafenbecken auf die Meerjungfrau, »das bist du.«

»Naja, ich bin genauso hübsch, findest du nicht?«, sagte Elsa und sah ihn lächelnd an. »Aber ich bin nicht halb. Ich bin ganz. Ein paar Mal gekittet vielleicht, aber ganz.«

»Ich weiß«, sagte Ludwig.

Dann führte sie ihn durch die Gassen der alten Stadt, in denen die vielen Cafés und Läden und Kaufmannshäuser waren – die Stadt leuchtete rot und weiß in dem ungebrochenen Frühlingslicht. Schließlich gingen sie noch in die Glyptothek.

»Was ist eine Glyptothek?« fragte Ludwig, und Elsa drückte seine Hand.

»Ich habe es auch erst herausgefunden, als ich das erste Mal da war«, sagte sie. »Es ist eine Art Museum. Für Statuen.«

Als sie durch die Eingangshalle gegangen waren und den kreisförmigen Innenhof betraten, blieb Ludwig stehen, weil sich sein Blick an den gusseisernen Säulen gefangen hatte und an ihnen nach oben bis in die gläserne Kuppel gut zwanzig Meter über ihnen glitt. Die eisernen Streben zwischen dem Glas wirkten so hoch oben wie feingetuschte, geometrische Striche. Ludwig wusste, wie schwer Glas war, aber diese Kuppel wirkte so leicht, als hätte man sie mit einem sanften Stoß in Drehung versetzen können. Und unter diesem luftigen Glasdach: Palmen. Farne. Schmetterlinge. Es war, als hätte man in den Tropen einen großen Kreis ausgestanzt und nach Dänemark gebracht.

»Das hier?« fragte Ludwig und umfasste mit einer Handbewegung die riesigen Azaleen, die Kakteen und Farne, »ist das so eine Melodie, die Kopenhagen sich geholt hat?«

Elsa nickte.

»Und das«, sagte Ludwig und musste das erste Mal auf dieser Reise wirklich und befreit lachen, als er auf den Brunnen zeigte. Mitten im Wasser lag eine ungeheuer fette, ungeheuer fröhliche Frau auf einem Felsen, und ihre Kinder – unzählige, ebenso fett, fröhlich und viel zu klein im Verhältnis zur Mutter – kletterten auf sie und über sie und unter ihr durch aus dem Wasser, ins Wasser und schließlich sogar auf den Rand, als wäre ihrer Neugier der Brunnen schon viel zu klein.

»Und da«, lachte Elsa auch, »da hat einer die Melodie gehört und selber weiterkomponiert, oder?«

So sollte es eigentlich sein, dachte Ludwig, warum ist es immer nur für Sekunden so? Dass man sich versteht, ohne wirklich sprechen zu müssen.

An diesem Abend spielte sie im *Café Montmartre*, wo Oscar Pettiford, Dexter Gordon und Chet Baker schon gespielt hatten. Als Ludwig sich gesetzt hatte, war das Café noch fast leer, denn Elsa kam immer sehr früh. An den Wänden hingen Schwarz-Weiß-Fotografien von Musikern, sie waren körnig, und die Gesichter sagten Ludwig nichts. Fast sahen sie aus, als wäre einfach der Rauch der unzähligen Zigaretten zu Mustern erstarrt, die zufällig das Gesicht von Stan Getz oder João Gilberto zeigten.

Nachdem Elsa ihn allein gelassen hatte, um mit den beiden anderen das Programm zu besprechen, war er unbehaglich an seinem Tisch sitzen geblieben. Die Cafés und die Kneipen waren nicht seine Welt. Er fühlte sich schwerfällig und unbeholfen, genauso wie damals, als er Elsa das erste Mal hatte spielen hören. Woran lag es, dass sie sich hier bewegen konnte, ohne anzustoßen? Das war immer so zwischen ihnen, dachte er, sie macht immer alles richtig und von sich aus. Auf dem Tisch vor ihm lag ihre kleine Tasche. Sie hatte sie liegen gelassen, unbesorgt. Ludwig zog sie zu sich her. Der schwarze, abgestoßene Samt um den kühlen Messingverschluß fühlte sich gut an. Für einen Augenblick wurde er wütend. Wieso stimmte alles, was sie tat und hatte? Alles, außer mir, dachte er. Und dann öffnete er die Tasche und kramte durch die zufälligen Dinge, fand schließlich eine kleine, schwere Schachtel, nahm sie heraus und schob sie auf. Bernsteinfarben lag ein Stück Kolophonium darin, in der Mitte schon rund geschliffen vom Bogen. Als er den Geruch einatmete, dachte er fast bitter, wie gut er zu Elsa passte. Alkohol löst Bernstein auf, erinnerte er sich, vielleicht ist sie ganz gesättigt von Kolophonium und Alkohol und dabei so schön. Für einen Augenblick sah er sich von außen. Was tat er hier eigentlich? Es war, als wenn er schwere, schmutzige Stiefel anhätte an denen noch der Mist klebte. Er klippte die Tasche zu und legte sie auf den Tisch. Die Stimmung von heute morgen war verflogen. Als Elsa zurückkam, lachend, gelöst und aufgeregt vor dem Abend, war Ludwig wortkarg und missmutig. Er wusste nicht, was es war. Es war, als würde er zurückbleiben, als wäre sie auf einer Wanderung schon vorausgegangen, und je länger er sah, wie leichtfüßig sie ging, desto weiter blieb er zurück. Sollte sie doch auf ihn warten.

Als das Konzert begann, dauerte es eine ganze Weile, bis er bemerkte, dass Elsa eben das tat. Sie spielte für ihn. Das Café war voll, übervoll und rauchig, die Atmosphäre hochgespannt, und Ludwig merkte irgendwann, dass sie nur für ihn spielte.

Sie spielte so, dass der kleine Doktor, der nie viel sprach, mitten in einem Stück die Töne des Klaviers austropfen ließ und sich ein wenig streckte, die Hände vom Klavier nahm und in den Schoß legte. Nur Georg, mit der Zigarette im Mund, spielte die Bassläufe zunächst wie sonst auch, ihn bewegte alles Schöne immer erst mit ein paar Minuten Verspätung.

Daneben, als gehörten sie nicht zusammen, hatte die Geige angefangen, die vielfingrigen Farne zu zeichnen, die hoch und grün, unbewegt und tropisch fremd in einem Museum im kalten Dänemark standen. Sie erzählte von den Palmen und von einem hohen Glasdach in einem filigranen Netz aus Eisen, sie sprach von einer Zugfahrt und einem Spaziergang und von der kleinen Nixe. Und dann kam der Bass doch nach – die Statue der lachenden Mutter im Brunnen, ihre ungeheure Fruchtbarkeit im Pizzikato angedeutet, und dann wieder die Geige – ein gelassener Spaziergang rings um das Atrium, immer wieder in staunender, ein wenig ironischer Betrachtung – ein paar tiefe Gedanken, dass man sich das Schöne aus der blauen Ferne holt und in einen Steinkasten einsperrt und es doch schön bleibt. Da nahm der Doktor wieder die Hände ans Klavier, die drei fanden sich wieder zusammen, und Elsa erzählte in mitreißenden Rhythmen und raschen Melodien von den tropischen Inseln, aus denen die Farne kamen, und antwortete sich selbst mit Bruchstücken aus dänischen Liedern, das Klavier sprach von den Schreien der Möwen in der Seeluft über dem Hafen, und der Bass war wie die Stimmen der Matrosen, wenn sie ausfuhren für zwei, drei Jahre, die Hälfte von ihnen würde nicht wiederkommen. Und dann wieder die Geige, sie zählte die Rippen am Stamm der Palme, müßig und von oben nach unten. Schließlich klangen noch einmal alle Instrumente in einem klaren Ton, wie das Glasdach des Atriums, und dann stand Elsa unvermittelt mit der Geige unter dem Kinn da. Ein wenig außer Atem.

Ich sollte auch klatschen, dachte er, als sie neben ihm pfiffen und lachten und klatschten, aber er ließ seine Hände auf dem Tisch liegen. So. Nun hatte sie ihm gezeigt, was es war. Vielleicht konnte er tatsächlich eine Maschine bauen, die Musik zu Bildern machte. Aber wahrscheinlich nicht einmal das. Wahrscheinlich reichte es nicht einmal dazu. Alles, was er konnte, war, eine Maschine nachzubauen. Nicht einmal eine eigene Maschine hatte er bauen können. Er lebte von den Ideen der anderen, wurde ihm plötzlich klar, während sie rings um ihn immer noch klatschten, und er fühlte, dass Elsa ihn ansah, vielleicht mit der Geige in der Hand, und sich fragte, warum er nicht aufgestanden war und ihr zuklatschte. Er konnte nicht. Er hätte niemals mitkommen sollen. Aber zu Hause hätte er vielleicht länger gebraucht, um zu sehen, dass er nur ein Schmarotzer an fremden Ideen war. Dass er kein Erfinder war. Dass er sein Leben vergeudete und mit aller Gewalt versuchte, etwas zu sein, was einer wie er nicht sein konnte. Wie konnte man so jemanden lieben? Deshalb trank sie wohl, dachte er mit selbstzerstörerischer Lust, damit sie es mit ihm aushielt. Plötzlich konnte er nicht mehr sitzen. Wie von einer Schnur gezogen stand er auf, warf die Tasse um, drängte sich durch die Menge nach draußen vor die Tür und blieb stehen. Nach einer kleinen Weile, als sie längst aufgehört hatten zu klatschen, fing Elsa wieder an zu spielen, er fuhr zusammen, und als er losging, ohne Jacke, da war es, als würde er sich von einem gefährlichen Hund entfernen, mühsam beherrscht, nicht zu rennen.

Er war längst auf ihrem gemeinsamen Zimmer, als Elsa kam, mitten in der Nacht. Er hatte halb gehofft, sie hätte getrunken, aber falls das so war, konnte er es zumindest nicht erkennen. Sie war fast weiß vor unterdrückter Wut, aber ihre Stimme war ruhig, als sie ihn fragte: »Was ist los?«

Er konnte nicht gleich antworten. Er war froh, nicht ins Bett gegangen zu sein, das hätte sein Gefühl der Unterlegenheit und des Ausgeliefertseins noch verstärkt. Er zuckte die Achseln. »Nichts.«

»Nichts.« Sie sagte es, als ob sie staunte, fassungslos, »nichts.«

Schweigen.

»Nichts«, sagte er wieder. Er hätte es sowieso nicht sagen können. Konnte sie nicht sehen, was es war?

»Du gehst«, sagte Elsa mühsam beherrscht, immer noch den Geigenkasten in der Hand, »mitten in dem besten Konzert, das ich jemals gegeben habe, das beste Konzert, weil ich für dich gespielt habe, aber das hast du wohl nicht gemerkt.« Ihre Stimme hob sich, und sie sprach immer schneller: »Du gehst einfach. Du hast nicht geklatscht, du hast nicht zugehört«, sie ließ ihrer Wut immer mehr Raum. »Du hast mich stehen lassen, einfach da oben auf der Bühne stehen lassen mit meinem Lied für dich. Du hast mich benutzt und ausgespuckt.«

»Das stimmt nicht«, sagte Ludwig, getroffen von ihrer Wut, es war ungerecht, er war doch nicht deshalb gegangen. »Das kannst du nicht ...«

»Das kann ich nicht?«, schrie Elsa in einer Explosion von Stimme. »Das kann ich nicht sagen? Soll ich warten, bis du etwas sagst? Soll ich warten, bis du mir sagst, ich kann gehen? Du bist fertig mit mir?« Sie stand da und ihr Gesicht brannte jetzt.

»Elsa«, versuchte er zu sagen, »es ... es ist mitten in der Nacht. Die können uns alle hören ...«

»Ach ja«, sagte Elsa plötzlich leise, »ach ja. Das ist dir peinlich, ja?«

Sie nahm den Geigenkasten in beide Hände, ging zur Wand, holte aus und schlug mit aller Kraft auf die Wand ein. Dabei schrie sie, so laut sie konnte, ohne Worte, einfach ein einziger gellender Schrei. Der Geigenkasten sprang auf, und die Geige flog heraus. Elsa fing sie noch im Fallen am Hals und zertrümmerte sie mit einem einzigen Schlag an der Wand. Es war, als würde ihr Schrei nie aufhören.

Ludwig war aufgesprungen und versuchte, sie zurückzuhalten.

»Fass mich nicht an!«, schrie sie, »Bauernsohn!«

Da klickte es in Ludwig, und er rang nach Worten, und

dann schlug er sie. Hart und mit der offenen Hand, dass sie
zurücktaumelte, stolperte und zu Boden stürzte, ohne sich
abzufangen. Einen Augenblick lag sie, dann stand sie auf.
Wie eine Feder, die man zusammengepresst hatte. Es war
ganz still im Zimmer.

»Geh weg«, sagte sie dann. Nicht mehr, und mit etwas
belegter Stimme. Dann bückte sie sich und begann aufzuräumen, als ob er schon fort wäre, ganz gelassen und so, als
sei er schon lange tot und es täte nicht mehr weh, an ihn
zu denken. Ludwig ging. Sein Gepäck und sein Mantel und
seine einzige große Liebe blieben im Zimmer. Frierend
stand er eine halbe Nacht auf dem Bahnhof, frierend fuhr
er nach Hause. Ludwig begann sich an den Gedanken zu
gewöhnen, dass er den Rest seines Lebens frieren würde.
An alles andere wollte er nicht denken.

23

Seit der Weltausstellung 1878 in Paris leuchten zwei Plätze
der Stadt wie die Kronjuwelen der Fürsten, deren Tage
schon gezählt sind: Die Place de la Concorde und die große
Opernavenue strahlen im Licht der Jablotschkow-Lampen.
Es sind Bogenlampen, und es ist ein merkwürdiges Bild,
wie der gutangezogene Lichtenberg in grau gestreifter
Hose und im Cut dem Mechaniker in der blauen Bluse
folgt, von Lampe zu Lampe, denn die Kohlenstifte brennen in fünf Viertelstunden herunter, gleißend hell und viel
zu schnell. So, denkt Lichtenberg seltsam bewegt, bringe
ich mein Leben hin. Denkt er an die Apothekerstochter
Clara? Überlegt er, was ihn von den Werkstätten der einen
Hauptstadt zur nächsten, von einem Land zum nächsten

getrieben hat? Wiegt es auf, was er hinter sich gelassen hat? Das Licht der neuen Glühbirnen fasziniert ihn. Seit drei Jahren leistet Paris sich den Luxus der Bogenlampen, die sich so ungeheuer schnell verzehren. Und zur großen Elektrizitätsausstellung 1881 leuchtet Paris fast noch mehr. Edison und Swan stellen beide ihre Glühbirnen vor, aber während Swan mit einer einzigen Birne sein neues Verfahren demonstriert, hat Edison eintausend installieren lassen, und Lichtenberg steht in der Menge und staunt, als sich mit der Drehung eines einzigen Schalters tausend Kerzen selbst entzünden. War das nicht, wovon er geträumt hatte, als er Clara in seiner Stadt zurückließ? Die Welt leuchten machen? Während er durch die Weltausstellung schlendert, von einer Erfindung zur anderen, nachdem einer der vielen Kurzschlüsse wieder einmal Edisons Lampen hat durchbrennen lassen, prüft Lichtenberg sein Leben. Hat es sich gelohnt? Hat es sich gelohnt, immer auf Reisen zu sein, auf einer Suche, die wie eine Flucht ist? Lichtenberg ist von sich selbst überrascht. Er ist noch nicht zu alt. Aber die letzten dreißig Jahre ... sind gewesen wie die fünf Viertelstunden der Jablotschkow-Lampen.

Er findet sich vor dem kleinen Stand des Augustin Mouchot und betrachtet eine recht eigenartige Kiste. Was das sei, fragt er Mouchot, und der, froh, dass ihn endlich jemand fragt, beginnt loszusprudeln, und es dauert eine kleine Weile, bis Lichtenberg aus dem Französisch herausgehört hat, dass er hier einen solarbetriebenen Kühlschrank vorgestellt bekommt. Da lacht Lichtenberg, lacht befreit, weil er sieht, dass es nichts gibt, was Menschen nicht möglich machen können: Aus der Sonne Kälte machen – was für eine Idee! In dieser Laune ist er, als er Emil Rathenau trifft.

»Ein Deutscher?«, fragt Lichtenberg neugierig, als er zu den tausend Glühbirnen zurückkehrt, die mittlerweile wieder leuchten, und Edison mit einem spitzbärtigen, bieder wirkenden Mann im mühseligen Gespräch sieht. »Soll ich übersetzen, die Herren?«

Und so erklärt Lichtenberg Edison, dass Rathenau die deutschen Patente für die Glühbirnen zu erwerben gedenkt.

»Was wollen Sie mit den Edisonleuchten?«, fragt er nach dem Gespräch, als Rathenau ihn zu einem Kaffee eingeladen hat.

»Ich werde Berlin leuchten lassen«, sagt der bieder wirkende Rathenau.

Für einen Augenblick könnte Lichtenberg den Atem angehalten haben, weil es ist, als wollte man ihm einen Traum stehlen.

»Das war eigentlich meine Idee!«, sagt er dann lächelnd.

Womöglich beginnen Freundschaften so.

Sie kehren nach Berlin zurück. Sie haben nur wenige kurze Monate voller durchgearbeiteter Nächte, hastiger Telegramme, mühsamer Überzeugungsarbeit und Erklärungen gegenüber misstrauischen Kreditgebern. Aber sie schaffen es. Noch im Jahr 1881 ist Lichtenberg Ehrengast beim Einweihungsfest des hocheleganten und feinen »Unions-Club« in Berlin. Man feiert die Einführung der Glühlampenbeleuchtung, und kein Haus strahlt heller in diesem Viertel. Es muss leuchten, es ist die erste Leuchtreklame, auch wenn der Club das nicht weiß: Rathenau erwartet sich den Auftrag der Berliner Stadtbeleuchtung davon – größer geht es nicht. Lichtenberg tanzt mit Frauen, deren Perlen ungewohnt rosig schimmern. Er trinkt Champagner mit ihnen, eiskalt prickelnden Champagner, er ist gewandt, die Damen lachen, er hat einen Traum wahr gemacht. Da flackert das Licht ein wenig, und unmerklich lässt die Leuchtkraft nach. Außer Lichtenberg hat es kaum jemand bemerkt. Wieder tanzt er und spürt durch die

Seide den schlanken Rücken einer schönen Frau, als Emil Rathenau sich im Vorbeitanzen zu ihm beugt und eindringlich wispert: »Gustav! Schaff Eis! Soviel du kannst. In fünf Minuten im Krafthaus!«

Und dann stehen die beiden die ganze Nacht hindurch an der Dampfmaschine, die sich heiß gelaufen hat, und sie kühlen die Lager mit dem Eis für den Champagner, schwitzen fröhlich in ihren Fräcken, und Lichtenberg denkt die ganze Nacht an Clara, wie hell sie mit ihnen lachen würde, wenn sie nur dabei sein könnte, wenn sie nur wüsste, wie wunderbar bizarr diese Nacht ist. Wenn sie nur da wäre. Und am Morgen, als die Lichter zusammen mit dem Fest allmählich ausgehen, das Eis zu Ende ist und die beiden Freunde in riesigen Wasserlachen neben der Dampfmaschine stehen, während endlich die Sonne aufgeht, da streift Lichtenberg die erste Ahnung einer Idee zu seiner Maschine.

24

Es war ungewöhnlich warm, als Ludwig aus dem Zug stieg, aber an den Bäumen waren die Zweige noch kahl. Zu Hause würden sie pflügen, dachte Ludwig müde, übernächtigt, überreizt. Zu Hause. Das hatte er lange nicht gedacht, merkte er mit einer Bitterkeit, die er beinahe schmecken konnte, und das war auch ihre Schuld. Er warf einen Blick auf die Bahnhofsuhr und nickte resigniert – diese chaotische, überstürzte Rückfahrt ließ ihm keine Zeit mehr, in die Wohnung zu gehen, um sich umzuziehen oder zu rasieren. Und sich krankmelden? Wofür? So hatte er es sich eigentlich vorgestellt, das Abenteuer. Morgens noch im Bett zu legen mit ihr und von Kopenhagen aus anzurufen und sich krankzumelden, bemüht, krank zu klingen und nicht lachen zu müssen. Die Vorstellung war schal geworden, das eklig warme Gefühl von Scham überkroch ihn, als er daran dachte. Nichts stimmte mehr. Er rannte fast aus dem Bahnhof, geriet ins Schwitzen, als er durch die ungewohnt laue Luft zum Patentamt eilte. Er konzentrierte sich aufs Gehen, zählte Schritte und Platten und seine Atemzüge.

Als er im Amt ankam, war er außer Atem, aber er hatte aufgehört, im Kreis zu denken. Der Portier sah ihn schief an. Ja, dachte Ludwig, ich weiß, ich sehe aus, als hätte ich zwei Nächte durchgetrunken. Immer noch musste er sich selbst daran erinnern, dass es ihm gleichgültig sein konnte, was der Portier dachte. Als er sein Büro betrat, sah sein Kollege überrascht auf, senkte aber den Blick gleich wieder auf den Schreibtisch, auf dem gar nichts lag, und sagte: »Sie möchten zum Chef kommen, Herr Lang.«

»Gleich?«, fragte Ludwig, der gerade eingetreten war. »Weshalb?«

Der Kollege zuckte die Achseln und stand mit ein paar Akten auf. »Keine Ahnung«, murmelte er und verließ das Zimmer.

»Na, wunderbar«, entgegnete Ludwig, wusch sich am Waschbecken, trocknete sich mit Papiertüchern ab und ging zum Büro des Chefs.

Als er eingetreten war und den Polizisten neben dem Tisch des Direktors stehen sah, wusste er schon, was kommen würde. Keiner der beiden lächelte, der Polizist sah freundlich besorgt aus, wie ein Vater, der das Kind beim Lügen erwischt hat. Der Chef hatte gar keine Miene.

»Sie sind«, begann der Chef, ohne ihn anzusehen und ohne Anrede, »bis auf Weiteres vom Dienst suspendiert. Das heißt, dass Sie das Amt nicht betreten dürfen und in der Zeit natürlich auch kein Gehalt beziehen. Sie haben Eigentum des Patentamts zerstört und Kollegen bestohlen ...«

»Ich habe nicht ...«, setzte Ludwig an, hörte aber sofort auf zu sprechen, weil er selbst hörte, wie unglaubwürdig er klang.

»Sie geben Ihre Schlüssel beim Portier ab. Aus dem Büro dürfen Sie nichts entfernen außer Ihren persönlichen Dingen. Der Herr wird Sie begleiten.« Der Chef nickte in Richtung des Polizisten. Für ihn war das Gespräch beendet.

»Und dann?«, fragte Ludwig. »Was geschieht jetzt?«

Der Chef sah nur kurz auf, während der Polizist verstand und sachlich erklärte: »Es hängt davon ab. Wenn Ihre Dienststelle und die Kollegen auf die Anzeige verzichten oder sie zurückziehen, machen Sie das unter sich aus, und Sie kriegen ein Disziplinarverfahren. Sonst bekommen Sie irgendwann Post vom Staatsanwalt.«

Er hielt ihm die Tür auf. Wie lächerlich, dachte Ludwig, aber er ging durch. Als sie den Flur entlanggingen, merkte er, wie sein Gesicht anfing zu brennen. Er hätte nicht gedacht, dass ihm das so viel ausmachen würde, aber plötzlich hörte er, wie überall gewispert wurde, sah, wie die Kollegen wegsahen, wenn sie ihm begegneten, und auf einmal war es wie damals in der Schule, als er sich einmal hatte übergeben müssen und alle ihn angestarrt hatten. Sein Gesicht glühte, und er merkte, dass er lange nichts gegessen hatte und ihm schwindlig wurde. Er musste seine Füße fest aufsetzen, um den Boden zu spüren. Mechanisch nahm er ein paar Dinge aus der Schublade seines Schreibtisches, mechanisch ging er zum Portier und gab den Schlüssel ab, und mechanisch gab er dem Polizisten die Hand, der sich grotesk höflich von ihm verabschiedete, als sie auf der Straße standen. Dann war er allein. Und erst da fiel ihm auf, dass niemand ein Wort über die Lichtenbergmaschine verloren hatte.

Später stand er in seiner Wohnung, die über die Tage völlig ausgekühlt war und trotz der geöffneten Fenster nichts von der diesigen Wärme draußen aufnahm. Was war eigentlich geschehen? Was tat er eigentlich hier? Es war, als könnte er die Dinge auf einmal im richtigen Licht sehen. Als wäre er lange krank gewesen. Die Maschine im Zimmer nebenan: Verrückte machten so was. Er hatte es schon immer komisch gefunden, wenn Leute ihre Fahrräder mit in die Wohnung nahmen. Der Wutanfall im Patentamt. Verrückte hatten Wutanfälle. Die Nächte in den Bars. Die letzte Nacht im Hotel in Kopenhagen. Er hatte eine Frau geschlagen. Seine Wohnung war die eines Fremden, und er hatte das Leben eines Fremden gelebt. Als er durch das Wohnzimmer zu seinem Schlafzimmer ging, sah er auf dem Plattenspieler die Platte liegen, die ihm Elsa mitgebracht hatte. Der erste Kontrapunkt aus der Kunst der Fuge, von ihr als Jazz gespielt. Ludwig hatte als Kind einmal beim Rübenhäckseln geholfen. Mit der rechten Hand drehte man die Kurbel, die eine Walze mit Messern bewegte, mit der linken schob man die Rüben hinein. Von jeder Rübe blieb ein kleines Stückchen übrig, das auf den Messern tanzte, bis es mit der nächsten Rübe gehäckselt wurde. Von der letzten Rübe am Schluss blieb immer ein allerletztes Stückchen. Deswegen tat er die Arbeit nicht gern – sie war nie abgeschlossen. Eines Tages hatte er die letzte Rübe nicht losgelassen und hatte fertig gehäckselt. Die Narben hatte er immer noch. So war es, als er die Platte anstellte und den Verstärker so laut wie möglich drehte. Die Fenster blieben offen, als er ging und die Tür nicht abschloss, und die Musik blieb allein mit der Lichtenbergmaschine und folgte ihm zerrissen und vielfach gebrochen auf die Straße, bis er weit genug war, um sie nicht mehr zu hören. Jedenfalls nicht mehr von außen.

Er ging die ganzen achtzig Kilometer bis zum Dorf zu Fuß. Das dauerte drei Tage. Es war eine Wanderung, bei der er nicht dachte, sondern nur atmete, ging, sah und hörte und ging. Als er dem Waldweg folgte und die wenigen hundert Meter zur Hochebene stieg, auf der sein Dorf lag, regnete es dünn und anhaltend. Als er den Kirchturm sehen konnte, begann er, sich eine Geschichte für das Dorf zurechtzumachen. Er ging die Hauptstraße entlang, bog in den Hof der Eltern ein, am Hauptstall und der Schweineküche vorbei durch die Hintertür, die wie immer offen stand, und durch den kleinen Stall ins Haus in die Küche, wo seine Mutter war.

Es war kein Nachhausekommen. Aber es war besser als überall sonst. Er hatte auf alle Fragen eine Antwort. Er hatte Urlaub, weil es im Augenblick zu wenig zu tun gab. Er war natürlich mit dem Zug gekommen, hatte aber den Bus verpasst. Er war krank gewesen, hatte keine Zeit zum Rasieren gehabt, deshalb sah er ein wenig abgeschafft aus. Es war so leicht, sie zu belügen. Sie wussten nichts von der Stadt und von seinem Beruf und von seinem Leben. Als der Vater zum Abendessen heimkam, war alles schon wie immer. Er saß auf seinem Platz am Tisch, das Essen schmeckte vertraut, und der Vater war vielleicht ein wenig steifer geworden. Alles war wie immer. An mehr dachte er nicht. Alles war wie immer. Nur, als er sich auszog und die Taschen leerte, wie er es als Kind gelernt hatte, da legte er die kleine Schachtel mit dem Kolophonium auf das Tischchen neben dem Bett. Der Harzstaub klebte ein bisschen und roch nach Geige. Als er dann in seinem Bett lag, das seit wer weiß wie vielen Jahren auch ohne ihn jeden Monat frisch bezogen wurde, einfach, weil es immer schon so gewesen war, konnte er trotz der Wanderung nicht schlafen, und aus dem sanften Klirren der Ketten im Kuhstall klang manchmal ein Ton wie Musik.

Es war, als wäre seit dem Sommer, den er nach dem Abitur auf dem Hof verbracht hatte, keine Zeit vergangen. Die acht oder zehn Jahre fielen aus, es gab einen Kurzschluss, und die Tage fügten sich nahtlos aneinander. Das warme Wetter hielt an, und die Blätter an den Bäumen sprossen wie eine langsame Explosion. Überall roch es nach Erde, weil gepflügt und geeggt wurde. Am ersten Morgen war er aufgestanden, hatte sein Bett zurückgeschlagen und war mit dem Vater zum Holzrücken in den Wald gefahren. Auf dem Weg durch das Dorf begegneten sie dem Gansbauer und der Glaser Marie. Die Fragen und die Antworten waren festgefügt: »Ach, der Ludwig. Bist auch wieder da?«

»Ja.«

»Für länger?«

»Weiß noch nicht. Ein paar Wochen.«

Kurzer Blick des Vaters von der Seite. Ein paar Wochen?

»Daheim ist es doch schöner, in der Stadt hält es einen nicht, oder?«

»Nein.«

»Auf bald dann.«

»Auf bald, Gansbauer.«

Er saß neben dem Vater auf dem harten Holzsitz des alten Traktors über den großen, rotverblassten Hinterrädern. Das Dorf war ein Universum nach Newtons Gesetzen. Jeder Körper verharrt in geradliniger Bewegung, solange keine Kräfte auf ihn einwirken. Auf jede Wirkung folgt eine Gegenwirkung, actio gleich reactio. Ein gutes Universum, in dem alles berechenbar war. Auf jede Frage gab es eine fertige Antwort, die immer gleich war. Keine Gefahr, wenn man die Gesetze kannte.

Als sie von der Straße in den Forstweg abbogen und man nur noch den Traktor und den Frühlingswind in den Bäumen hörte, fragte der Vater: »Wie lange willst du dableiben?«

Ludwig zuckte die Achseln. »Solange ich Urlaub hab'«, antwortete er.

»Wie lange?«, fragte der Vater nach. »Brauchen sie dich nicht mehr auf dem Amt?«

»Vielleicht nicht«, gab Ludwig das Nötigste zu, »ich bin freigestellt.«

»Freigestellt«, sagte der Vater. »Wir hätten dich nicht auf die Oberschule gehen lassen sollen. Es ist nichts Sicheres, das hab' ich immer gesagt. Pack an«, sagte er dann, als der Traktor stand und das Rückgeschirr abzuladen war.

Später, als es nach frisch geschlagenem Holz und brennender Rinde roch und die Axtschläge beim Entasten gleichmäßig und mit einem schwachen Echo fielen, war es für einen Augenblick so, als könnte er das Gleichmaß einatmen.

An einem Tag war Holzrücken, am nächsten war Aussaat, wieder am nächsten Aussaat auf einem anderen Feld, am Tag danach Sonntag. Er wurde nicht gefragt, ob er mitgehen wollte, sondern man wartete so lange, bis er fertig war und schließlich mit dem Vater in den Bänken auf der rechten Seite des Schiffes saß, die Mutter mit den anderen Frauen auf der linken. So verging eine Woche und die nächste und die übernächste. Ludwig begann, sich in der Enge einzurichten. Hier, dachte er einmal ironisch, ist das Universum nicht relativ. Aber eigentlich wollte er nicht denken. »Pack an«, sagte er zu sich selbst und wuchtete weiter Säcke mit Nitrophoska auf den Hänger.

25

In Lichtenbergs Leben gibt es so viele Möglichkeiten, und vor jeder Weggabelung steht er immer wieder neugierig, gespannt und ein wenig aufgeregt. Es ist ein heißer Tag im Juli 1854. Lichtenberg ist in Bayern. Eigentlich dürfte er gar nicht da sein – seit der Revolution hängt sein Signalement an den Grenzstationen –, aber das Papier ist vergilbt, und er rechnet damit, dass man ihn nicht mehr erkennt.

Die ganze Zeit hat er Clara Briefe geschrieben und vielfach gefaltete Tuschzeichnungen beigelegt. Er will alles teilen mit ihr: »In solch einen Wagen möchte ich mich legen«, schreibt er quer über das großformatige Bild eines Saals, in dem auf schmalen Schienen mannsgroße Wagen vor einer Röhre warten, »und mich zu dir schießen lassen, unter Meer und Land hindurch!« Es ist die erste Londoner Rohrpostanlage, und Clara muss lachen, als sie unter den Herren im Zylinder, die bei der Einweihung dabei sind, ihren Vater mit englischem Backenbart erkennt und in dem Wagen unter den Postrollen Lichtenbergs Gesicht herauslugt.

Er schickt ihr Zeichnungen von seinen Erfindungen: Eine neue Art von Kettengliedern, die rundum beweglich sind. Ein verwirrend ästhetischer Bauplan von Batterien, elektrischen Leitungen und Kondensatoren: »Elektrische Briefe!«, schreibt Lichtenberg in seiner schönen Schrift darüber. Clara kann nicht erkennen, was die Zeichnung darstellen soll. Eine rasche, vom Regen vertropfte Tuschskizze eines kleinen Luftschiffes, das über Versailles schwebt. An dem Luftschiff hängt an Spinnfäden eine Plattform, und darauf steht, klein und wagemutig, ein Mann, der nach

Paris will. Lichtenbergs Briefe erreichen sie über seinen Freund Wilhelm, und sie schreibt zurück.

Nach über vier Jahren reist sie nach München, und an diesem Nachmittag wartet er an der Ecke zum Karlsplatz auf sie. Als sie kommt, zögern sie kurz, aber dann hält es keinen von beiden, und sie fliegen sich in die Arme. Ein gestohlener Tag, denken sie, und Lichtenberg bestellt eine Kutsche zum Englischen Garten.

Abends, als sie, die Lippen von Gesprächen und die Nerven von Gefühlen summend, in ein Lokal einkehren, sitzen da Studenten in fröhlicher Runde um ihren Professor. Sie trinken Bier und essen, und die Kellnerin muss sich grob durch die jungen Herren drängen, die an ihrer Kittelschürze zupfen, wenn sie keine Hände frei hat. Es geht hoch her. Clara und Gustav sitzen eine Bank weiter. Clara erzählt, aber Lichtenberg hört nur mit halbem Ohr zu.

»Nein, meine Herren«, verschafft sich der Professor am Nebentisch schief lächelnd Gehör, seine linke Hand ist ein wenig gelähmt, »das ist ganz falsch. Sehen Sie«, ruft er und singt, seine Studenten fallen nacheinander lärmend ein: »Kein schöner Land in dieser Zeit ...« und so fort, bis sie zum »und taten singen, die Lieder klingen ...« kommen. Da ruft er scharf: »Silentium!«, und seine Studenten hören auf. »Denn das, meine Herren«, sagt er, »ist es eben. Das Klingen! Was hören Sie?«

»Töne«, murmelt Lichtenberg. Die Studenten rufen es durcheinander.

»Ja«, sagt der Professor, »aber was sind denn Töne?«

»Schwingungen«, sagt Lichtenberg, diesmal schon lauter, er hört Clara nicht mehr zu.

»Schwingungen der Luft«, rufen die Studenten, einer sagt: »Sinusförmige Schwingungen, Wellen eben, Herr Professor.«

»Richtig, Bauernfeind«, sagt Ohm und lächelt schief und zärtlich. »Aber eben nicht alle. Nur die wenigsten sind harmonisch.« Er zögert einen Augenblick und nimmt einen Schluck Bier. »Der Mensch ist die wunderbarste aller Maschinen«, sagt er dann.

Lichtenberg sieht Clara an und verdreht die Augen: Der Mensch! Immer der Mensch! Clara lacht.

»Ja«, fährt der alte Mann plötzlich ein wenig stockend fort, »denn was macht das Ohr, meine Herren? Das Gehirn, diese beste Maschine von allen?« Auf seiner Stirn steht auf einmal ein wenig Schweiß. Lichtenberg horcht auf, denn der Ton hat sich geändert. Der alte Mann trinkt noch einmal, stellt das Glas dann ungeschickt weg. »Das Hirn nämlich tut so, als wären die nicht harmonischen Schwingungen auch sinusförmig, und zerlegt alle komplexen Schwingungen in getrennte Töne. Das ... tut das ... Hirn«, sagt er, seine Augen drehen sich nach oben und er gleitet ganz sanft von der Bank.

Lichtenberg springt auf, aber da ist der junge Bauernfeind schon an der Seite seines Professors und fängt ihn auf.

»Professor Ohm!«, schreit er, »Professor!«

Aber der hört ihn nicht mehr. In den Armen Max Bauernfeinds stirbt Georg Simon Ohm einen raschen, sanften Tod inmitten seiner Studenten.

Als Gustav Lichtenberg Clara durch diesen wunderbar warmen Sommerabend an der Isar entlang in die Stadt begleitet, ist er still, und sie halten sich an den Händen. Aber in Gustavs Kopf klingt es nach: »Das Hirn ist die beste Maschine von allen ... Es zerlegt die Schwingungen ...« Und als er sich von Clara verabschieden muss, wieder für eine lange Zeit, da denkt er schon darüber nach, wie er ihr immer nah sein könnte, oder sie ihm, auch wenn er nicht bleiben kann.

26

Es kam der Tag, an dem Ludwig es nicht mehr aushielt. Der Frühling war da. An diesem Morgen wachte er mit der Sonne auf. Er hatte von Elsa geträumt. Die Tage ließen sich ohne sie verbringen, ohne jeden Gedanken an sie, die Nächte nie. Am Anfang des Studiums hatte er in der Chemie-Vorlesung einmal gehört, wie Kekulé die Art der räumlichen Verbindung zwischen Kohlenstoffatomen entdeckte. Er hatte geträumt, dass sie miteinander tanzten, immer zwei miteinander. Einer der wichtigsten Träume in der Geschichte der Chemie. Ludwig träumte nicht, dass er und Elsa tanzten. Er träumte vom Laufen, von Bergen und Überschwemmungen in Kopenhagen und von der Lichtenbergmaschine, an der Elsa stand. Er lag im Bett und konnte sich nicht bewegen, so quälend peinlich war die Erinnerung an das Hotelzimmer in Kopenhagen. Er hatte alles falsch gemacht. Auf einmal waren die Laute von unten aus dem Hof nicht mehr vertraut, sondern abgenutzt. Das Stöhnen der Melkmaschinen. Das ungenaue Klappern der Pumpe. Das Rauschen des Wassers in den alten Eisenleitungen. Das Sirren der Glühlampe im Gang, die kurz vor dem Durchbrennen war.

Er stand auf, zog sich an, trank kaltes Wasser und ging durch die Vordertür aus dem Haus, die eigentlich nur sonntags benutzt wurde. Er ging die Straße zum Friedhof entlang, keiner sah ihn, weil es zu früh für die Feldarbeit war und die Milch noch nicht zur Sammelstelle gebracht wurde. Hinter dem Friedhof überquerte er die Felder und Obstwiesen und ging bis zum Waldrand. Das maschinenartig hallende Klopfen der Spechte und sogar das Rufen eines Kuckucks, jetzt schon, ließen ihn stehen bleiben. Im Osten wurde das Morgenrot schon zu Blau, die Sonne stieg höher. Als Junge hatte er sich manchmal, wenn er die Enge nicht mehr aushalten konnte, vorgestellt, in den Wald hineinzulaufen, immer weiter in den Wald und nicht mehr zurückzukommen. Aber jetzt gab es nichts mehr, wo er hinlaufen konnte. Irgendwie war er wieder dort, wo er angefangen hatte. Er war wie ein Lokomotivführer in einer hübschen, dörflichen Spielzeugwelt, der immer nur die Kreise abfuhr. Man könnte anhalten, dachte Ludwig ohne großes Erschrecken, einfach anhalten und aussteigen. Aber dann hörte er den Kuckucksruf, und unwillkürlich fiel ihm der Kinderspruch ein, und er zählte mit: »Kuckuck, Kuckuck sag mir doch ... wieviel Jahre leb ich noch?« Noch über dreißig Jahre im Kreis fahren, dachte er erschöpft. Er drehte sich um und begann in einem großen Bogen über die Felder zu laufen, um das Dorf zu umgehen.

Aber als er auf der Höhe des östlichen Ortsausgangs war, fiel ihm etwas ein, er bog ab und ging direkt auf das alte Lagerhaus am Dorfrand zu. Die Hecke um das Grundstück war längst mit dem Zaun zusammengewachsen, und er zwängte sich durch die Lücke zwischen Torpfosten und Heckenrose. Es war schwierig, ins alte Lagerhaus vom Furtner zu kommen, die Erben hatten die Tore schon vernagelt, als er noch ein Kind gewesen war. Schon damals war es verboten gewesen, das Gelände zu betreten. Das Lager war eins der wenigen Gebäude im Dorf, die Ludwig nicht in- und auswendig kannte, deshalb hatte es ihn irgendwann dorthin gezogen. Er ging um die Mauern des Gebäudes, von denen der Putz bröselte. Über der Kartoffelschütte an der Rückseite wurde das Gras schon lang. Er stemmte das Brett hoch. Es kam noch winterkühl aus der Luke, und er sprang ins Dunkle. Unten fiel er, verletzte sich die Hände und Knie, aber er achtete nicht darauf. Er stand auf und tastete sich die alte Holzstiege hoch, bis er im Lagerhaus selbst stand. Die Morgensonne zog schräge Streifen durch das alte Gebäude und schuf ein vages Dämmerlicht. Ludwig wunderte sich, wieso der Staub in diesen Sonnenstrahlen sich nie legte, sondern immer weiter schwebte, als wäre er zu leicht für die Schwerkraft. Dann hatten sich seine Augen an das Licht gewöhnt, und er sah die Lokomobile.

Die Kraftmaschine. Lange, bevor die Dieseltraktoren kamen, hatte sie auf den Feldern mit Dampf die Dreschmaschinen angetrieben, auf dem Hof mit Dampf Strom erzeugt, im Wald mit Dampfkraft die Sägen laufen lassen. Eine Feld- und Straßenlokomotive. Der Stahldrache aus Ludwigs Kindheit, zu dem sich die anderen Kinder nicht trauten, weil sie Angst vor dem alten Furtner hatten, der Kinder hasste und ihnen schon mit Schlägen drohte, wenn sie nur durch seinen Garten hinüber zum Kirchhof rannten. Einmal hatte Ludwig sie auf dem Feld gesehen, nur ein Mal, da war der Furtner schon alt. So schwer und so mächtig rollte sie über die Wiesen, dass sie eine tiefe Bahn in das hohe Gras zog. Und ganz leise war sie, bis auf ein ruhiges Zischen ab und an. Wie ein Drache eben. So einen Freund hätte man haben müssen, damals, dachte Ludwig.

Allmählich konnte man auch die Farben erkennen – Dunkelrot, Messing, Schwarz. Ludwig ging um sie herum und fuhr mit den Fingerspitzen die Linien der Sechskantmuttern und der Nieten ab, die den Kessel zusammenhielten. Die hölzernen Hinterräder, halb so groß wie er und mit drei Zentimeter dickem Stahl bereift. Er setzte den Fuß in die Speichen, kletterte den schmalen Gang am Kessel entlang nach vorne und klappte den drei Meter hohen Schornstein hoch. Hier war der einzige Ort, an den man wirklich nach Hause kommen konnte. Hier kannte er alles. Das Schwungrad an der Seite der Dampflokomobile, zwei Meter im Durchmesser, zitterte, als er an ihm wieder herabglitt. Dann stand er vor dem kreisrunden Hinterteil der Lokomobile. Mit einem Ärmel rieb er die Ventile und das Glasrohr über der Feuerung blank, in dem der Wasserstand angezeigt wurde. »Concessionirt mit 6 Atmosphären«, las er mit fast geschlossenen Augen vom Messingschild über der Feuerungstür, »Numero 1, Maschinenfabrik Rudolf Wolf, Magdeburg-Buckau 1862«.

Und hier, erst hier, neben dieser großen Kraftmaschine, die wie ein alter König war, gestand er sich endlich ein, wie sehr er sich nach Elsa sehnte. Wie gern er ihr diese wunderschöne Maschine, sein Geheimnis, gezeigt hätte. Wie gern er ihren alkoholischen Duft gespürt hätte, hier, zwischen den Gerüchen nach Kohle und altem Eisen und Messing. Er versuchte, sie sich vorzustellen. Ihm fiel ein, dass es in der Physik etwas gab, das Einstein einmal »spukhafte Fernwirkung« genannt hatte: Wenn man ein ultraviolettes Teilchen auf einen nichtlinearen Kristall fokussierte, teilte es sich in zwei sichtbare Photonen, die in einander entgegengesetzte Richtungen davonflogen. »Wie wir«, murmelte Ludwig und verzog den Mund. Aber das Geisterhafte war, erinnerte er sich, dass, wenn man die Eigenschaften des Photons A änderte, seine Schwingungsrichtung vielleicht, änderte Photon B zur exakt gleichen Zeit exakt dieselbe Eigenschaft, auch wenn es sich nach einer halben Sekunde bereits dreihunderttausend Kilometer von A entfernt befand. Niemand konnte das erklären. Bis heute nicht. Die Teilchen waren auf geheimnisvolle Weise für immer miteinander verbunden, auch wenn sie mit Lichtgeschwindigkeit auseinanderflogen. Ja, dachte er, verbunden, aber wir entfernen uns mit jedem Augenblick weiter voneinander. Und es gab keine Möglichkeit, das zu ändern. Auf einmal war die

Lokomobile kein Trost mehr. Sie war eine alte Maschine, eingesperrt, nutzlos und schwer, so wie er. Er wandte sich ab und kletterte durch den Keller wieder ans Licht.

Es war schon spät am Vormittag, als er endlich nach Hause kam und über den Hof zum Hintereingang ging. Durch die offenen Stalltüren sah er seinen Vater mit der Mistgabel das Futter verteilen; er hatte mit dem Grasholen nicht auf ihn gewartet. Er rief einen kurzen Morgengruß hinüber und schickte sich an, ins Haus zu gehen, als er aus den Augenwinkeln sah, wie sein Vater schwerfällig aus dem Stall rannte. Er erschrak, sein Vater rannte sonst nie.

»Du!«, schrie der Vater, immer noch die Mistgabel in der Hand, »Dieb!« Er stürzte auf Ludwig zu wie ein Bussard, schlug mit dem Stiel der Gabel auf ihn ein und brüllte dabei unartikuliert. Die Mutter kam aus dem anderen Stall, schrie auch und versuchte, den Vater zurückzuhalten. Ludwig hatte die Arme über den Kopf gehoben und sich zusammengekrümmt, für einen Augenblick wollte er sich wehren, er wäre viel stärker als sein Vater, aber er schützte nur sein Gesicht, und die Schläge prasselten auf ihn ein. »Hier!«, schrie der Vater unvermittelt, warf die Gabel fort und riss ein Papier aus der Tasche seines blauen Arbeitskittels, »Hier!«, und versuchte, ihm den Zettel ins Gesicht zu werfen, doch er flatterte auf halbem Wege zu Boden. Da spuckte der Vater vor ihm aus. »Dieb«, sagte er, »Dieb!«

Ludwig hob das Papier auf, es war eine gerichtliche Vorladung wegen Sachbeschädigung und Diebstahls. »Vater«, hob er an, jetzt spürte er die Schmerzen; so war es immer gewesen, die Schmerzen kamen immer erst ein paar Augenblicke später, »Vater!« Aber der Vater drehte sich noch einmal um, sah ihn an, und dann spuckte er Ludwig ins Gesicht. Da klickte es in Ludwig, und er zerrte den Vater am Kittel zu sich her, sein Gesicht nur Zentimeter vor seinem, so nahe waren sie sich seit vielen Jahren nicht gewesen. Der ungeheure Druck ließ die Worte nur einzeln herauszischen: »Du ... spuckst nicht ... auf mich!« Und dann stieß Ludwig seinen Vater mit solcher Wucht von sich, dass der wegstolperte und gegen die halbhohe Mauer des Misthaufens prallte und dort atemlos stehen blieb. Ludwig hob den Brief auf und ging zitternd ins Haus, ohne sich noch einmal umzudrehen.

In den folgenden Tagen arbeiteten sie schweigend nebeneinander. Weder der Vater noch er sprachen mehr als das Nötigste. Aber in der Woche darauf waren sie gemeinsam auf einem Feld weit vor dem Dorf, im Lindental, und setzten Salat. Der Traktor lief fast von allein im Ackergang die Furchen entlang, nicht mehr als drei Stundenkilometer, Ludwig lag bäuchlings auf der Plattform, die hinten eingehängt war, das Gesicht dreißig Zentimeter über der Erde, neben sich die Kisten mit den Salatpflanzen. Während er in regelmäßigen Abständen den Salat setzte, drehte sich sein Vater auf dem Sitz plötzlich um, das Lenkrad bewegte sich leicht hin und her, aber der Traktor blieb auch so in der Spur, und fragte unvermittelt: »Wieviel hast du gestohlen?«

Ludwig hob sein Gesicht nicht und setzte Pflanze um Pflanze. »Nichts«, sagte er dann vorsichtig, er wusste nicht, ob der Vater wieder wütend würde. Aber der wartete. Nach einer Weile fügte Ludwig dann an: »Ich habe ein Regal kaputt gemacht.«

Alle dreißig Zentimeter eine zarte Salatpflanze. Hellgrün auf Braun. Die Augen auf die Erde gerichtet. Der Vater im Rücken hoch über ihm. Sein Rücken entspannte sich auf einmal.

»Es war so«, sagte er dann und begann zu erzählen. Nicht alles. Nur die Geschichte von der Maschine. Das verstand er vielleicht. Dass man sich für eine Maschine begeisterte.

Der Vater hörte zu. »Aha«, sagte er manchmal oder »weiter«. Ludwig sprach das erste Mal über die Geschichte im Patentamt.

»Warte mal kurz«, unterbrach ihn sein Vater und stieg vom Traktor, »die Steine.« Der Traktor blieb in der Spur und kroch alleine voran, während der Vater vor ihm herging und die Steine aus der Furche klaubte, damit Ludwig seinen Salat setzen konnte. Die Sonne kam durch, und Ludwigs Rücken wurde warm.

»Ach«, hörte er seinen Vater von vorne ärgerlich sagen, als ob er auf einen besonders großen Stein gestoßen wäre, und dann rief er »Ludwig!« Es klang wie ein missmutiger Befehl.

»Gleich«, sagte Ludwig und setzte noch die drei Pflänzchen, die er in der Hand hatte. Der Traktor holperte über den Stein, und dann erschien unter Ludwig in der Furche das Gesicht seines Vaters, die Augen erstaunt und weit aufgerissen und mit stammelnden Lippen, die keine Worte mehr zusammenbrachten.

»Vater?«, sagte Ludwig erst, ohne zu verstehen, dann kroch er so schnell er konnte von der Plattform hinunter, kniete neben dem alten Mann und rief »Vater? Vater?«, während der Traktor sich gleichgültig entfernte, bis Ludwig die paar Meter hinrannte und den Gang herausriss, dann wieder zum Vater zurückstolperte, in die weiche Erde fiel und halb kroch, halb lief, nicht wusste, was er tun sollte, das Dorf war weit weg, und der Vater schließlich einfach starb, ohne noch irgend etwas zu sagen, nur fragend Ludwig ansah bis zum Schluss. Ludwig kam es vor, als wollte er verwundert fragen, wie ihn der Traktor hatte überfahren können – der Traktor, den er seit vierzig Jahren fuhr, der ihm so vertraut war wie ein alter, treuer Hund.

Ludwig hatte keine Antwort und blieb einfach neben dem Vater in der Furche sitzen, bis einer der vorbeifahrenden Bauern merkte, dass etwas nicht stimmte; so lange blieb er sitzen, stumm und ohne Regung, bis endlich Leute aus dem Dorf kamen und die Sanitäter und am Schluss die Polizei und man ihn nach Hause brachte. Er sprach kein Wort, und der Arzt gab ihm eine Spritze. Er schlief bis tief in die Nacht hinein. Als er aufwachte, war es noch dunkel, und die Wände um sein Bett herum waren so nah, dass er sie hätte berühren können, wenn er die Hände ausgestreckt hätte. So lag er in seinem Bett.

Erst am Morgen erfuhr er, dass man glaubte, er hätte seinen Vater getötet.

27

Weltausstellung 1851. London ist in diesem Jahr das Zentrum einer Welt, in der die Jahre immer schneller eilen, in großen Sprüngen vergehen, bis sie endlich fliegen lernen. In London hat Lichtenberg das erste Mal Heimweh. Nicht nach seiner Stadt, sondern nur nach dem Haus mit dem Blechdach. Nach Clara. Er schlendert durch die Weltausstellung wie auf der Suche. Warum, denkt er wie alle Liebenden in schnellen und langsamen Jahrhunderten, warum kann sie nicht bei mir sein? Er ist ein Kind seines Jahrhunderts, in dem das erste Mal Märchen gesammelt werden müssen, weil sie vergessen werden. Nur die Herren Erfinder, die hängen den Märchen nach: Siebenmeilenstiefel? Wir bauen die Lokomotiven schneller und die Dampfmaschinen stärker. Fliegen wie die sieben Raben? Lilienthal stürzt sich dabei zu Tode. Aber alle, alle träumen sie weiter davon. Stroh spinnen wie die Müllerstochter? In Schlesien spinnen sie schon Glas zu Wolle, es wird nicht mehr lange dauern, dann spinnen sie Gold. Aber Lichtenberg wünscht sich kein Gold und nicht die Pantoffeln des kleinen Muck – er wünscht sich nur, er könnte Clara hören und ihr sagen, dass er immer noch da ist und kein Tag vergeht, an dem er nicht an sie denkt. Er ist ein Kind seines romantischen Jahrhunderts.

Die erste Weltausstellung ist voller Wunder. Und bunt ist sie nun auch. Die ersten Anilinfarben werden gezeigt: Mauvein. Fuchsinrot. Lichtenberg hat solche Farben noch nie gesehen. Krupp zeigt einen Gussstahlblock von zwei Tonnen. Nie zuvor hat jemand einen solchen Block im Stück gießen können. Einen Stand weiter: Der englische Optiker John Dancer stellt Schmuck aus. Schmuck auf der Weltausstellung! Erst will Lichtenberg hochmütig weitergehen, da stutzt er, nimmt einen Ring zur Hand – der Stein ist durchsichtig und zur Lupe geschliffen, und darunter sitzt ein winziges Diapositiv, das die Königsfamilie zeigt. Lichtenberg braucht einen Augenblick, um zu verstehen, was er sieht: Er lächelt, wie immer, wenn man ihn überrascht. Er betrachtet den ersten Mikrofilm. Im Krieg 1870/71 gegen Frankreich werden die Franzosen ihre Kassiber verfilmen und per Brieftauben aus dem belagerten Paris bringen lassen. Aber, denkt er und legt den Ring bedauernd weg, so klein er auch ist, ein Brief bleibt ein Brief. Er braucht Tage und Wochen und kann doch nie wirklich sagen, was man denkt.

Da sieht er aus den Augenwinkeln vertraute deutsche Worte auf einem preußisch gemalten Schild: »Telegrafenbauanstalt Siemens & Halske«. Er hat von Telegrafen gehört. Natürlich. Sie sind in aller Munde. Nur, gesehen hat er noch nie einen. Er tritt heran, und vielleicht erinnert Lichtenberg Siemens an seine jüngeren Brüder, und sie kommen ins Gespräch. Lichtenberg sieht den Zeigertelegrafen in Betrieb, die Nadel wandert auf der Scheibe von Buchstabe zu Buchstabe, und ein Satz entsteht.

»Wie weit kann ich das schicken?«, fragt er.

Siemens sagt, ohne nachzudenken: »So weit Sie wollen.«

»Nach Deutschland auch?«, fragt Lichtenberg, »Unter dem Meer durch?«

»Bis nach Amerika, wenn Sie wollen«, sagt Siemens stolz.

Trotzdem, denkt Lichtenberg, es ist immer noch ein Brief.

»Sind Sie vom Fach?«, fragt Siemens, und Lichtenberg nickt mit aller Unverfrorenheit der Jugend.

»Brauchen Sie Leute?«, fragt er und hofft, dass man das Heimweh in seiner Stimme nicht hört.

»Immer«, antwortet Siemens.

Aber als Lichtenberg dann deutlich macht, dass er keinen Pass hat, weil er aus Deutschland fliehen musste, da wird der ehemalige preußische Leutnant Siemens kühl und abweisend, und das Gespräch versickert. So dringend braucht er keine Leute, dass er Revolutionäre nehmen müsste. Sie sind auf neutralem, englischen Boden und verabschieden sich höflich, aber in Lichtenberg brennt zweierlei: dass er Clara noch lange nicht sprechen wird und dass Siemens seine Fähigkeiten unterschätzt. Er weiß nicht, was stärker ist, aber hitzig verspricht er sich selbst, dass er Siemens zeigen wird, wie man mehr als nur eine elektrische Postkutsche erfindet.

Auch so beginnen Freundschaften. Sechs Jahre später finden sie sich gemeinsam auf einem Schiff im Roten Meer wieder.

28

Es gab Vernehmungen. Man glaubte ihm nicht. Man brachte ihn in die Stadt. Es gab zwei Wochen in einer Zelle im Untersuchungsgefängnis, durch deren hohes, eng vergittertes Fenster man über die Mauer in einen leeren Schulhof sehen konnte. Danach glaubte man dem Anwalt, dass es keine Fluchtgefahr gäbe, weil sein Lebensmittelpunkt hier war. Ein freudloses Lächeln. Das erste seit vielen Tagen. Wenn es überhaupt einen Lebensmittelpunkt gab – er war jedenfalls nicht hier. Das sagte er aber nicht. Dann kamen die Wochen, in denen er wieder in seinem Zimmer auf dem Hof lebte. Er wusste nicht, was schlimmer war. Er erinnerte sich, was Elsa einmal von ihren Jahren im Orchester gesagt hatte: tote Zeit. Er wusste jetzt, was sie meinte. Er lebte in einem schalltoten Raum. Die Zweifel machten alle Menschen um ihn herum stumm, auch wenn sie, wie seine Mutter, redeten und redeten. Schließlich kam die Verhandlung. Am ersten Tag, als er sich morgens fertig machte, merkte er, dass er erleichtert war, dass er darauf gewartet hatte, endlich sagen zu können, wie es wirklich gewesen war.

Der Verhandlungssaal war viel kleiner, als er erwartet hatte. Es gab ein paar Stühle für das Publikum, die Tische für Richter, Staatsanwalt und Verteidiger. Es war wie im Patentamt. Formulare, Zahlen, Akten und Boten. Der Richter war sachlich freundlich, der Staatsanwalt gelangweilt, der Verteidiger versprach sich oft. Ludwig wurde aufgefordert, den Hergang zu erzählen. Er berichtete, wie er Salat gesetzt hatte und der Vater derweil vom Traktor gestiegen war. Der Staatsanwalt konnte sich nicht vorstellen, wieso man auf dem Bauch liegen musste, um Salat zu setzen. Dass man nicht merkte, wie der Vater vom Traktor stieg. Ludwig sagte, er hätte es ja gemerkt. Sein Vater hätte es ihm gesagt. Wieso er sich dann nicht ans Steuer gesetzt habe? Wer dann den Salat hätte stecken sollen, fragte Ludwig höflich zurück. Der Staatsanwalt sagte, er sei doch Physiker. Ob ihm nicht klar gewesen sei, dass ein Fahrzeug ohne Führer den großen Nachteil habe, dass es nicht gelenkt würde? Ludwig fragte laut, ob der Herr Staatsanwalt schon mal auf dem Land gearbeitet hätte. Darauf drehte sich der Staatsanwalt wieder zum Fenster: »Schwer zu glauben, dass Sie einen alten Mann vor den Traktor schicken und sich nicht einmal selbst ans Steuer setzen.« Wie er es sagte, hörte es sich sogar für Ludwig unglaubwürdig an.

Am nächsten Tag legten sie ihm den Polizeibericht über das Patentamt vor. Warum er die Regale verwüstet hätte?

»Es war ein Regal«, sagte Ludwig, und log dann nur halb, als er sagte, er hätte eine Akte zu einem Patentantrag gesucht und einen Wutanfall gehabt, weil er sie nicht gefunden habe.

»Es ist Geld verschwunden«, sagte der Staatsanwalt und sah aus dem Fenster.

Ludwig zuckte die Achseln: »Ich war es nicht«, sagte er kalt. Es kam nicht mehr darauf an. Er spürte, wie er anfing, den Staatsanwalt zu hassen. Das war schlecht.

»Sie haben häufig Wutanfälle, oder?«, fragte der Richter dazwischen.

Ludwig wollte den Kopf schütteln, hielt dann aber inne. »Ich«, sagte er etwas gepresst, »werde nicht immer gerecht behandelt.«

»Aha«, sagte der Richter.

Am dritten Verhandlungstag hörten sie Zeugen. Als Ludwig durch den langen Gang zum Verhandlungssaal kam, sah er sie dort auf den Holzbänken sitzen. Sie hatten ihre Sonntagsanzüge an und waren wohl schon früh am Morgen in die Stadt gefahren. Ludwig staunte, wie viele sie hatten kommen lassen. Das halbe Dorf.

Er ging an ihnen vorbei und grüßte, wie es sich gehörte. »Morgen, Petersberger. Althammer«, nickte er im Vorbeigehen. Aber sie sahen zu Boden und grüßten nicht zurück. Da bekam er das erste Mal wirklich Angst und musste schlucken.

Später saß er da und hörte, wie die Wirklichkeit der anderen Menschen in seinem Dorf und die seiner Kollegen im Patentamt war. Es war fast immer die Wirklichkeit, in der auch der Staatsanwalt lebte. Der Gansbauer und der Staatsanwalt sprachen freundlich miteinander über ihre Welt. Alle redeten und redeten, und die andere Wirklichkeit wurde immer fester und genauer und Ludwig hatte immer weniger Platz darin. Am vierten Verhandlungstag lag die andere Wirklichkeit um Ludwig wie eine Gussform.

Die Wirklichkeit war, sagte der Richter am letzten Tag, dass Ludwig seinen Vater fahrlässig getötet hatte. Die Wirklichkeit war, dass er dafür zu zwei Jahren Gefängnis verurteilt wurde, die der Richter zur Bewährung aussetzte. Der Staatsanwalt sah gelangweilt aus dem Fenster. Er hatte auf Totschlag plädiert. Dann standen alle auf und gingen, wie man um vier Uhr nachmittags aus dem Patentamt ging. Ludwig blieb im Hof des Gerichts stehen und drehte sich weg, als seine Mutter mit ihm sprechen wollte. Jetzt, dachte er, ist es genug. Jetzt ist es genug. Und erst jetzt fiel ihm auf, dass die Lichtenbergmaschine während des ganzen Prozesses kein einziges Mal erwähnt worden war. In dieser Wirklichkeit hatte es Lichtenberg nie gegeben.

II

1

Eines Nachts wacht Clara mit einem Ruck auf. Es ist die Nacht nach ihrem ersten öffentlichen Ball – jetzt gehört sie offiziell zur Gesellschaft des Städtchens. Zwei Jahre hat sie den Debütantinnenball verschoben. Die Wirren dieser Zeiten kommen ihr zupass. Wenn Revolution ist, wird nicht getanzt, und im zweiten Jahr hat sie eben Katarrh gehabt. Aber auch in diesem Jahr ist Gustav noch nicht zurückgekommen, und sie hat sich wohl oder übel dem Vater gefügt. Sie hat den ganzen Abend getanzt, bis weit in die Nacht hinein, einmal sogar mit Gustavs Vater, vielleicht, weil er selbst nicht da war. Vor allem aber hat sie mit den jungen Offizieren getanzt, die sie regelrecht umlagert haben. Clara ist ein Mädchen wie ein Feuerwerk, sie sprüht. Einer von ihnen ließ sich gar nicht abschrecken, er ist ein ernster junger Mann und hat sie immer wieder aufgefordert, bis sein Name vier oder fünf Mal auf ihrem Fächer stand. Er hat ein »von« im Namen, und es hat sie fast gerührt zu sehen, wie er mit den Augen an ihr hing. Und jetzt ist sie wach und starrt mit weit offenen Augen in die Dunkelheit. Es ist Neumond und eine windige Nacht. Sie hat geträumt: Das Dach des Hauses ist fort, in die Luft geblasen wie damals beim Großvater, und Gustav, von dem sie schon so lange nichts gehört hat, hängt am kupfernen Fallrohr und wirbelt im Sturm mit dem Dach davon, sie schreit ihm nach, und der Sturm zerrt an ihr, aber ihr Ballkleid hat sich am Bettpfosten verhakt. Gustav schlägt mit dem Dach an eine Himmelsdecke, die so fest ist wie Metall, und es dröhnt wie eine Glocke. Da wacht sie auf. Schweißnass. Und atmet, als wäre sie mit der Brust gegen ein Querholz gerannt. Vielleicht ist Gustav tot.

Lichtenberg weiß es noch nicht, aber er geht in den sicheren Tod. Es ist 1851, die Weltausstellung ist vorbei. Sein Geld ist endgültig aufgezehrt, aus der Heimat hat er nichts zu erwarten, und deshalb muss er dringend etwas verdienen. Aber suche Arbeit in einem fremden Land! Er hat ja nichts Richtiges gelernt. Doch Lichtenberg ist jung. Er ist unbeschwert und fröhlich, deshalb wandert er über Land, gibt sich als Hilfsingenieur aus und fragt in den Fabriken nach Arbeit. In Stockport, im Nordwesten, bieten sie ihm eine Stelle als Heizer im Maschinenhaus der Baumwollspinnerei Marsland an.

Die Park Mill ist eine Hölle. Selbst Lichtenberg wird es ein wenig seltsam ums Herz, als er die Fabrik das erste Mal betritt. Unwillkürlich fasst er an die Brusttasche seiner Jacke, wo die wenigen Briefe Claras sind, die er immer dabeihat. Der Lärm der Spinnmaschinen ist grauenvoll, und die Luft ist dick vom Baumwollstaub. Die Frauen sind jung und husten ununterbrochen, und noch die hübscheste hat eine gelbe Haut. Lichtenberg sieht, wie sich manche in den Pausen aus kleinen braunen Fläschchen verstohlen etwas auf den Handrücken tropfen und auflecken. Der Vorarbeiter sagt ihm, dass es Laudanum ist – für die Frauen, die sich weder Bier noch etwas zu essen leisten können. Dann nimmt er ihn mit ins Kesselhaus. Hier ist die Luft genauso dick, nur von Kohlenstaub und Hitze. Der Vorarbeiter drückt ihm eine Schaufel in die Hand und weist auf den Kohlehaufen. Und Lichtenberg fängt an zu schaufeln. Eine Stunde. Vier Stunden. Sechs Stunden. Schaufel in die Kohlen. Anheben. Kohlen in die Feuerung. Es ist wie Treppensteigen, und die Stufen werden immer höher. Das Atmen ist auch wie Treppensteigen, und es tut weh.

Als er am Abend in seiner Herberge sitzt, hängt die Haut zwischen Daumen und Zeigefinger in Fetzen, und er muss den Löffel für die Suppe zwischen Zeige- und Mittelfinger halten und die Zähne zusammenbeißen, weil die Luft an den offenen Stellen brennt.

In den nächsten Tagen möchte er die Dampfmaschine manchmal voller Wut anschreien, weil sie so unersättlich Kohlen frisst und er nie verschnaufen kann. Manchmal brennt der Kohlenstaub so in den Schrunden der Hände, dass es ihm das Wasser in die Augen treibt. Aber er hält aus. Er muss, er hat kein Geld. Wenn die alte Maschine wieder einmal repariert werden muss, sitzt er auf den Kohlen und sieht den Kessel an. Der Maschinist ist verrückt, denkt er manchmal. »Power!«, brüllt er und treibt seine Heizer an, »Power!« Er will aus dem Dampf mehr herausholen, als in ihm ist. Deshalb hängt er manchmal ein Sandsäckchen an das Sicherheitsventil. Als Lichtenberg das zum ersten Mal sieht, wird er bleich, trotz der Hitze. Aber es geht immer gut, muss er widerwillig zugeben, der Maschinist ist verrückt, aber er hat ein Gefühl für die Maschine.

Eines Tages kommt der junge Marsland, der Fabrikherr, ins Kesselhaus und redet mit dem Maschinisten. Lichtenberg sieht, wie der Maschinist einen blanken Sovereign bekommt und eilfertig nickt. Lichtenberg weiß, was das heißt. Heute kommt er vor Mitternacht nicht nach Hause. Sie schaufeln. Halbnackt, die Körper schwarz und glänzend vor Schweiß und Kohlenstaub, im roten Flackern der Feuerung sehen sie aus wie Hilfsteufel. Die schweren Transmissionsriemen fliegen und surren wie zornige Bienen, aber unter ihnen gibt es zumindest ein wenig Zugwind. Lichtenberg sieht, wie der Maschinist einen Sack mit Sand füllt und an das Sicherheitsventil hängt. Kein Säckchen mehr. Einen regelrechten Sack. Lichtenberg schaufelt und schaufelt und versucht, nicht zu denken. Die Maschine arbeitet immer schneller. Die Riemen rasen. An den Körpern der Männer fließen schwarze Bäche herab. Die Männer keuchen, wie im Takt. Die Maschine stampft. Immer einen Schlag schneller als das Keuchen der Männer.

Ein Pfiff durch den Lärm. Lichtenberg sieht, wie der Vorarbeiter ihm winkt. Er lässt die Schaufel fallen und geht hinüber.

»Get some beer!«, schreit er Lichtenberg, dem jüngsten der Arbeiter, zu. »Gonna be here till mi'night!«, und drückt ihm einen Schilling in die Hand.

Lichtenberg nickt, obwohl er nur Bier verstanden hat, und geht los. Ihm ist so ungeheuer heiß, dass er die Jacke hängen lässt, obwohl es draußen schon schneit. Er geht gemächlich den ungepflasterten Fabrikhof hinunter zur Schenke, sein Oberkörper dampft in der kalten Luft. Er hat es nicht eilig zurückzukommen. Am Tor nickt er dem Posten zu, als er plötzlich von einer heißen Faust in den Rücken gestoßen wird, stolpert, in den dünnen Schnee fällt und sich im Fallen dreht. Er sieht in den grauen Schneehimmel, und aus diesem Schneehimmel sieht er einen Hut kommen, und er braucht einen Augenblick, um zu erkennen, dass der Hut die obere Hälfte des riesigen, schmiedeeisernen Dampfkessels ist, der in flachem Bogen durch die Luft fliegt und mit einem gewaltigen Knall in die Mauer der Spinnerei einschlägt. Und dann regnet es auf einmal Kohlen und Steine und Glas und sogar Menschen, und die ganze Welt ist ein schreiendes Chaos. Lichtenberg kommt zuerst nicht auf die Füße, er krabbelt auf allen vieren weg, kommt hoch und rennt, was er kann, die Hände entsetzt über den Kopf gehalten, als die Spinnerei zu brennen beginnt.

Erst spät am Abend kommt er verstört und ungesehen in die Herberge zurück, rafft zusammen, was er verdient hat, und verlässt Stockport für immer. In den nächsten Tagen liest er in den Zeitungen, dass zweiundzwanzig Menschen bei der Kesselexplosion getötet wurden, und schwört, schwört mit brennendem Herzen, dass er aus seinem geschenkten Leben etwas machen wird. Niemand weiß, dass es nur einundzwanzig waren. Es hat keiner mehr gelebt, der gewusst hätte, dass Lichtenberg zum Bierholen geschickt worden ist. Aber seine Jacke hat man gefunden. Acht Wochen später erhält Clara ihre Briefe mit einer Notiz der englischen Gendarmerie zurück, die ihr lakonisch mitteilt, man bedaure den Tod eines gewissen Gustav Lichtenberg, aber Ansprüche gegen den Fabrikherrn seien nicht statthaft, da Kesselexplosionen höhere Gewalt seien.

Es dauert ein halbes Jahr, bis Clara sich erholt hat, ein Jahr, bis sie wieder ganz gesund ist. Ein Jahr, in dem ihre Familie sie in ein Ostseebad steckt und streng abschirmt gegen alle Aufregung. Vor allem ein Jahr, in dem ihr Vater die Briefe Lichtenbergs öffnet, liest und vernichtet. Es ist ein romantisches Jahrhundert.

Übers Jahr gibt Clara der Werbung des jungen Offiziers nach und heiratet.

2

Es war ein windiger Herbstabend. Das Publikum, das durch den Nieselregen zur Oper eilte, hielt Mäntel und Hüte fest. An den metallenen Fahnenmasten, die auf dem Vorplatz standen, schlugen die Leinen einen eintönigen, regelmäßigen Takt. Es war unfreundlich. Männer hielten Regenschirme über Frauen in Abendkleidern, die um ihre Beine flatterten, und beeilten sich, ins Helle und Warme zu kommen. Sobald sie durch die Flügeltüren mit den geschliffenen Glaseinsätzen gegangen waren, wurden aus den Männern Herren und aus den Frauen Damen. Pelzmäntel wurden abgenommen, Türen aufgehalten und Feuer gegeben. Anstand. Das Foyer summte von Unterhaltungen. Die gute Gesellschaft der Stadt hieß sich gegenseitig auf der bürgerlichen Insel willkommen, kaufte Programme und Karten, trank Sekt, rauchte. Bildung und Stil. Was wurde gegeben? Hoffmanns Erzählungen. Nichts Neues. Kein Musical, keine Ars nova. Obwohl man auch dafür offen gewesen wäre. Aber die klassischen Opern waren doch immer noch etwas anderes. In einer Zeit, in der alle die gleichen Autos fahren konnten, war die Oper ein Mittel, mit dem man zeigen konnte, wohin man gehörte. Anstand und Stil und Bildung.

Die Einläuteklingel erklang zum zweiten Mal. Ludwig stand am Aufgang der Treppe und sah ihnen zu. Wie sie alle wussten, was zu tun war. Wie sie ihre Operngläser aus den Handtaschen nahmen und sich richtig zum linken oder rechten Rang wandten, wie sie den Platzanweisern und den Garderobieren Trinkgeld gaben. Wie sie von Offenbach und den Aufführungen in Salzburg sprachen. Wie sie zeigten, dass sie die Gesetze kannten und dazugehörten. Er verzog den Mund. Er kannte die Gesetze jetzt auch. Als das Foyer sich fast geleert hatte, stieg er mit ein paar eiligen Nachzüglern die Treppen hinauf zum dritten Rang. Premiere. Es war schwierig gewesen, so spät noch eine Karte zu bekommen, aber ganz oben gab es fast immer noch Plätze, und er zog es sowieso vor, nicht im Parkett zu sitzen.

Als er saß, spielte das Orchester noch die Instrumente ein und stimmte sie. Ludwig hatte das immer gemocht. Es war, als wenn man einen Lichtstrahl durch eine Linse fokussierte. Oder eben eine Schwingung justierte. Nichts anderes taten sie im Orchestergraben. Sie sorgten dafür, dass ihr Werkzeug mit einem Maximum an Genauigkeit arbeitete. Gut, dachte Ludwig. Dann wurden die Türen geschlossen, im Kronleuchter glommen noch für einen Augenblick hundert Wolframfäden in tiefem Rot, dann wurde es dunkel, und die Gespräche im Parkett erloschen. In diesem Moment der Stille nahm Ludwig die weichen Ohrenstöpsel heraus und schob sie sich sorgfältig in die Gehörgänge. Neben ihm machte eine alte Dame ein verwundertes Gesicht.

»Ich bin sehr empfindlich!«, flüsterte Ludwig lauter als nötig.

Und als das Orchester einsetzte, dachte er seine Gedanken aus dem Foyer zu Ende: Nicht gebildet genug, dachte er spöttisch, ihr hättet euch an den Mast binden lassen sollen, wie Odysseus. Und dann legte er den Schalter an der Lichtenbergmaschine um, die er im letzten halben Jahr so klein gebaut hatte, dass sie in eine Fracktasche passte.

Der Vorhang hatte sich vor der berühmten Kneipenszene in Luthers Keller gehoben. Die ersten Töne der Ouvertüre gingen durch das Publikum wie ein Windstoß durch ein Kornfeld, das sah Ludwig. Und dann hörte er, ganz gedämpft und von sehr weit fort, wie Hoffmann die Erzählung begann: Es war einmal am Hofe von Eisenack ein winz'ger Zwerg, der nannte sich Klein Zack ...

Da zuckte es im Publikum. Ludwig hörte nur Fetzen von der spöttischen Querflöte, aber er sah, dass unten im Publikum hie und da Beine flogen, als Hoffmann den Zwerg »klick-klack« tanzen ließ. Die alte Dame neben ihm sah hilflos hin und her, konnte aber auch nicht verhindern, dass ihr Kopf mit dem »klick-klack« nach rechts und links wackelte, als sei er zu schwer für ihren alten Hals. Und alle,

alle griffen sich an die Nase, als ob sie tatsächlich schwarz von Schnupftabak sei.

Ludwig lehnte sich zurück, fasste in die Innentasche und schaltete die Maschine aus. Dann nahm er unauffällig die Schützer aus den Ohren. Unten war Hoffmann ins Träumen gekommen und sang von den wunderbaren Zügen Stellas. Aber im Publikum raunte es unruhig. Manche waren aufgestanden und sahen sich nach hinten um. Keiner wusste, was geschehen war. Sie hatten sich benommen wie Kasperlpuppen und hatten die Beine nicht stillhalten können. Auf der Bühne hatte man die Unruhe im Publikum auch bemerkt, aber man sang über die Unsicherheit hinweg. Die alte Dame neben Ludwig beugte sich zu ihm hinüber und flüsterte, wie zur Entschuldigung: »Sie ... sie singen sehr gut heute, es geht einem ... direkt in die Beine.«

»Ja«, sagte Ludwig trocken, »die Musik ist eine Himmelsmacht.« Und lächelte.

Er schaltete die Maschine erst wieder im zweiten Akt ein. Hoffmann war in Venedig. Unsterblich in die Kurtisane Giulietta verliebt. Die Barcarole kam wie ein Schwarm Gondeln, erst konnte man sie kaum hören, dann wurde sie immer süßer und intensiver. Ludwig hatte die Schützer nur locker in die Ohren gesteckt. Er hatte nie verstanden, was die Barcarole so berühmt machte. Aber als die Frauenstimmen das Haus füllten, stand ihm auf einmal die Erinnerung an eine andere Frau vor Augen, wie sie gesungen hatte, und er spürte, wie er erschauerte. Hastig legte er die Finger auf die Ohren und sah zu, wie den Menschen neben ihm die Tränen herunterliefen, wie es manche Männer im Parkett regelrecht vor Weinen schüttelte. Ja, dachte er, alle sollen weinen. Wie ich. Ich habe auch geweint.

Er stand auf und schob sich durch die Reihen. Die

Maschine schaltete er erst aus, als er die Türen hinter sich schloss, im leeren Gang stand und tief einatmete. Premiere, dachte er, und, als innen ein unsicherer Beifall aufrauschte, dieser Applaus gehört mir. Aber als er ganz allein die Treppen hinunterging und die Ballade von Klein Zack summte: klick-klack, klick-klack, wie eine Maschine, da schämte er sich, auch wenn er nicht genau wusste, warum.

3

Lichtenberg ist überall zu finden, aber um 1857 herum steht er womöglich eben am Heck eines Passagierdampfers und beobachtet konzentriert, wie das Telegrafenkabel von der Maschinenwinsch abrollt. Schon nach einem halben Jahr in den Berliner Sälen bei der Telegrafenbauanstalt Siemens & Halske ist er Werkführer mit einem jährlichen Gehalt von 350 Talern geworden. Nachdem er ein paar Monate Telegrafen zusammengesetzt hat, schlägt er vor, die Kabel nicht mehr nur mit Guttapercha zu isolieren, das bei der Verlegung in der Erde vom Grundwasser angegriffen wird, sondern eine zusätzliche Bleiisolierung mit Draht zu armieren. Werner Siemens erinnert sich nach fünf Jahren nicht mehr an die kurze Begegnung in London und ernennt Lichtenberg mit einem höflichen Brief zum Werkführer. Am selben Tag tritt er an seinen Tisch und fragt ihn, ob er sich vorstellen könne, mit ihm ans Rote Meer zu reisen. Ein unterseeisches Kabel zwischen Suez und Karatschi an der Indusmündung sei zu verlegen. Lichtenberg lächelt bei der Erinnerung, er hat nicht einmal gewusst, wo Karatschi oder Suez liegen, als er ja gesagt hat.

Mittlerweile weiß er fast alles über den Telegrafen. Er versteht immer besser, dass man Nachrichten in alles umformen kann, was man will, solange man weiß, wie man sie wieder entschlüsselt. Licht, denkt er, oder Magnetismus oder vielleicht sogar Schwerkraftwellen. Wenn es Wellen sind. Die Winsch ächzt, und Lichtenberg beschleunigt sie etwas. Wenn man zu stark bremst, reißt das Kabel. Wenn man zu viel Kabel gibt, liegt es in Windungen auf dem Meeresboden. Ist nur die Frage, spinnt Lichtenberg seine Überlegung weiter, wie man Gedanken nicht auf Papier bringt oder in ein Kabel, sondern in eine Welle. In diesem Augenblick kommt eine wirkliche Welle, aus Wasser, die gibt es auch noch, man vergisst das manchmal. Sie ist ziemlich groß, und das Schiff wird ein wenig seitwärts abgetrieben.

»Kabel!«, schreit Siemens, als er sieht, wie sich das Kabel spannt, aber es reißt nicht. Dafür knirscht es plötzlich hässlich und splitternd laut. Lichtenberg fliegt nach vorn und landet unsanft auf seinem Werkzeugkasten. Das Schiff legt sich sanft auf die Seite, aber das Knirschen und Krachen hört nicht auf.

»Holy God!«, brüllt es von der Brücke »We're sinking!«

Lichtenberg versteht immer noch nicht sehr viel Englisch, aber dass sie sinken, merkt er auch. Jetzt schon?, denkt er einen Augenblick in Angst, aber dann rutscht er hinter den beiden Siemensbrüdern das schräge Deck hinunter, unter der Reling durch, er wirft sich noch herum, bekommt sie aber nicht zu fassen und ist im Wasser. Als er wieder auftaucht, hört er, wie hinter ihm das Schiff zerbricht. Er schwimmt hektisch und ungeschickt, er schluckt viel zu viel Wasser, und plötzlich steigt die Panik in ihm hoch: Das hier ist wirklich, er wird wirklich ertrinken, wenn sie ihm nicht helfen, da hört er plötzlich zwischen dem Schlagen des Wassers Lachen. »Hilfe«, gurgelt er, aber das Lachen wird stärker, und als er endlich den Kopf lange genug über Wasser halten kann, sieht er, dass die anderen alle längst auf der Korallenbank stehen und er in höchstens hüft- hohem Wasser immer noch um sein Leben strampelt. Erleichterung schießt durch seinen ganzen Körper und macht die Knie weich, als er sich aufrichtet. Lichtenberg hat das erste Mal in seinem Leben Schiffbruch erlitten.

»Herzlichen Glückwunsch«, knurrt Siemens.

Es ist eine eigenartige Havarie – sie sitzen auf einer men- schenleeren Koralleninsel im Roten Meer, das Schiff ist un- tergegangen, aber die Damen jammern darüber, dass ihnen die Korallen die Füße zerschneiden. Und was machen die Herren Ingenieure? Sie sind galant. Statt Konserven und Früchte aufzufischen, jagen sie im flachen Wasser dem Treibgut nach, bekommen eine Matte Linoleum zu fassen, und in den nächsten zwei Stunden schustern sie mithilfe ihrer Taschenmesser Sandalen für die Damen.

Zum Glück ist das Rote Meer eine vielbefahrene Schiff- fahrtsstraße, und sie müssen nur wenige Tage ausharren, bis ein vorbeifahrendes Schiff sie aufnimmt. Als sie end- lich wieder sicher auf dem Deck des arabischen Schiffes stehen und die unselige Koralleninsel mit ihren Riffen halb erleichtert, halb mit gespielter Wehmut hinter sich lassen, wird Lichtenberg plötzlich ernst und denkt daran, dass er sich mit jedem Abenteuer weiter von Clara entfernt, weil sie nicht daran teilhat. Weil sie nicht erleben kann, was er erlebt. Er denkt, dass die Dinge anders sein müssten. Wenn sie erlebte, was er erlebt, würde sie bei ihm sein wollen.

Als sie einige Monate später zurück in Berlin sind, kündigt er. Siemens lässt ihn ungern gehen, aber er sagt barsch: »Dieses Jahrhundert gehört uns, Lichtenberg. Wir sehen uns wieder.«

Gustav lächelt verstohlen. Man merkt Siemens immer noch an, dass er lange Jahre Offizier gewesen ist.

4

Es war ein Sonntagmorgen im späten November. Über Nacht war es kalt geworden, und die Feuchtigkeit kroch den alten Frauen unter die schwarzen Röcke, als sie zur Kirche gingen. Ludwigs Mutter trug Trauer wie die Alten, man konnte sie kaum von den anderen unterscheiden. Die Männer steckten die Hände in die Taschen und duckten sich ein wenig unter dem tiefen Himmel. Die Glocken läuteten gedämpft durch die Morgenstille, es lag Schnee in der Luft. Es war wie in jedem Herbst und wie an jedem Sonntag. Eine Zeit lang standen die einen oder anderen noch in Gesprächen vor dem Kirchtor, aber als die Glocken ausschwangen, gingen sie hinein. Von außen hätte man hören können, wie erst die Orgel einsetzte und dann die Gemeinde. Im Dorf war es still, nur im Wirtshaus klapperten sie mit Geschirr, und aus den halb geöffneten Fenstern dampfte es heraus. Dann fing es an zu schneien, schwere, nasse Flocken. Die Straßen wurden erst grau, dann weiß. Jede Flocke ein kleines Stück kristallisierte Stille. In der Kirche saßen sie wie in einer Burg aus Gewohnheit.

Es war ein seltsames Gefühl, so ins Dorf zurückzukehren, dachte Ludwig, als er die Hauptstraße entlangging. Die Glocken waren still, die Straße war still. Er auch. Ich bin so lange still gewesen, dachte er bitter, so lange, bis ihr gedacht habt, ich werde nie etwas sagen. Ich war immer der brave Bub vom Lang. Der komische Bub vom Lang. Als ich weggegangen bin, habt ihr gesagt, lang hält's der Lang nicht aus in der Stadt, und habt gelacht. Er dachte an seine Mutter. Um den Vater hat sie geweint, aber um mich? Schau, haben sie am Grab getuschelt, seinen Vater hat er umgebracht und jetzt weint er. »Aber einmal«, sagte er laut und wütend in das Schneetreiben hinein, »einmal sollt ihr nicht lachen. Ihr sollt sehen, wie es ist. Alle sollt ihr sehen, wie es ist.«

Im Gewirbel aus Schnee nahm die Kirche eine andere Gestalt an. Heute sollt ihr hören, wie es von innen her klingt, dachte er verzweifelt, er wusste nicht, wie er es anders hätte denken sollen.

Er hatte gelernt wie noch nie in seinem Leben. Als er endlich entdeckt hatte, was die Lichtenbergmaschine konnte, hatte er alles über Musik gelesen, was er nur zu fassen bekam. Tag und Nacht. Und daneben hatte er an der Maschine gearbeitet.

»Das menschliche Ohr erfasst die Frequenzen zwischen 16 und 16 000 Hertz«, murmelte er, als er das eiserne Kirchentor öffnete und den Weg zur Kirchentüre hinaufging. »Eine Saite, im Verhältnis eins zu zwei geteilt, schwingt exakt um eine Oktave höher. Das heißt, doppelt so schnell, sagt der Mönch Mersenne. Die Oktave ist ein universelles Grundprinzip auf der Welt. Das Ohr hat 5 000 Haarsinneszellen, das wissen wir, wir haben sie gezählt. Doch nach der Hörschnecke ist alle Musik nur noch Elektrizität, und keiner weiß, was dort geschieht. Außer Lichtenberg und mir. Musik ist Frequenz. Frequenz ist Mathematik. Eins zu zwei zu fünf ist Schmerz, und eins zu zwei zu acht ist Glück.«

Er stand vor der Tür, griff nach der Klinke und holte tief und zitternd Luft. Es war ihm gleichgültig, ob es richtig war. Er fühlte sich, als ob er umgekehrt worden wäre und das Allerinnerste wie eine Haut nach außen trug. Jede Schneeflocke tat weh. Ja. Die anderen sollten wissen, wie das war.

»Jetzt, meine Lieben«, presste er zwischen den Zähnen hervor und öffnete die Tür, »wollen wir tanzen. Eins zu zwei zu drei.«

Er ging durch den Mittelgang bis zu einem freien Platz. Die Köpfe drehten sich nach ihm um, aber es wurde das Eingangslied gesungen, und so merkten nur wenige, dass er hereingekommen war. Sie sahen den Koffer, den er bei sich trug, drehten sich weg und schüttelten unmerklich den Kopf. Wie er dieses unmerkliche Kopfschütteln, diese kleinste Bewegung der Missbilligung kannte. Früher hatte er Angst davor gehabt. Den schwarzen Koffer stellte er neben sich auf den Gang und setzte sich an das Ende der Bank. Als die Orgel endete und der Pfarrer die Gemeinde begrüßte, hörte er mit den anderen zu, stand mit den anderen zum Gebet auf und setzte sich wieder mit den anderen. Die Köpfe hatten sich weiter gedreht, wie eine Wellenbewegung durch die Bänke, und das Dorf wusste jetzt, dass er da war. Es gab kein Tuscheln und auch kein Gewisper, aber beim Hinsetzen stieß man sich wohl mit dem Ellenbogen an, deutete mit den Augen zu Ludwigs Platz und registrierte den Koffer mit einem winzigen Achselzucken. Ludwig sah alles. Er bewegte sich in einer Wolke aus Stille, denn er hatte sich die Ohren sorgfältig mit Wachspfropfen verschlossen. Aber wenn er wollte, konnte er fast hören, was sie dachten.

Erst jetzt, noch bevor die Orgel wieder einsetzte, beugte er sich gemessen vor, griff nach dem Koffer, legte ihn geöffnet auf seine Knie und schaltete das Tonbandgerät ein, das er darin verborgen hatte, und mit dem Gerät die Lichtenbergmaschine. Die ersten Takte, nicht lauter als die Orgel, aber um ein Vielfaches durchdringender, tiefer, markerschütternder, klangen durch die Kirche. Plötzlich war die Orgel wie ein harmlos singendes Kind und die Musik aus

Ludwigs Koffer wie der Befehl eines mächtigen, biblischen Königs der Urzeit. Ludwig ließ Grieg spielen. Auch ein Zerworfener. Es dauerte nur einen Augenblick, dann riss es das Dorf von den Kirchenbänken, Tumult und Schieben herrschte in den schmalen Gängen, und die Leuchter an den Wänden wackelten. Sie sahen sich um wie Gejagte. Woher kam die Musik, die ihnen ins Innere griff? Ludwig konnte sehen, dass sie nicht wussten, was ihnen geschah, dass sie niemals hätten sagen können, was da in ihnen vorging. Sie standen in den Kirchenbänken, gestikulierten, schüttelten und rangen die Hände, riefen durcheinander, aber man hörte nichts davon. Die Kirche war voller Grieg, einem Tanz der Dämonen und Geister, einem leisen Sturm von Musik. Manche knieten sich hin. Manche pressten die Hände auf die Ohren, und manche standen mit offenem Mund und hängenden Armen, das Gesicht hilflos verzogen. Chaos. Ein wilder Wirbel von Gefühlen, die nichts mit Kaufen und Ackern, mit Füttern und Beten zu tun hatten – sie hielten sich aneinander fest, als wäre der Boden ins Wanken geraten und als wären die Fliesen dünne Eisschollen. Und in der Mitte stand Ludwig. Er schwankte auch, er fühlte, wie es ihnen ging, denn so war es ihm immer gegangen, aber er gab nicht nach, bis endlich das Stück zu Ende war und er die Musik anhielt. Da nahmen sie die Hände von den Ohren und den aufgerissenen Augen.

»Ich bin's, der Vatermörder«, sagte Ludwig, wie er es sich vorgenommen hatte, und auch als er fühlte, wie sein Blick sich verschleierte und sein Gesicht nass und kalt wurde von den Tränen, die ihm herunterliefen, stand er doch immer noch aufrecht in der Kirchenbank. »Und so«, sagte er dann leise, und seine Stimme klang durch die Lichtenbergmaschine in jedem Kopf unerträglich genau, »fühlt sich das an.«

Er griff wieder nach dem Koffer und ließ ein anderes Lied beginnen. Vielleicht wurde es besser, vielleicht tat es nicht mehr so weh, wenn die anderen es auch fühlten: Von allen Seiten, ganz klein, zart und wispernd, näherten sich die Töne einer Querflöte. Es waren die Flammen der Altarkerzen, die umgestoßen worden waren. Da lagen sie nun auf dem weißen Altartuch, ganz klein, harmlos und schwach, man hätte sie mit der Hand ersticken können, ohne sich zu verbrennen. Die Frauen, die Alten und die Bauern sahen den kleinen Melodieflämmchen zu, fast gerührt, weil sie so klein waren. Aber dann war es, als hätte man die Zeit vergessen und als ob das Wachs sich auf dem Altar ausgebreitet hätte und nun zu brennen begann, schon an den Blumen leckte und am untersten Ende des Kreuzes, noch ohne dass sich das Holz verfärbt hätte. Man hätte noch löschen können, noch wäre es nicht zu spät, aber da standen sie alle, mitten in der Kirche, und hörten die Flöte, und eine eigenartige Lust am Brennen stieg in ihnen auf. Die Töne züngelten nicht mehr leise, sondern kamen leuchtender und heller, und jetzt hörten sie es, die Frauen und Männer, die Ludwig so gut kannte: Diese Musik war böse. Immer noch bewegte sich keiner, das Böse war schön. Eine Oboe rauschte wie die Luft, die das Feuer durch Mauerspalten hineinzog. Und plötzlich wussten sie alle, was brannte: Hatte der Seifert gedacht, dass man die Sache mit der verweigerten Zufahrt durch den Hof vergessen hatte? Hatte nicht der Doktor einem damals das Amt auf den Hals geschickt wegen der verdorbenen Milch? Hatte man nicht schon immer geahnt, dass die Tochter dem Ehrlicher ähnlich sah? Die Menschen sahen sich mit anderen Augen an, sie standen in der Musik wie mitten im Feuer, und tief hinter ihren Pupillen flackerte es. Und dann war die Musik ganz da, wie ein Schrei kam es aus allen Kehlen, und sie fielen übereinander her. Sie bissen und knurrten wie Tiere, schlugen sich und schrien einander an, jeder gegen jeden, und niemand rannte nach Wasser. Sie hatten nichts, womit sie sich schlagen konnten, sie griffen nach Tüchern und Hüten und schleuderten sie sich ins Gesicht, alte Frauen schlugen kraftlos mit ihren Gesangbüchern auf große Männer ein, und dann – war es plötzlich wieder still. Wieder so eine Stille wie im Inneren einer Glocke, wo sich die Schallwellen gegeneinander aufheben und das Schweigen so dicht ist, dass man nicht atmen kann. Ludwig bekam Angst vor sich selbst. Er fühlte, dass er nah an einer Grenze war, die er nicht überschreiten wollte. Aber nun war er mittendrin, und vielleicht war auch die Angst nicht stark genug und die Versuchung zu groß.

»Auf!«, schrie er verzweifelt, »Auf!«, nahm den Koffer hoch und ließ wieder etwas anderes spielen. Diesmal war es Marschmusik, klingendes, fröhliches, zuckendes Spiel, und sie konnten nicht anders, standen vom Boden auf und reihten sich hinter ihm ein. Er führte sie aus der Kirche und durch das Dorf, ein zerrupfter, wilder Zug im gleichförmigen Tritt der schmetternden Hörner, Schellen und Pauken. Ludwig ging voran, er hielt den Koffer wie eine Monstranz über sich in das Schneetreiben. Die Leute wussten nicht, wie ihnen geschah. Sie erreichten den Friedhof, Ludwig bog auf das freie Feld dahinter ab, ging durch die schneebedeckte Fläche in die Mitte und blieb stehen. Jetzt brach er die Musik nicht ab, sondern ließ den Marsch ausklingen und in einen Walzer übergehen. Er sah zu, wie sie sich zu Paaren fanden und zu drehen begannen. Er ließ sie tanzen. Sie stampften den Schnee hart und glatt, und während es weiter schneite, verwandelte der Walzer sich in einen sehnsüchtigen, heißen Tango. Da schmiegten sie sich aneinander, die schweren Männer und die unbeholfenen Frauen, und die jungen Leute tanzten sich wild. Und als die Musik immer süßer und heißblütiger wurde, begannen sie sich zu berühren und immer heftiger aneinander zu reiben. Da musste Ludwig plötzlich lachen. Befreit lachte er los, als er sah, wie sie da auf dem Feld Tango tanzten, sich bogen und küssten und manche auf dem glatten Schnee hinfielen und sich zusammen auf dem Feld wanden, so absurd und bizarr war dieses Bild, dass er lachte und lachte. Sie hörten es nicht, die Musik war zu laut, aber mit dem Lachen sprudelte Ludwigs Hass heraus und war weg.

Er drehte sich um und ging mit seinem Koffer fort. Er ließ sich im Schnee forttreiben, die Menschen hinter ihm wurden zu Umrissen und waren schließlich verschwunden. Sie konnten die Musik jetzt nicht mehr hören. Der Schnee schluckte die Töne, und Ludwig stellte den Koffer hin und schaltete die Musik aus.

Als Ludwig über die Felder ging, verschwand das Triumphgefühl, und er spürte plötzlich, dass er sich schämte. Es war billig, nicht wahr? Sie konnten ja gar nicht anders. Was war jetzt anders als vorher? Sie würden darüber schweigen, wie immer, und es würde weitergehen, wie immer. Das Lachen, dachte er, während die Krähen als dunkle Flecken auf den Feldern saßen und warteten, dafür hatte es sich vielleicht gelohnt. Aber gelernt haben wir nichts ... sie nicht und ich nicht. Ich habe nur die Brücken hinter mir verbrannt. Es waren Gedankenfetzen, und sie schmeckten schal. Schließlich wanderte er durch den schnell dunkler werdenden Nachmittag hinunter in die Stadt zum Bahnhof. Der Schnee war in Regen übergegangen. Er versuchte, sich darüber klar zu werden, was jetzt werden sollte. In der Zeit zwischen dem Tod seines Vaters und jetzt hatte er sich in die Lichtenbergmaschine gestürzt und an nichts anderes gedacht. In Wirklichkeit, dachte er, habe ich einfach um mich geschlagen wie ein kleines Kind. Du tust mir weh, und ich tue dir weh. So war das. Und jetzt? Er stand am Bahnsteig und wartete auf seinen Zug. Das Dorf lag endgültig hinter ihm. Er war sich sicher, dass er nicht wieder zurückkehren würde. Wenn es noch ein Band gegeben hatte zwischen ihm und dem Dorf, ein Band wie ein mürber, ausgetrockneter Treibriemen, dann war es jetzt endgültig zerrissen.

Der Zug kam, und Ludwig stieg ein. Das Stoßen der Räder auf den Gleisen war wie ein Takt. Alles bewegt sich in Rhythmen, dachte Ludwig, und wusste, dass es keinen Weg gab, den Gedanken an Elsa zu vermeiden. Sie war einfach immer da. »Energie kann nicht zerstört werden«, murmelte er den Helmholtz'schen Energieerhaltungssatz, wie man den Rosenkranz beten würde – halb unbewusst und völlig vertraut. Elsa war die Energie, die ihn antrieb. Er sah aus dem Fenster und beobachtete das Auf und Ab der Telegrafenleitungen entlang der Bahnlinie. Sinuskurven. Klar geschwungen wie die Umrisse eines Körpers. Also gut, dachte er. Elsa. Es gab niemand anderen mehr. Nur ihn und Elsa. Während der Heimfahrt dachte er darüber nach, wie er zu ihr zurückkehren konnte. Es lag eine Katastrophe zwischen ihnen. Wenn wir wirklich wie geteilte Photonen sind, dachte er sarkastisch, dann muss ich nur durch das halbe Universum und dabei hoffen, dass es wirklich gekrümmt ist. Vielleicht sollte ich vorher einen meiner Professoren fragen, wie groß es denn nun wirklich ist. Aber gleichzeitig wusste er, dass es letztlich egal war, wie lang der Weg war. Die Photonen suchten sich die Richtung nicht aus, in die sie flogen. Sie gehorchten Gesetzen, die man noch nicht kannte. So wie ich, dachte er, als der Zug in die Stadt einfuhr, genauso wie ich.

Die Monate, in denen Ludwig nur an der Verkleinerung der Lichtenbergmaschine gearbeitet hatte, waren teuer gewesen. Seine Ersparnisse waren aufgebraucht, und auch, wenn er kaum etwas ausgab – er musste essen. Es war eigenartig, dachte er, dass man essen musste, obwohl man doch liebte. Aber selbst, wenn es eine Möglichkeit gegeben hätte, ins Patentamt zurückzukehren, hätte er sie nicht ergriffen. Wenn er jemals wieder ins Patentamt käme, dann als Erfinder.

Als er seine Wohnung betrat, sah er sie wie durch die Augen eines Fremden. Es gab kein Zimmer, das nicht mit Bauteilen übersät war. Röhren und Transistoren, Musikinstrumente und Tonbänder, elektronische Kleinteile und glänzende Flecken Lötzinn übersäten den Boden. Ludwig holte tief Luft und begann aufzuräumen. Spät in der Nacht hatte er endlich Ordnung geschaffen und nichts lenkte mehr den Blick ab von der Lichtenbergmaschine, die mitten im Zimmer stand. Ludwig holte ihre kleine elektronische Schwester aus der Tasche und legte sie daneben. Dann trat er einen Schritt zurück und sah sie an. Er ahnte, dass er sich an diesem Nachmittag im Dorf nicht nur wegen seines Hasses geschämt hatte. Die echte Lichtenbergmaschine stand groß und massiv und ehrlich in seinem Zimmer. Das Gerät, das in seine Tasche passte, war viel zu leicht. Es war wie ein Betrug an Lichtenberg. Aber so war der Gang der Dinge, versuchte er den Gedanken zu vertreiben, wenn Lichtenberg die gleichen Möglichkeiten gehabt hätte wie er … Er konnte ja kein dampfgetriebenes Monstrum mit in die Oper nehmen. Außerdem war es gar nicht einfach gewesen, die Funktion der Maschine zu übertragen. Er hatte gewissermaßen seinen Teil beigetragen. Er musste sich nicht vor einem Mann schämen, der seit siebzig Jahren tot war. Aber als er schließlich im Bett lag und durch die offene Tür in das andere Zimmer sehen konnte, merkte er, dass es nicht sein Gerät war, dessen Konturen ihm vertraut und schön erschienen.

Am nächsten Tag ging er Arbeit suchen. Er musste Geld verdienen. Er fand eine Anstellung als Lagerarbeiter. Sie fragten dort nicht nach Zeugnissen, und es war eine Arbeit, bei der man wenig denken musste. Er hatte Zeit zum Nachdenken und Pläneschmieden, wenn er Kartons zählte und Bestellungen packte, auf Hochregale stieg und auf Bleistiften kaute, Paletten stapelte oder mit der immer gleichen Handbewegung Schachteln zuklebte – vierhundert am Tag. Er gab nahezu nichts mehr aus, sondern fror sich durch den Winter, zeichnete und entwarf seine Pläne abends im Bett, um nicht heizen zu müssen. Bisher hatte er einfach aufs Geratewohl gehandelt. Es kam ihm vor, als würde er jetzt zum ersten Mal selbst anfangen zu denken. Wenn die Wirklichkeit der anderen auch nicht die seine war, würde er trotzdem nach ihren Regeln funktionieren müssen. Der Weg zu Elsa führte durch die Welt der anderen. Er riss sich um Überstunden, weil sie besser bezahlt waren, und arbeitete an Weihnachten und Silvester als Notbesetzung, wenn die anderen bei ihren Familien waren. Es gab ja niemanden, bei dem er hätte sein können.

Als der Winter vorbei war und die ersten Frühlingstage kamen, nahm er sich einen Tag frei. Er ging zur Bank und hob das Geld ab, das er in den letzten Monaten gespart hatte. Dann ging er nach Hause, nahm seine Mappe, die er seit der Zeit im Patentamt nicht mehr benutzt hatte, und verließ das Haus. Als er in den Himmel sah, kam ihn ein seltsames Gefühl an: Als er die Lichtenbergpläne gefunden hatte, war das Licht genauso gewesen, hoch und hell, und es war eigenartig, dass es schon so lange her war. Und jetzt war er wieder hier ...

Als er das Patentamt betrat, erkannte ihn der Hausmeister viel zu spät und rannte hinter ihm her, aber da war Ludwig schon im Paternoster und fuhr die drei Stockwerke hinauf, ging durch die Gänge, die er so gut kannte, klopfte schließlich an seine ehemalige Bürotür und trat im selben Augenblick ein. Sein früherer Chef stand neben dem Kollegen, beide erschraken und sagten nichts, als er die Tür hinter sich zuwarf und schweigend den Mantel auszog. Niemand sagte etwas, als er den Mantel sorgfältig über seinen alten Stuhl breitete, die Mappe öffnete und schließlich immer noch schweigend hineingriff.

»Ich möchte ein Patent anmelden«, sagte er schließlich gelassen und legte die Pläne auf den Schreibtisch.

»Ist gut ... Herr Lang«, brachte der Chef endlich heraus. »Gut, dass Sie sich wieder ... sich wieder gefangen haben. Freut mich«, sagte er.

»Und die Gebühren für die Anmeldung und die Prüfung«, sagte Ludwig und achtete nicht auf seinen ehemaligen Chef, zog ein Bündel Geldscheine heraus und legte es mit auf den Tisch, »möchte ich bar bezahlen.«

Er ließ sich die Gebühren quittieren, nahm die Anmeldebestätigung entgegen, sah auf die Unterschriften und die Stempel und verstaute die Papiere schließlich sorgfältig wieder in der Mappe. Dann ging er hinüber zu seinem Stuhl, deutete auf den Mantel und sagte, zum Direktor gewandt: »Das hier ist mein Mantel. Ich denke doch, dass ich ihn mitnehmen kann, ja? Ich möchte nicht, dass jemand das Gefühl hat, ihm fehlt etwas, wenn ich ihn an mich nehme.«

»Aber Herr Lang«, sagte der Chef, »wir mussten doch annehmen ...«

Ludwig verließ das Zimmer und zog die Tür zu. So. Nun hatte er die Lichtenbergpläne wieder zurückgebracht.

Zwar auf modernem Millimeterpapier und in moderner Ausziehtusche, die Buchstaben und Zahlen nach der Industrienorm gezeichnet und nicht in geschwungener Handschrift, aber in gewisser Weise waren sie wieder da. Und als er in den Paternoster sprang und hinunterfuhr, lächelte er bei dem Gedanken an die Gesichter der beiden, als er sich seinen Mantel genommen hatte. Es war kein ganz ehrliches Lächeln. In einem Winkel dieses Lächelns saß das Bewusstsein, dass er einen Toten betrogen hatte. Und wenn das Patent tausendmal und nach jedem Recht frei gewesen war, dann war das immer noch nur das Recht der anderen Wirklichkeit.

Er wusste, wo sie wohnte. Aber seltsam, sie waren nie dort gewesen. Immer nur bei ihm. Er konnte sich nicht vorstellen, zu ihr zu gehen. Er hatte es schon immer schwer gefunden, mit ihr zu sprechen, wenn sie sich ein paar Tage nicht gesehen hatten. Und jetzt? Was hätte er sagen können, das nicht falsch geklungen hätte? Es gab keine Erklärungen. Er wusste ja selbst nicht mehr, was geschehen war. Briefe waren fast noch schwieriger. Einmal war er in einer Nacht im Januar vor ihrer Tür gestanden, mit einem Brief in der Hand. Nach einer Stunde hatte er ihn wieder aufgemacht und noch einmal gelesen. Und dann weggeworfen. Er hätte auch über das Wetter schreiben können. Wie klang denn »Ich liebe dich« auf Papier? Oder aus seinem Mund? Er hatte es nur ein einziges Mal gesagt, und das war in der allerersten Nacht gewesen.

Aber das war es vielleicht gar nicht. In Wirklichkeit hatte er Angst, dass in Kopenhagen sein Leben nicht nur einen Sprung bekommen, sondern dass er es zerschlagen hatte. Seine Welt war aus den Fugen geraten, seitdem. Wie ein ungewuchtetes Rad, das sich immer schneller dreht: Irgendwann fliegt es auseinander. Alles war anders geworden, aber er? Er wusste es nicht. Er wollte nicht an die Nacht in Kopenhagen denken, aber vielleicht müsste er sich fragen: Und heute? Wie wäre die Nacht heute? Wenn keine Weiche gestellt worden war, dann fuhr er im Kreis und kam wieder an dieselbe Stelle. Er dachte den Gedanken nicht zu Ende. Es war kein guter Gedanke. Aber trotzdem: Wenn er sie nicht bald sah, wäre es vielleicht sowieso zu spät. War er anders? War irgend etwas anders? Zögernd, unsicher dachte er, dass es ja jetzt so etwas wie ein neues Band zwischen ihnen gab, die Musik. Vielleicht so, dachte er, wenn es Worte nicht sein können, dann vielleicht so.

5

In den späten fünfziger Jahren hat Lichtenberg ein Laboratorium in Berlin. Es muss wohl in Berlin sein – gibt es eine andere Stadt, die so rasch wächst? Es ist Mai, und wenn eine Stadt zittern könnte von der fiebrigen Erregung, mit der in ihr gelebt wird, dann würde die Luft klingen. Heute aber ist es ungewöhnlich still, während Lichtenberg bei offenem Fenster arbeitet. Die Blätter der Pappeln im Hof flirren im Sonnenlicht, und die ungenauen Schatten auf seinem Arbeitstisch stimmen Lichtenberg heiter und melancholisch zugleich. Manchmal überfallen ihn Bilder aus seiner Heimatstadt. Obwohl er doch immer in Bewegung ist, ist sein Geist immer schon drei Schritte voraus; wenn es so still ist wie heute, dann fällt ihm auf, dass es jetzt zehn Jahre sind, die er fort ist. Er muss nicht mehr nachrechnen, um zu wissen, dass Clara jetzt vierundzwanzig ist. Diese Formel hat er immer im Kopf. Er ist achtzehn, sie vierzehn. Er ist zwanzig, sie sechzehn. Er ist achtundzwanzig.

Was tut er eigentlich in dieser zum Laboratorium um-
gebauten herrschaftlichen Wohnung, die er sich von seinem Lohn als Werkmeister bei Siemens angemietet hat?
Wieso ist er nicht bei Clara? Was tut er noch hier? Die
Versuchsanordnung auf dem Tisch sprüht Funken, weil
er wieder einmal nachlässig isoliert hat. Der Draht, den er
behelfsweise als Sicherung benutzt, schmilzt durch. Die
Birne am Ende der Leitung erlischt. Gustav Lichtenberg
flucht fröhlich. Das passiert ihm immer. Schon baut er die
neue Sicherung ein und nimmt ein Stück isoliertes Kabel.
Einmal, denkt er, muss es doch klappen. Es ist seltsam.

Er ist nicht mit dem Herzen bei der Arbeit. Was macht
Clara?, überlegt er. Und erinnert sich: Clara und er am
Bahnhof des Städtchens. Sie haben sich auf die andere
Seite des Bahnsteigs geschlichen, wo man sie nicht sehen
kann. Wenn der Zug Fahrt aufnimmt, springen sie auf, und
Claras Haare wehen im Fahrtwind, quer über ihr Gesicht.
Sie wetteifern, wer zuletzt abspringt, und sie halten sich
fest, lachen nur noch, wenn sie sich ansehen, aber keiner
der beiden springt. Erst, als der Zug das Städtchen schon
verlassen hat und es fast zu spät zum Springen ist, da
schreit er: »Los!«, und sie springen, stürzen und kugeln
über die Wiesen neben dem Bahndamm mit einer Wucht,
die ihnen den Atem raubt. Aber leider ist da auch ihr
Lehrer, der mit seiner Familie spazieren geht. Er hasst die
Eisenbahn. Jetzt rennt er quer durch die Wiesen auf sie zu,
denkt, er habe endlich einen Beweis für die Gefährlichkeit
der Züge. »Scht!«, macht Clara Gustav atemlos ein Zeichen,
und sie bleiben liegen, die Zähne zusammengebissen und
mühsam den Atem anhaltend. Dann ist ihr Lehrer schon
bei ihnen, geht vorsichtig um sie herum, und schließlich –
Gustav kann es kaum glauben – sticht er Clara mit dem
Spazierstock in die Rippen, um zu sehen, ob sie hin ist. Da

können sie beide nicht mehr. Clara kreischt, und Gustav prustet los, beide springen auf und rennen, so schnell sie können, zurück ins Städtchen. Hand in Hand, sobald sie außer Sicht sind.

An diesem Abend trauen sie sich kaum nach Hause. Aber zu ihrer Überraschung hat ihr Lehrer bei keinem der beiden Häuser vorgesprochen. Erst drei Tage später wissen sie, warum: In der örtlichen Zeitung erscheint ein Artikel über die Eisenbahn als Auslöser von Irrsinn bei Kindern und nennt sie beide als Beispiele.

Er sieht aus dem Fenster und fragt sich, warum er nicht bei Clara ist. Aber, obwohl er doch Sinn für Humor hat, merkt er nicht, dass der Artikel von damals ein Körnchen Wahrheit enthält und die Eisenbahn ihn mit einem Bild infiziert hat: Clara, die voller Lebenskraft sprudelnde, witzige und jugendhübsche Clara mit wehenden Haaren auf der großen Maschine. Denn während er fest glaubt, dass er Clara mehr liebt als alles andere, ist es doch in Wirklichkeit so, dass er dieses Bild liebt. Es ist eine kleine Ikone geworden, die er mit sich herumträgt, wenn er auf Reisen geht, wenn er fort ist. Anbetungswürdig und leuchtend schön und schmelzend geliebt – und er macht sich nicht recht klar, dass auf diesem Bild zweierlei zu sehen ist: ein Mädchen und eine Maschine. Er liebt mit all seiner lebensvollen Kraft. Nur – wen? Wenn er nicht eben lachend mit einer neuen Erfindung eine Affäre beginnt, ist es Clara. Immer würde er sagen: Aber sie sind ja für dich, all diese Dinge, nach denen ich suche, die ich erfinden will, die ich plane und entwerfe. Er schreibt ihr oft. Er träumt von ihr. Er sehnt sich nach ihr und meint, sie sei der Antrieb seines Handelns. Gustav Lichtenberg ist bestimmt keine düsterromantische Gestalt, die an ihrer Liebe zugrunde geht. Lichtenberg ist ein heiterer, sonnenheller Hoffmann, der es nicht nötig hat, sich mechanische Puppen zu bauen: Er weiß sich ja geliebt. Und er meint, auch Clara müsste sich geliebt wissen, denn er liebt sie ja.

Aber das alles denkt er nicht, als er so am Fenster steht und nur ein wenig tiefer Atem holt – es ist kein echtes Seufzen. Von der Straße herauf klingt auf einmal getragene Musik, die so gar nicht zu diesem Tag passen will. Er beugt sich ein Stück aus dem Fenster und sieht, wie ein schwarzer, festlich geschmückter Leichenwagen um die Ecke biegt, von zwei Pferden gezogen und von königlichen Pagen begleitet. Hinter dem Leichenwagen schreitet die Kapelle, dahinter folgen Offiziere und Adel zu Pferde und dann ein unüberschaubarer schwarzer Fluss aus Gehröcken und Zylindern und Trauerkleidern der Bürger Berlins. Es ist Alexander von Humboldt, den sie in die Familiengruft nach Schloss Tegel überführen, Gustav Lichtenberg hat gestern von seinem Tod gelesen. Vielleicht hat er ihn damals, auf dem Berliner Schlosshof, schon einmal gesehen, als der fast achtzigjährige Preuße den Märzgefallenen die Ehre erwies und ihre Reihen abschritt.

Und wo werde ich sein, fragt sich Lichtenberg, oder besser: Wo will ich sein, wenn ich so alt bin? Während die Trauernden fast eine Stunde brauchen, um an seinem Fenster vorbeizuziehen, da denkt er einen schönen Gedanken: Wenn ich so alt bin, soll Clara gesehen haben, dass ich die Welt bewegen kann.

Aber als er schließlich zu seinem verkratzten Arbeitstisch zurückkehrt, von innerer Begeisterung brennend, da merkt er nicht, dass es am Fenster auch einen anderen Gedanken hätte geben können, einen viel schöneren vielleicht, dass er nämlich auch hätte denken können: Wenn ich so alt bin, will ich Claras Herz bewegt haben.

6

Es war nicht einfach gewesen herauszufinden, wo sie spielte – die Städte wurden zwar größer, aber es blieben kleine Bühnen, Cafés und immer wieder Jazzbars, in denen sie auftrat. Keine großen Plakate. Kein Tourneeplan. Er musste in eine andere Stadt fahren, um sie zu sehen. Er freute sich darauf, sie wiederzusehen, sie zu hören. Und natürlich hatte er Angst davor. Er versuchte sich vorzustellen, wie sie reagierte, wenn sie ihn sah, aber die Bilder wechselten viel zu rasch. Das Gesicht der Elsa aus der ersten Nacht, aus den Nachmittagen auf den sommerlichen Wegen im Wald, aus dem Abend auf dem See und der einzigen Stunde, in der sie ihn dazu gebracht hatte, mit ihm zu tanzen – dieses Gesicht war schwer heraufzubeschwören. Es war nicht das Gesicht der Elsa, die lächelnd und unbesorgt Sachen einfach fallen ließ, sondern das Gesicht, mit dem sie angefangen hatte, die Trümmer ihrer Geige in Kopenhagen aufzuheben, das gestochen scharf vor seinem inneren Auge stand.

Das Café hieß *Ringpalast* und war ein Saal, in dem die Tische verstreut zwischen großen Pflanzen und großen Säulen standen und der Ludwig mit einem kleinen Stoß in den Magen an die Glyptothek in Kopenhagen erinnerte. Er wusste nicht, ob das ein gutes oder schlechtes Omen war. Es gab keine Bühne, aber einen Flügel, der in der Mitte des Raumes stand. Die Scheiben waren groß wie Schaufenster, das Mobiliar war verblichen rot, und die Kellner trugen Schwarz und Weiß. Er war diesmal gerade rechtzeitig gekommen, die meisten Tische waren schon besetzt, und zwischen ihnen standen Leute mit Gläsern in der Hand in kleinen Gruppen und unterhielten sich. Ludwig war froh, dass es voll war, er suchte sich einen Platz möglichst weit vom Flügel entfernt. Er wollte nicht, dass Elsa ihn während des Konzerts sah. Er wollte sie spielen hören und wollte dann entscheiden. Er hielt sich immer noch einen kleinen Fluchtweg offen.

Als sie dann den Saal betrat, hätte er sie fast übersehen, denn er war eben dabei gewesen zu bestellen, und es wurde auch nicht leiser wie sonst immer, wenn sie auf die Bühne kam. Vielleicht lag es daran, dass es hier eben keine Bühne gab und sie außerdem im Gespräch mit zwei Männern war, die sie zum Flügel begleiteten. Elsa legte ihre Geige wie abwesend auf den Flügel und hörte dem Älteren der beiden zu, nickte und lachte. So unbefangen wirkte dieses Lachen, dass Ludwig auf einmal das Gefühl hatte, er sei völlig falsch hier, zu spät, viel zu spät. Sie lächelte wieder und nickte – er konnte sich nicht erinnern, dass sie ihm je so zugehört hätte. Aber wann auch, dachte er sarkastisch, sie hat ja recht, soviel rede ich nicht. Er beobachtete den Mann genauer. Obwohl er untersetzt und nicht sehr groß war, bewegte sich der Mann leicht und so flüssig, wie er es selbst wohl niemals können würde. Er fühlte sich schwer. Der Mann legte Elsa leicht die Hand auf den Arm, sagte noch zwei kurze Sätze und suchte sich dann einen Platz in der Nähe des Flügels. Währenddessen hatte der kleine Doktor schon angefangen zu spielen. Die Zigarette, die er sonst immer auf dem Klavierdeckel ablegte, lag diesmal auf dem Flügel, bis einer der Kellner schließlich vorsprang, kurz bevor die Glut den Lack erreichte, und sie fortnahm. Im Saal lachten sie. Georg hatte die Hände auf dem Korpus des Basses und trommelte einen beweglichen, flüssigen Rhythmus, während Elsa noch einmal mit dem Harz über den Bogen fuhr und das Schächtelchen dann beiseitelegte. Jetzt erst fiel Ludwig auf, dass dort auf dem Flügel kein Glas stand.

Er spielte mit dem Apparat, den er auf den Tisch gelegt hatte, auf einmal wieder unschlüssig, was er tun sollte. Schon nahm Elsa die Geige nachlässig unter das Kinn, wie immer ohne Stütze oder Tuch, das glatte Holz auf der glatten Haut ihrer Schulter, und begann zu spielen. Da legte Ludwig den Schalter um und lehnte sich auf seinem Stuhl zurück. Wie lange er sie nicht gehört hatte. In diesen ersten Augenblicken, in denen Elsa »Fine an' Dandy« spielte, als würde ihre Hand vom Bogen gezogen, als folgte sie der Geige nur auf einem heiteren Spaziergang, in diesen Augenblicken wurde Ludwig bewusst, wie sehr ihm die Musik gefehlt hatte. Nicht die Musik, die er untersucht hatte, als er die Wirkung der Maschine erprobte, und auch nicht die Musik, die er im Dorf und in der Oper wie Werkzeuge eingesetzt hatte, sondern diese hier. Ohne dass er es gewusst hatte, hatte ihm in seiner ganzen Jugend etwas gefehlt, bis er eines Tages entdeckte, dass es eine Art von Musik gab, die vom Alleinsein erzählte und von der Traurigkeit und von den allerseltensten Augenblicken am Morgen, in denen das alles nichts bedeutete, weil der Wind richtig über dem Wasser stand und der Himmel die richtigen Farben hatte. dass sein Leben doppelt leer war, weil er nicht nur allein war, sondern dieses Alleinsein stumm blieb. Das war das Schlimmste.

Ludwig hatte sich diesmal nicht vor der Maschine geschützt – wie hätte er das tun können, wenn sie spielte? Es war das erste Mal, seit er herausgefunden hatte, welche Wirkung die Lichtenbergmaschine hatte. Am Anfang war es noch so, als hätte er Wein getrunken und würde außer dem Geschmack noch nichts weiter spüren, als wäre Wein nur Aroma und nicht auch Alkohol. Das Klavier plätscherte wie die kurzen Wellen auf dem See, die Geige war ein Schlendern am Ufer, und es machte fast nichts aus, allein zu sein.

Als Elsa nach einem leichten Applaus das zweite Lied begann, änderte sich etwas. Sie spielte die Variation eines Kinderliedes, was Ludwig erst nach ein paar Takten erkannte, einfach, schmelzend und süß. Sie lächelte. Aber diesmal sah Ludwig sofort, dass es kein schönes Lächeln war. Während das Publikum sich einwiegen ließ, und er sich mit ihm, während die Musik durch die Lichtenbergmaschine überall war und für jeden verschmolz mit der Spieluhr der Kindheit über dem Bett an einem Sommerabend nach dem Vorlesen oder dem Bad oder dem Puppentheater, selbst für Ludwig ein heller Moment Kindheit, spürte er doch, dass hier irgendetwas nicht stimmte. Elsa lächelte nicht mehr, als Ludwig sich verwirrt umsah und den Grund suchte, wieso alle anderen erinnerungsverloren lächelten, geborgen und aufgehoben, sogar er selbst sich so fühlte, nur sie ganz offensichtlich nicht. Sie wirkte gequält, als müsste sie sich zusammenreißen.

Und dann war es mit einem Schlag so, als hätte man ihm die Haut heruntergerissen, jeder Ton traf ihn auf rohem Fleisch. Er rang nach Luft, tief im Schock. Jeder einzelne süße Ton war ein Stein. Das Wasser schoss ihm in die Augen, und er sah, wie Elsa spielte, schwankend und mit zusammengebissenen Zähnen. Um ihn herum lächelten sie wie Kinder, und dabei schlugen ihm die Töne einzeln in den Magen, dass ihm schlecht wurde. Bei jedem Ton blitzte ein Bild auf, grausige Bilder, all das, wovor man als Kind Angst hatte. Leere Zimmer. Fremde im Haus. Dunkle Keller mit einer Tür, hinter der das Allerschlimmste war. Er hätte die Maschine gerne ausgeschaltet, aber er konnte sich nicht bewegen. Er war gelähmt vor Angst wie ein kleines Kind. Und daneben, in irgendeinem Winkel seines Bewusstseins, war immer noch sein eigenes Bett an einem friedlichen Sommerabend mit einer Spieluhr, daran hielt er sich fest, daran klammerte er sich wie an das winzige Restchen Licht, wenn die Sonne untergegangen ist und die Nacht kommt.

Endlich war das Lied aus. Ludwig rang immer noch nach Luft, aber es war vorbei. Die Bilder vom anderen Haus waren fort. Als er einen Blick auf Elsa warf, sah er, dass sie am ganzen Körper zitterte, und er hatte den Eindruck, dass sie auch nicht wusste, was geschehen war. Nur kam es Ludwig vor, als zittere sie nicht nur vor Angst. In ihrem Gesicht mischte sich, das erkannte er, ein seltener Ausdruck von Freude oder von Erleichterung mit der Anspannung, was nicht nur daher kam, dass es vorbei war.

Als sie die Geige wieder hob, hatte Ludwig die Maschine noch nicht ausgeschaltet. Aber es geschah nicht wieder. Das Konzert wurde zu einem Bilderbogen von Erinnerungen, erfüllten und unerfüllten Träumen. Die Sehnsüchte spiegelten sich rot in den Gläsern, strahlten blau in den Lampen an der Wand und fingen sich im drehenden Rauch. Männer tanzten mit schönen Frauen, die das unberührte, lachende Gesicht ihrer Kinderlieben angenommen hatten, und manche saßen an ihren Tischen, drehten halb verlegen, halb froh das Glas in den Händen und sprachen leise mit Freunden, von denen manche weit fort und andere lange tot waren. Swing, dachte Ludwig, das Geheimnis des Jazz. Swing ist der Zauber, weil Swing die Regeln der Musik beugt und um sie herumtanzt und die Note für ihn kein Sekundenzeiger ist: Eine Achtelnote wird gespielt wie eine Viertel oder Halbe, er hält hier die Zeit auf einer Note an, überspringt die nächste und lässt die dritte aufblitzen wie eine Überraschung. Es war für eine Stunde so, als hätten die Grundregeln des Lebens von Zeit und Raum keine Bedeutung. Er sah während des Konzerts immer wieder, wie Elsa den Kopf neigte, langsam und ungläubig den Tönen nachhörte und dabei weiterspielte, wie sie wohl immer spielte. Sie ist eine von denen, dachte er, die nicht aufhören zu spielen, auch wenn ein Schiff untergeht.

Es war kein rauschender Beifall, als der kleine Doktor sanft den letzten Ton anschlug und aushallen ließ und Ludwig leise den Schalter kippte. Es war ein Beifall von einem Publikum, das nur langsam zu sich kam, das sich erstaunt umsah. Es war ein Beifall, den ein Künstler nur sehr selten bekommt. Ein Beifall, den Elsa nur Sekunden aushielt, bevor sie sich kurz verbeugte und aus dem Saal ging, so rasch, als würde sie am liebsten rennen. Ludwig stand auf, nicht mehr zögernd jetzt, sondern sicher, und ging ihr hinterher. Wenn nicht nach diesem Konzert, dachte er, dann nie. Sie und ich, dachte er, wir beide haben diesen Abend gemacht.

Die Geräusche des Cafés waren im Gang fast nicht mehr zu hören, als er ihr folgte und sah, wie sie drei Stufen hinaufging und hinter einer der Türen verschwand. Die Tür war eben zugeklappt, als er bei ihr angekommen war, und jetzt klopfte er, eilig, damit keine Gedanken dazwischenkommen und ihn abhalten konnten. Er holte tief Luft, als die Tür von innen aufgeklinkt, aber nicht aufgezogen wurde. Er trat vorsichtig ein und sah, wie Elsa sich schon wieder umgedreht hatte und zum Waschbecken gegangen war, wo sie sich mit kaltem Wasser das Gesicht wusch. Sie hatte wohl jemand anderen erwartet.

»Hallo Elsa«, sagte er und blieb in der offenen Tür stehen.

Sie richtete sich ruckartig auf, blieb aber mit dem Rücken zu ihm stehen.

»Ach«, sagte sie. Griff nach dem Handtuch und trocknete sich ab. Dann drehte sie sich um. »Und?«

Sie machte es ihm nicht leicht. Immerhin warf sie ihn nicht sofort hinaus. Im Café hatte er eigentlich Zeit genug gehabt, sie anzusehen, aber erst jetzt war ihr Gesicht so, wie er es kannte. Und wie er es vermisst hatte. »Ich wollte mit dir sprechen«, sagte er dann, »weil ... und sehen wollte ich dich auch. Wie es dir geht.«

»Wie es mir geht«, wiederholte sie langsam. »Findest du nicht«, fragte sie, »dass das ein bisschen spät kommt? Nach all den Monaten kommst du und fragst mich, wie es mir geht.«

»Ich konnte nicht früher«, sagte Ludwig, »ich konnte wirklich nicht. Ich ... ich habe es versucht. Ich wollte schon viel früher mit dir sprechen. Aber ich konnte nicht. Ich weiß nicht, warum.«

»Ich schon«, sagte Elsa. Immer noch stand er in der Tür, und sie ließ ihn immer noch dort stehen. »Du hast mich nie gefragt, wie es mir geht. Manchmal habe ich dich gefragt. Du hast überhaupt nur selten mit mir geredet, aber gefragt hast du mich nie etwas. Ich weiß zehnmal soviel über dich wie du über mich. Dabei habe ich dir manchmal von mir erzählt. Aber du?«

»Ich habe doch gesehen, wie es dir ging«, versuchte Ludwig sich zu verteidigen, »dann habe ich dich in Ruhe gelassen.«

Elsa lachte kurz. »Ja. Das ist viel einfacher, oder? Aber vielleicht möchte man nicht in Ruhe gelassen werden, wenn es einem nicht gutgeht. Und jetzt kommst du und willst wissen, wie es mir geht. Nach einem Jahr. Ich sage dir, wie es mir geht. Gut. Danke. Sehr gut. Soll ich jetzt dich fragen? Ludwig, wie geht es dir? Ist deine Hand verheilt? Tut mir leid, vielleicht hast du dich ja verletzt, als du mich geschlagen hast. Daran habe ich gar nicht gedacht. Und die Heimfahrt? Hattest du eine gute Heimfahrt? Sicher«, lachte Elsa, »immerhin war keine besoffene Schlampe dabei, was?«

»Ich habe nie«, sagte Ludwig fest, »nie so etwas gesagt. Und nicht gedacht. Nie.«

»Schade«, sagte Elsa, »ich hatte eben darüber nachgedacht, mit dem Trinken aufzuhören. Lohnt sich jetzt gar nicht, was?«

»Elsa«, unterbrach Ludwig sie, »es geht dir nicht gut. Am Anfang heute, da hast du ... ich weiß nicht, woran du gedacht hast und was war, aber du hast gezittert.«

»Das geht dich nichts an!«, sagte sie schroff. »Du kannst jetzt gehen. Du hast mich gefragt, jetzt kannst du gehen.«

Ludwig stand immer noch in der Tür. Er hielt Elsas Blick nur schwer aus. Sie sah ihn an, ohne die Lider senken zu müssen. Er wusste nicht mehr, was er sagen sollte. Er hatte sich das anders vorgestellt. Er war in Gedanken schon viel weiter gewesen. Und hatte wohl auch gedacht, dass es einfacher wäre. Er hatte das Gefühl, dass das letzte Jahr schlimm genug gewesen war. »Gut«, sagte er dann und wich Elsas Blick aus, sah hinüber zur Geige, die auf dem Tischchen lag. »Ich wollte noch sagen ... es tut mir leid, Elsa. Es tut mir wirklich leid«, und ohne sie anzusehen, sprach er einfach weiter. »Ich weiß nicht, warum ich so bin. Aber ich wollte dich nicht schlagen.«

»Oh, klar«, sagte Elsa, »natürlich nicht. Es ist eben passiert. Reden wir nicht mehr drüber. Lass uns Freunde sein, was?«

Er sah wieder zu ihr. Sie sah ihn immer noch an.

»So geht das nicht, Ludwig Lang, großer Maschinenbauer. So geht das überhaupt nicht. Du kannst mich nicht behandeln wie eine läufige Hündin, die dir auf der Straße hinter-

herrennt, die du ins Haus nimmst und dann wieder hinaus-
trittst, wenn es dir passt ...«

»Das habe ich nie getan«, unterbrach Ludwig sie wieder,
fast froh, etwas zu haben, dem er mit gutem Gewissen
widersprechen konnte, »das habe ich nie getan. Ich ... für
mich war das ganz anders«, schloss er hilflos.

»Für dich war immer alles anders«, sagte Elsa kalt. »Von
unserer ersten Nacht an. Aber es hat ja zum Glück nicht
lange gedauert, nicht wahr? Du konntest ja bald wieder zu
deiner Maschine zurück.«

»Elsa«, bat Ludwig fast verzweifelt. Er hatte das Gefühl,
dass ihm alles entglitt. Sie ging ihm verloren. Sie ging ihm
jetzt, wo er endlich mit ihr sprach, endgültig verloren.
»Elsa, hör mir zu«, bat er.

»Ich höre dir zu«, sagte sie, »ich habe dir immer zugehört. Selbst, wenn du gar nichts gesagt hast, und monatelang sogar, als du gar nicht da warst. Schade, du hast nie
was gesagt. Irgendwann hat man keine Lust mehr zuzuhören, verstehst du das?«

Ihre Ruhe war viel schlimmer, als wenn sie getobt hätte.
Er hatte sich vorgestellt, was er täte, wenn sie ihn in ihrer
Wut geschlagen hätte. Das wäre gut gewesen. Aber so ...

»Ich bin nicht nur deswegen gekommen«, sagte er. »Ich ...
ich wollte dir etwas zeigen. Ich habe herausgefunden, wozu
sie gut ist.«

Als Elsa ihn verständnislos ansah, wurde ihm erst klar,
dass die Lichtenbergmaschine in ihrem Kopf nicht so all-
gegenwärtig war wie in seinem. »Die Maschine«, sagte er,
»ich weiß, was sie tut.«

»Ach«, sagte sie sarkastisch, »und da kommst du zu
Mama gelaufen und zeigst ihr, was du gebaut hast? Und
hoffst, dass Mama wieder gut ist, ja?«

Ludwig biss die Zähne zusammen. Aber er wollte nicht

weggehen. »Hast du nichts gemerkt, heute Abend?«, fragte er. »Hast du nicht gemerkt, dass alles anders war?«

Elsa setzte sich mit einem Mal aufrecht hin und sah ihn an. »Was meinst du?«, fragte sie.

»Du hast doch gespürt«, sagte Ludwig überstürzt, »dass die Musik anders war. Als du gespielt hast, hast du da nicht gemerkt, wie sie in deiner Musik ...«, er suchte nach Worten, »... in der Musik untergegangen sind? Oder wie die Musik überall war? Wie sie ... wie sie deine Lieder gefühlt haben und nicht nur gehört? Wie du ihnen ihre Erinnerungen lebendig gemacht hast, oder wie ...«, er konnte es nicht beschreiben.

Elsa war aufgestanden. »Du warst das«, sagte sie leise. »Ich habe gewusst, dass irgendetwas nicht stimmt. Einen Augenblick lang habe ich gedacht, ich bin wirklich so gut«, sagte sie fast bedauernd. »Also du warst das.« Sie drehte sich zu ihm. »Was hast du gemacht?«

»Ich habe gar nichts gemacht«, versuchte Ludwig zu erklären. »Es ist die Maschine. Sie ... es ist, als ob sie Musik übersetzt.«

»Nein«, Elsa schüttelte langsam den Kopf, »das ist es nicht. Sie macht ... vielleicht ist sie eine Art Sesam-öffnedich«, überlegte sie laut. »Sie macht aus der Musik einen Schlüssel für alle Türen. Normalerweise gehen wir Musiker immer am Haus vorbei, und manchmal wird ein Fenster geöffnet und dann kommen ein paar Töne hinein, ins Innere. Ein kurzer Augenblick. Aber heute, das war, als wenn ich für jede Tür einen Schlüssel gehabt hätte. Für die Schatzkammern und«, sie zog die Schultern hoch, »auch für die verbotenen Türen.« Sie sah ihn voll an. »Wieso machst du das? Wieso kommst du damit zu mir?«

»Weil«, er wich ihrem Blick aus, »vielleicht, weil ich ... ich etwas gutmachen will. Ich habe ein Patent auf sie angemeldet. Ich kann mit der Maschine machen, was ich will«, sagte er rasch, »und ich möchte, dass du sie benutzt. Sonst niemand. Nur du. Du weißt ja nicht, wie das heute war. Alle Leute, wirklich alle, hätten dir zugehört bis morgen früh. Die würden deine Platten kaufen. Und ...«

»Komisch«, sagte Elsa nachdenklich, fast träumerisch, »dass du mit einer Maschine kommst und mit einem Schalter erledigst, was ich nie gekonnt habe. Spielen wie heute Abend ... das wollte ich immer. – Ausgerechnet du.«

»Aber du hast vorher auch schon so gespielt«, sagte Ludwig, »die Maschine verstärkt nur, was die Musik sowieso schon tut. Die Lieder werden ... persönlich. Wenn es eine traurige Melodie ist, dann ist es eben auf einmal deine Trauer, und es sind deine Toten, um die du weinst. Nicht irgendwelche. Das war bei dir immer so. Wenn du von fremden Ländern gespielt hast«, sagte Ludwig zögernd, »dann hat man sie gesehen. Die Maschine macht sie nur bunt.«

»Und wenn man sich nur ein bisschen verliebt«, sagte Elsa kurz, »dann hört man eine Nacht lang Liebeslieder, und die Maschine macht daraus die große Liebe, die größte, die einem je zugestoßen ist. Wie schön, dass ich das endlich weiß. Weißt du eigentlich«, fuhr sie in diesem unerträglichen Gesprächston fort, der Ludwig immer mehr beunruhigte, »warum manche Musiker keine Verstärker benutzen?«

Ludwig zuckte die Achseln, obwohl er ahnte, was kommen würde.

»Weil manche Musiker glauben, dass es so etwas wie echte Musik gibt. Da kann ein Klavier nur so und so laut sein, und auf der Geige kann ich nur drei Lagen greifen und der Bogen kratzt manchmal.« Sie beugte sich vor. Auf einmal sah sie erschöpft aus, wie von einem Kampf. »Und außerdem gibt es unter diesen Musikern manche, die glauben, dass es so etwas wie echte Liebe gibt. Keine, bei der man eine Maschine braucht, die einem eine trinkende Geigerin ein bisschen aufhübscht, oder die einen Erfinder interessanter macht, der nichts selbst erfindet, sondern bei Toten stiehlt.«

Er sah sie schweigend an.

Diesmal war sie es, die schließlich die Augen von ihm abwandte. Dann sagte sie mit der Beiläufigkeit, die er einmal so schön gefunden hatte: »Ich will deine Maschine nicht, Ludwig. Danke.«

»Elsa«, sagte Ludwig leise, »Elsa ...«

»Geh du zu deinen Maschinen«, sagte sie, ohne ihn anzusehen, »und ich bleibe bei meiner Geige.«

Und das klang so resigniert und so endgültig, dass Ludwig endlich aus der Tür trat und sie zufallen ließ, ohne auf Wiedersehen sagen zu können. Nur, auch ohne Maschine und das erste Mal seit langer Zeit hatte er das Gefühl, sich anstrengen zu müssen, um nicht zu weinen. Nicht um sich, sondern weil er mittlerweile wusste, was es bedeutete, verloren zu sein.

Er fuhr durch die Nacht wie betäubt. Neben ihm im leeren Abteil saß ein kalt betrachtender Ludwig und sagte mit seiner Stimme, aber in Elsas Tonfall: »Wie schade, Ludwig Lang, dass du kein Erfinder bist. Wie schade, dass du nicht Gustav Lichtenberg bist. Wie schade, dass du ohne ihn nicht einmal richtig lieben kannst. Wie schade, dass du lebst und schon tot bist und Lichtenberg schon lange tot ist und noch immer lebt.«

»Wie schade«, murmelte Ludwig vor sich hin, »wie schade.« Das Wort taugte genauso wenig wie alle anderen, um seine Leere zu benennen.

Er stieg aus dem Zug und ging nach Hause wie ein Automat. Aber als er im Bett lag und das Gesicht in die

Kissen drückte, kam es ihm vor, als wäre selbst jetzt noch, nach diesem Tag und nach diesem Jahr, eine Spur von Elsas Geruch da. Und da dachte er trotzig: ein Mal. Wenigstens ein Mal noch hätte ich gerne: »Ich liebe dich« gesagt. Nur ein Mal. Plötzlich fiel ihm wieder ein, was am Anfang des Konzertes heute Abend geschehen war, als ihn das Kinderlied mit Bildern überfallen und Elsa so gequält und sie trotzdem weitergespielt hatte. Das war nicht sein Haus gewesen, in dem er so schreckliche Angst gehabt hatte. Nicht seins. Und auf einmal weinte er tatsächlich, weil Elsa ihm leid tat, so leid, dass er es nicht hätte in Worte fassen können, und weil er auf einmal wusste, dass sie ihm so leid tat, weil er sie liebte.

7

Man hat sich in Berlin in den kurzen Jahrzehnten seit dem ersten telegrafischen Feuermelder, den Siemens aufgestellt hat, schon so an Telegramme gewöhnt, dass sie keine Aufregung mehr hervorrufen, wenn der Bote an der Tür läutet. Lichtenberg hat Anfang der Achtzigerjahre seine Wohnung in der Reventlow-Allee. Diese skurrile Kreuzung aus Laboratorium und großbürgerlichem Heim hat er während all seiner Reisen doch nie aufgegeben. Ausnahmsweise liegt er auf dem Sofa, bei halb geschlossenen Läden, die Oktobersonne malt Striche quer zum Dielenboden, und von oben hört er, wie die Tochter des Hausherrn unermüdlich Klavieretüden übt.

Lichtenberg hat die Augen geschlossen, er denkt nach. Er ist an einem Wendepunkt angelangt. Er weiß, was seine Maschine tun soll. Er weiß, was sie können muss.

Aber leider fehlt ihm die eigentliche Maschine dazwischen. Genauso gut könnte er sagen: Ich will fliegen. Dafür gibt es auch keine Maschine. Er lässt seine Gedanken treiben. Natürlich gibt es Ballons, aber was ist das schon – man kann sie nicht lenken und ist vom Wind abhängig wie früher die Segelschiffe. Nein, noch schlimmer – mit einem Ballon kann man noch nicht einmal gegen den Wind kreuzen. Es müsste so etwas wie ein Dampfschiff für die Luft sein. In seiner Vorstellung schwebt ein Raddampfer majestätisch über das Brandenburger Tor, und da ist er beinahe eingeschlafen. Er schreckt hoch, nimmt sich zusammen und überlegt weiter. Am Anfang hat er gedacht, die Telegrafen wären eine Lösung. Aber ganz zufrieden ist er nie mit ihnen gewesen. Sie sind unvollkommen. Es ist das Kabel. Immer muss eine Verbindung da sein, damit die Nachricht von hier nach dort gelangt. Es ist, als ob das Hebelgesetz auch hier gälte. Ohne Hebel, ohne einen Stoff, der die Kraft überträgt, kann man nichts bewegen. Gebt mir einen ausreichend langen Hebel, heißt es, und ich bewege die Welt. Was ist das schon! Lichtenberg zuckt die Achseln. Mit einem Hebel. Aber ohne den Hebel, ohne einen Stoff dazwischen, der die Kraft überträgt – das wäre wirklich neu. Nur ... es gibt immer einen Hebel, und es muss immer einen Träger geben. Ein Naturgesetz, oder? Für Licht ist es der Äther, der den Weltraum erfüllt, und für Strom der Leiter. Und für Magnetismus? Da weiß man es nicht. Immer wieder kehrt Lichtenberg zum Magnetismus zurück – eine eigenartige Kraft, die scheinbar ohne Träger wirkt.

In diesem Augenblick läutet die Türglocke, und er wird aus seinen Gedanken gerissen. Es ist der Bote vom Telegrafenamt, der ein Telegramm für ihn hat. Lichtenberg gibt ihm ein Trinkgeld und öffnet es neugierig. Es ist von einem seiner wenigen Freunde aus der Heimatstadt, und als er es noch nicht fertig gelesen hat, ist er schon etwas bleich geworden, greift nach dem Hut und dem Überzieher und ist schon aus der Wohnung. »Clara ernsthaft erkrankt«, heißt es in dem Telegramm, das ihm der Freund geschickt hat. »Eiliger Besuch anzuraten sofern in Deutschland. Wilhelm.« Das ist der wichtigste Freund, den Lichtenberg noch in der Heimat hat. Während er die Treppe hinuntereilt, überstürzen sich seine Gedanken. Clara krank. Was hat sie? Er verflucht die Telegramme – das Wichtigste steht nie drin. Wilhelm ist der Einzige, der weiß, wie es um ihn und Clara steht. Er würde ihm nicht telegrafieren, wenn es nicht ernst wäre. Unten eilt Lichtenberg im Laufschritt zur Haltestelle. Ganz in der Nähe fährt die erste elektrische Straßenbahn, die sein Freund Siemens zum Bahnhof Lichterfelde gebaut hat. Nur – es kommt keine. »Gottverflucht«, knirscht Lichtenberg. Und dann fängt es auch noch an zu regnen. Wütend winkt er einer Droschke, die vorbeikommt. Dass doch nichts funktioniert, wenn es darauf ankommt!

»Zum Bahnhof!«, ruft er schon im Einsteigen, »rasch!«, und der Kutscher lässt das Pferd antraben. Naja. Trab. Das Pferd ist alt, und Lichtenberg rutscht auf seinem Sitz hin und her, ungeduldig und immer aufgeregter. Wenn er nur wüsste, was sie hat und wie ernst es wirklich ist. Es hat sich eingeregnet, und das Pferd sieht mit nassem Fell womöglich noch jämmerlicher aus. Sie traben an den Schienen entlang, und Lichtenberg hört die Bahn hinter sich klingeln. Selbst die Elektrische ist schneller als diese Droschke! Die Straße ist zu eng für beide nebeneinander. Der Fahrer nimmt den Fuß gar nicht mehr von der Glocke. Aber der Kutscher hüllt sich in seine Berliner Gelassenheit wie in einen Mantel. Von seinem Hut tropft es. »Klingle du nur«, brummt er, »mir kannste jar nüscht!«

Aber kurz vor dem Lichterfelder Bahnhof, dort, wo der Einspänner die Schienen kreuzt, treibt er das Pferd an, damit er vor der Straßenbahn hinüber kann und sie bremsen muss. Aber der Klepper lässt sich nicht weiter antreiben, sondern fällt in Schritt und zieht ganz gemächlich schräg auf die Schienen zu. Immerhin – der Kutscher hat, was er will, die Straßenbahn muss hart bremsen und bleibt auf der Kreuzung stehen. Triumphierend dreht er sich halb zu seinem Fahrgast und halb zum Fahrer der Elektrischen um, während Lichtenberg sich, von diesem dummen Gezänk enerviert, abwendet und sein Blick auf das Pferd fällt. Der Klepper tropft vom Kopf bis zu den Hufen, und jetzt sieht Lichtenberg auch, dass das Pferd so schräg, wie es läuft, mit der Hinterhand auf die linke Schiene geraten ist, und dann ist es, als ob die Zeit sich plötzlich verlangsamte: Lichtenberg sieht, wie sich der rechte, triefende Vorderhuf auf die rechte Schiene senkt, er schreit noch »Brrr!«, aber gleichzeitig sieht er, wie auf einmal ein greller Lichtbogen zwischen Schiene und Huf aufbrennt, noch bevor sie sich berühren. In der Kraftstation brennt die Sicherung mit einem Knall durch. Und auf der Straße sinkt das Pferd wie vom Blitz getroffen in sich zusammen. Der Kutscher fährt völlig verblüfft herum, sieht sein Pferd auf den Schienen liegen und ist fassungslos. Die Passagiere in der Straßenbahn lachen und schreien, manche schimpfen, weil es nicht weitergeht. Siemens!, denkt Lichtenberg, halb entsetzt, halb wütend. Und dann springt er von der Droschke, wirft dem Kutscher ein paar Kreuzer auf den Bock und läuft den Rest zum Bahnhof, obwohl der hinter ihm herschreit und ihn, das Pferd und die Straßenbahn mit den gotteslästerlichsten Flüchen bedeckt, die ein Berliner nur hervorbringen kann. Aber das Pferdopfer ist nicht umsonst – einige Wochen später führt Siemens die Oberleitung ein.

Als Gustav Lichtenberg endlich im Zug sitzt, sind seine Nerven so gespannt, dass er die erste Stunde nur auf und ab geht. Seine Gedanken kreisen um Clara. Er macht sich Vorwürfe, dass er sich nicht um sie gekümmert hat, dass er nicht bei ihr war, verspricht sich selbst und wem auch immer, sich zu bessern, wenn es nur ja gut ausgeht, dieses Mal noch. Aber warum, zum Teufel, muss es eigentlich so sein, dass man sich nicht wenigstens in Gedanken nah sein kann, wenn man schon nicht beieinander sein kann? Die Natur ist so unvollkommen, denkt Lichtenberg, als er die Landschaft vor dem klappernden Fenster vorbeiziehen lässt, ohne sie zu sehen. Warum können wir uns, wenn wir doch so eng miteinander verbunden sind, nur ins Innere blicken, wenn wir uns Auge in Auge gegenüberstehen? Wieso weiß ich nichts davon, dass sie krank ist? Es braucht immer einen Träger oder einen Hebel, denkt er seufzend, damit der Funke überspringt. Aber da steht ihm auf einmal wieder der Lichtbogen vor Augen, der zwischen Huf und Schiene übergesprungen ist. Ohne Berührung. Was geschieht da eigentlich? fragt er sich, und diese Frage lässt ihn nicht mehr los.

Seine Heimatstadt ist klein und fremd und merkwürdig grau geworden. Als er durch die Straßen zu dem Haus geht, in dem Clara lebt, wie er von Wilhelm erfahren hat, legt er das Bild seiner Erinnerung auf die tatsächliche Stadt wie eine Folie. Nichts stimmt. Die Ränder und die Farben nicht, die Geräusche und die Menschen nicht. Als ob ich aus einer anderen Stadt gekommen wäre, denkt er, als er an der Glocke zieht und eingelassen wird. Es dauert ein wenig, bis er vorgelassen wird. Da sitzt Clara in einem großen Lehnstuhl nahe beim Fenster, das sie geöffnet hat, obwohl die Stube nicht geheizt ist. Wie schön sie aussieht, denkt Lichtenberg, blass und schön, viel zu schön.

»Clara!«, sagt er, und dann stürzt er auf sie zu, »wie geht es dir?«

Sie lächelt breit. Ein übrig gebliebenes Stück Leben in dem schmal gewordenen Gesicht. »Guten Tag«, sagt sie dann, »du kannst es immer noch nicht. Einer Dame sagt man Guten Tag.«

»Du bist keine Dame«, sagt Lichtenberg und schluckt schwer an der Erinnerung, »du bist ein Fräulein.«

»Gustav!« Clara lächelt fast mitleidig, aber dann muss sie husten, und Lichtenberg braucht nicht mehr zu fragen. Natürlich, es ist die häufigste Krankheit überhaupt, warum sollte sie ausgerechnet Clara verschonen. »Tja«, sagt sie, »du hörst es: Schwindsucht. Aber der Arzt sagt, dass es noch nicht zu spät ist.«

Deshalb das offene Fenster. Lichtenberg sieht jetzt, dass sie ein bisschen Fieber haben muss. »Was«, beginnt er, unterbricht sich selbst und fragt: »Wie lange weißt du es schon? Wie lange bist du schon ... Du hättest mir doch Bescheid geben sollen, damit ich ...« Er vollendet den Satz nicht.

»Ach, Gustav«, sagt sie, »wie das so ist. Man hustet und denkt: Erkältung. Dann dauert es und geht nicht weg, aber es ist ja immer zu tun. Und dann – was hättest du tun können?«

Wie unvollkommen die Natur ist, denkt Lichtenberg. »Und jetzt?«, fragt er.

»Ich werde auf Kur gehen«, sagt sie. »Nach Reichenhall vielleicht oder Ems. Marienbad wird zu teuer sein. Und es wird lange dauern. Zwei oder drei Jahre, meint der Arzt. So oder so.«

Da geht Lichtenberg neben ihrem Stuhl auf die Knie, sieht zu ihr auf und sagt: »Clara! Clara! Ich liebe dich. Ich habe dich immer geliebt. Immer schon.«

»Naja«, sagt Clara, »als ich zwölf war, eigentlich nicht. Da hast du mit Schneebällen nach mir geworfen.«

Lichtenberg schwankt zwischen Lachen und Weinen. »Wir gehören zusammen«, sagt er, »unsere Leben stehen ineinander.«

»Ja«, sagt Clara ernst, »aber wieso laufen sie dann immer auseinander? Man kann nicht ewig warten, verstehst du? Hier schon gar nicht«, sagt sie und weist aus dem Fenster auf die Stadt.

»Ja«, sagt Gustav, »aber du weißt doch, dass ich bei dir sein will. Es geht nur nicht.«

»Ich weiß«, sagt Clara vernünftig, »ich weiß.«

»Irgendwann werden wir zusammensein«, verspricht er, »es wird nicht mehr lange dauern.«

»Das darf es auch nicht«, antwortet Clara mit Galgenhumor, »auch nicht, wenn ich überlebe.«

Da umarmt Gustav sie und hält sie minutenlang umfasst, und schließlich küssen sie sich, auch wenn es gefährlich ist. Sie sind nicht allein im Haus.

Als er zwei Tage später abreist, in denen sie sich immer nur für wenige Stunden haben sehen können, schwört Lichtenberg erst Clara und dann sich, dass er einen Weg finden wird, immer bei ihr zu sein.

»Zwischen uns fließt immer Strom«, sagt er, und denkt, dass er diesen Strom über Hunderte von Meilen fließen lassen muss, auch ohne Berührung. Helmholtz und Hertz experimentieren mit Funkenstrecken und elektromagnetischen Feldern.

Und während Clara spaziert und Luftbäder nimmt, mit Abscheu Rohkost isst und sich in aufgelassenen Salzstollen langweilt, reist Lichtenberg fieberhaft nach Karlsruhe zu Hertz und zurück nach Berlin zu Helmholtz, ist immer gespannt und glücklich dabei. Auf seinem Weg zu Clara ist er wieder ein Stück vorangekommen, denkt er, glücklich, arbeiten und erfinden zu können, glücklich, die Natur ein Stück vollkommener zu machen. Er liebt Clara. Er langweilt sich nie.

1888 entdeckt Hertz den Funkenüberschlag an einem nicht geschlossenen Stromkreis.

8

Dass die anderen einfach weiterlebten. Dass Autos fuhren und Geschäfte geöffnet wurden, dass auf den Straßen gelacht wurde und Fahrradglocken klingelten, dass die anderen mühelos dahinlebten und er selber mit offenen Augen dalag und nicht einmal ein paar Stunden schlafen konnte, das verstand er nicht. So war es nach Kopenhagen gewesen und als sein Vater gestorben war, nachdem sie ihn schuldig gesprochen hatten, und eben jetzt wieder. Er hatte gedacht, er hätte den Kreis verlassen. Hätte die richtige Weiche gefunden. Aber jetzt war er eben statt eines Kreises eine Acht gefahren und war wieder dort, wo die anderen weiterlebten und er zusehen musste. Das Gefühl war immer dasselbe, es kroch wie eine Lähmung von den Beinen hoch. Schierling, hatte seine Mutter einmal auf dem Feld gesagt und ihm die Pflanze am Ackerrand gezeigt, die wie große Petersilie aussah, da stirbt man von den Beinen und den Armen her. Er spürte, wie ihn die Lähmung überkroch, und ließ es einfach geschehen.

Da fuhr unten ein Auto vorbei, und ein Fetzen Melodie flatterte aus dem offenen Fenster hinterher. Ludwig horchte und versuchte in einem Funken Neugier, das Lied zu erkennen. Das genügte schon.

»Nein!«, sagte er auf einmal laut und fest. »Nein! Diesmal nicht.«

Er hatte nichts mehr zu verlieren, dachte er, nur noch sich selbst. Er stellte sich vor, wie die Lähmung vor dem Blut in seinen Adern und der Wärme langsam zurückweichen musste, die Knie freigab, die Schenkel und schließlich die Füße. Er war nicht mehr derselbe. Es musste eine Weiche geben. Wenn es keine gab, musste er eine schaffen. Ob er Elsa zurückgewinnen konnte oder nicht – so jedenfalls konnte er nicht weiterleben.

Er stand auf, fast froh wegen dieses kleinen Sieges über sich selbst. Während er im Bad war, frühstückte, aus dem Haus ging, Straßenbahn fuhr, dachte er die ganze Zeit nach. Wie lange hatte er nicht mehr richtig nachgedacht? Wie lange hatte er seine Gedanken nicht mehr laufen lassen? Wenn er zurückblickte, hatte er das Gefühl, gedacht zu haben, wie man sich im Gefängnis bewegte, langsam und vorsichtig und immer innerhalb der Mauern. Es war gut, dass er nicht liegen geblieben war, vorhin. Und es war auch gut, dass er nicht viele Gedanken auf die Arbeit verwenden musste, sondern währenddessen überlegen konnte. Ganz methodisch und genau versuchte er, sich den vergangenen Abend noch einmal vorzustellen. Manchmal half es, die Dinge wie eine Versuchsanordnung auf einem Experimentiertisch zu betrachten. Auf einer Seite waren er und die Lichtenbergmaschine, und auf der anderen Seite waren Elsa und die Musik. Er und Elsa gehörten zusammen und die Lichtenbergmaschine und die Musik gehörten zusammen. Das war jedenfalls das Ergebnis gewesen, das er erwartet hatte. Das er erhofft hatte. Wenn man zwei Elemente miteinander reagieren lassen will, braucht man manchmal einen Katalysator: die Musik. Katalysatoren befördern eine Reaktion, aber sie reagieren selbst nicht mit den Elementen.

Ein Verstärker des Katalysators: die Lichtenbergmaschine. Elsa und er: die Elemente. Warum hatten sie nicht miteinander reagiert? Es gab zwei Möglichkeiten. Nicht alle Elemente lassen sich verbinden, selbst wenn sie manchmal zusammenstoßen. Vielleicht waren sie sich eigentlich fremd. Katalyse ist nur die Beschleunigung einer Reaktion. Die Elemente müssen von sich aus zu reagieren beginnen. Ludwig dachte an das Gespräch. Das war doch wie der Anfang einer Reaktion gewesen, oder nicht? Aber sie hatte sich nicht fortgesetzt. Ludwig hielt an dem Bild fest, während er im Lager Pakete zusammenstellte und Bestände zählte. Wenn das aber so war, dachte er, dann lag es an der Musik und an der Lichtenbergmaschine. Ihm fiel ein, was Elsa damals in der Bar gesagt hatte, als sie sich das erste Mal gesehen hatten und er meinte, er hätte ihre Musik verstanden. Das, hatte sie damals mit einem sehr schönen Lächeln gesagt, glaubte sie nicht. Verstand er die Musik nicht? Selbst mithilfe der Lichtenbergmaschine nicht? Er dachte an das Kinderlied, das sie gespielt und das ihn so gewaltsam erschüttert hatte. Manchmal, nahm er wieder sein Bild zu Hilfe, manchmal war die Versuchsanordnung so, dass es zufällig ein anderes Ergebnis gab. Katalysatoren reagieren eigentlich nicht. Was, wenn der Katalysator doch mit den Elementen reagierte? Ludwig ließ seine Gedanken laufen. Es war seltsam. An diesem Tag fühlte er sich wie damals, als er an einem tiefgrauen Wintertag nach der Schule aus dem Dorf gelaufen war und auf einmal vor einem Feld stand, hartgefroren, seit der Nacht schneebedeckt bis zum Waldrand und vollkommen unberührt. Ein neues Feld. Und er war der Erste, der hier jemals gehen würde. Der Erste.

9

Im Jahr 1896 ist Lichtenberg wahrscheinlich über sechzig Jahre alt, als er Wilhelm Röntgen begegnet. Röntgen
ist Anfang fünfzig, aber sein Bart ist noch dunkel, und er
hält sich aufrecht. Die Zeiten, in denen Lichtenberg in seiner Begeisterung ungefragt in Labors eingedrungen ist, in
denen er sich von Vorarbeitern für seine Neugier hat ver-
prügeln lassen, sind noch nicht vorbei. Aber an diesem kalten Januartag ist er brav in den Hörsaal der Würzburger
Universität gegangen. Es treibt ihn immer noch von Ort
zu Ort. Alle Erfindungen, die er bisher gemacht hat, die er
gesehen und untersucht hat, sind für ihn nur Stufen, um
höhersteigen zu können. Er ist immer noch verliebt, es ist
immer noch Claras Bild, die *eine* große, unerfüllte Liebe
seines Lebens, die macht, dass er nicht aufhören kann, die
Maschine seines Lebens zu suchen. Weder der Telegraf
noch das Telefon noch die ersten Funkversuche, deren
Entwicklung Lichtenberg immer mitverfolgt hat, denen
er durch Europa und Amerika nachgereist ist, keine dieser Erfindungen kann mehr als einen Bruchteil von dem,
was Lichtenberg vorschwebt. Es sind halbfertige, grobe
Geräte, die Lichtenberg einen Augenblick faszinieren und
die er dann enttäuscht hinter sich lässt. Immer muss erst
übersetzt, muss erst niedergeschrieben, muss erst umge-
lenkt werden. Immer kommt am anderen Ort eine plumpe
Verzerrung dessen an, was gemeint ist: Gedichte klirren
und rauschen auf Schallplatten und aus Hörern. Bilder sind
verzerrt und grau, und wenn sie koloriert sind, stimmen
die Farben nicht. Und selbst in den kurzen, gestohlenen

Stunden, in denen man einander sieht – selbst für jemanden, der so charmant und beredt ist wie Gustav Lichtenberg, sind Worte manchmal nur ein leeres Geräusch. Er denkt noch nicht daran, dass ihm nicht mehr unendlich viel Zeit bleibt, aber seine Reisen sind schneller geworden. Er rutscht – immer noch wie ein Schulbub – ungeduldig auf der harten Bank hin und her, als Röntgen endlich den Saal betritt.

»Meine Herren«, beginnt Röntgen, nachdem er ans Katheder getreten ist, »ich habe eine neue Art von Strahlen gefunden.«

Lichtenberg hört zu. Erst höflich. Dann gespannt. Und als Röntgen am Ende der Vorlesung um einen Freiwilligen für sein Experiment bittet, da meldet er sich, und Röntgen sieht in seine Richtung und sagt: »Bitte!« Aber als er aufstehen will, hat sich direkt hinter ihm schon jemand erhoben. Es ist der fast achtzigjährige Kölliker, der mit kleinen Greisenschritten nach vorne eilt. So kann Lichtenberg sehen, wie Röntgen, nachdem der Saal abgedunkelt wurde, Kölliker vor die Kathodenstrahlröhre bittet und dahinter den Leuchtschirm justiert. Und als Röntgen dann die Röhre einschaltet und sich auf dem Leuchtschirm geisterhaft die Knochen von Köllikers Hand abzeichnen, klar und deutlich die Bewegungen zu sehen sind, mitsamt dem Fingerring des alten Mannes, dann springt Lichtenberg auf und ist der Erste, der zwischen all den Honoratioren im Gehrock laut »Bravo!« ruft und begeistert klatscht. Jetzt endlich weiß er, dass es geht. Dass man das Innere eines Menschen sichtbar machen kann. Wenn man den Menschen mit X-Strahlen in die Knochen sehen und sie abbilden kann, denkt er, während er klatscht und klatscht und die Professoren sich nach vorne drängen, um Röntgen zu gratulieren, dann muss es auch Strahlen geben, um ein Bild des Herzens zu zeichnen.

Auf einmal fügen sich in seinem Kopf die Erfahrungen aus vierzig Jahren Erfinderleben zusammen. Der Kardiograf des Franzosen Marey fällt ihm ein und die Maxwellsche Theorie vom elektromagnetischen Licht, Duchenne de Boulogne und die Elektrotherapie, die Messung der Lichtgeschwindigkeit durch Drehspiegel im Labor von Foucault. Die Ablenkbarkeit des Lichtes durch Magnetismus: Hittorf. Elektrische Ladung bei Kristallverformung: Pierre Curie. Positiv geladene Atome, von Goldstein Kanalstrahlen genannt. Lichtenberg merkt nicht, dass die Herren an ihm vorbeiwollen. Er steht mitten im Hörsaal und denkt und rechnet und plant. Er sucht nicht mehr. Er hastet aus dem Saal, nimmt eine Droschke zum Bahnhof und flucht ungeduldig über den frierenden Gaul und die glatten Straßen, im Geist hat er schon angefangen zu bauen.

Als er im Zug sitzt, steht ihm das Bild Röntgens wieder vor Augen, und er fragt sich, was es für ein Gefühl ist, die X-Strahlen durch seine Hand gehen zu lassen. Er beneidet Kölliker. Kölliker, der in Würzburg zurückbleibt, ist ein alter Mann. Selbst wenn er wüsste, was eben geschehen ist, als die Röntgenstrahlen sein Fleisch durchdrangen und von den Knochen aufgefangen wurden, würde ihn nichts davon abhalten, lächelnd neben Röntgen zu stehen und ihm mit der Gelassenheit des Greisen auf die Schulter zu klopfen.

Und Röntgen? Und Lichtenberg? Beide sind begnadete Wissenschaftler. Beiden entgeht in ihrer Begeisterung, was Diesel und Reis entgangen ist, was Curie und Siemens übersehen, was Hollerith und Daimler nicht entdeckt haben: Eine Kathodenstrahlröhre oder ein Automobil oder eine Lochkartenmaschine müssen nicht notwendigerweise nur die eine Wirkung haben, für die sie konstruiert wurden oder die man sehen kann. Zum Glück erfahren sie es nie.

Sie sind Kinder ihres Jahrhunderts. Sie zaubern, machen Märchen wahr und erfüllen sich Wünsche. So baut auch Lichtenberg seine Maschine nur für seinen Traum.

10

Jetzt, als Ludwig das erste Mal in seinem Leben einen Weg ausprobierte, den er nicht kannte, war es, als liefe ihm die Zeit davon. Er erinnerte sich, wie er früher gewesen war, und es kam ihm auf einmal seltsam vor, wie fieberhaft er an der Lichtenbergmaschine gearbeitet hatte, nur um der Maschine willen. Um ihr das Geheimnis abzugewinnen. Was hatte er geglaubt? Wenn er herausgefunden hatte, wozu die Maschine da war, dann hätte er auch gewusst, wozu er selbst da war. Er hatte sich an ein Geheimnis verloren, an eine Suche. Nur hatte er auf dieser Suche Elsa gefunden, wie nebenbei, und sofort wieder verloren. Hatte er nicht gemerkt, dass die Lichtenbergmaschine samt ihrem Geheimnis ... Ludwig dachte nach, bis er wusste, was es war ... dass sie trotz ihrer Komplexität zu einfach war? Es kam ihm vor, als wären nicht sehr viele Weichen übrig, um sein Leben in die richtige Bahn zu lenken. Bleib du bei deinen Maschinen, hatte Elsa gesagt. Und das war es wohl. Wenn er nicht bald zu ihr fand, dann würde er wohl bei seinen Maschinen bleiben. Für immer.

In den folgenden Wochen arbeitete er in jeder freien Stunde. Zunächst kam es ihm gar nicht so vor wie Arbeit, so sehr unterschied sich das, was er tat, von der Art von Arbeit, die er gewohnt war. Es war fast wie ein Spielen, und er hätte ein schlechtes Gewissen dabei gehabt, wenn ihm nicht klar gewesen wäre, dass die Arbeit an Linien entlang ihm nicht mehr helfen konnte. Es gab keinen fein in Tusche gezeichneten Plan für das, was er tat.

Wenn er zu Hause war, spielte er mit der Lichtenbergmaschine. Er wollte wissen, was geschah, wenn er zwei Platten auf einmal hörte. Natürlich war das Ergebnis enttäuschend: Wenn Musik durcheinanderspielt, bleibt nur ein wenig Verärgerung. Die zu verstärken – dazu brauchte er keine Maschine. Er versuchte zu verstehen, was Musik überhaupt tat. Wieso war man denn traurig, wenn man dieses Lied, wieso sehnsüchtig, wenn man jenes Lied hörte? Wenn man nicht aß, wurde man hungrig, wenn man nicht trank, wurde man durstig, das waren Naturgesetze, aber was geschah, wenn es keine Musik mehr gab? Er hatte gelernt. Er wusste, es gab kein Volk auf der Erde, das keine Musik hatte. Aber warum? Musik war physikalisch so einfach. Luftschwingungen waren viel einfacher zu messen als etwa elektromagnetische Schwingungen. Man konnte sie spüren. Man konnte sie mit einer primitiven Apparatur in Strom umsetzen, und dann hieß der Apparat Telefon. Am Anfang des Jahrhunderts hatte man Telefone für Radioübertragungen benutzt. Man hatte sich Programme bestellen können. Eine Flöte, eine Geige – die ordneten die Moleküle der Luft an. Dann waren sie Musik. Und die Musik wiederum? Moll. Dur. Zwölfton. Harmonie. Disharmonie. Bei Berufsmusikern veränderte sich das Gehirn. Die Verbindung zwischen den beiden Hälften wuchs.

Was tat die Lichtenbergmaschine genau? Er begann, sie umzubauen. Nicht die große, dampfbetriebene, die nach wie vor in seiner Wohnung stand und immer mehr wirkte wie ein Symbol für sein Leben. Schwer. Unbeweglich. Undurchschaubar. Er veränderte seinen miniaturisierten Nachbau. Was geschah, wenn man hier die Spannung erhöhte, dort die Feldstärke verminderte? Er hoffte, durch unterschiedliche Effekte der Wirkungsweise der Maschine nachspüren zu können. Aber es geschah nichts. Die Maschine arbeitete nur dann und nur so, wenn man sie ließ, wie Lichtenberg sie geplant hatte. Die Stärke der Wirkung ließ sich ein wenig variieren, aber das hatte Ludwig schon vorher gewusst. Er trat auf der Stelle.

An einem Abend nahm er nicht wie gewohnt die Straßenbahn vom Lager nach Hause, sondern entschied sich für den langen Fußweg. Er musste nachdenken. Was wollte er? Elsa mit einer Maschine zurückerobern? Er? Lichtenberg vielleicht, dachte er, während er durch die ruhigen Vorstadtstraßen ging, aber ich? Es ist ja nicht meine Maschine.

Es war ein kühler Abend, aber er spürte den Frühling in den Knochen und in den Muskeln. Tja, dachte er leise ironisch, ich bin eben doch ein Bauernsohn. Sie hat recht gehabt. Und als er das dachte, da verstand er auf einmal, was es war. Worin Lichtenberg und Elsa sich glichen. Weshalb Lichtenberg mit seiner Maschine hätte zu Elsa gehen können und er mit Lichtenbergs Maschine nicht. Beide waren Erfinder.

Ludwig war stehen geblieben. So einfach war das. Er war kein Erfinder. Er war Bauernsohn und Physiker. Er ging wieder weiter. Seine Gedanken flogen. Na und? Die ersten Erfinder waren alle Bauern gewesen. Rad. Pflug. Messer. Erfinden war etwas zwischen Finden und Schaffen. Wenn man sich nicht bewegte, konnte man nichts finden. Keine Wege, keine Abkürzungen und keine Maschinen. Ihm wurde klar, dass er sich das letzte Mal wirklich bewegt hatte, als er die Lichtenbergmaschine gefunden hatte. Und wann hatte er jemals selbst etwas geschaffen? Eigentlich sagte die Physik, dass letztlich alles im Innersten Energie war. Es kam nur auf die Form an. Und die Form konnte man ändern. Vielleicht musste er sich selbst eine neue Form geben.

Die Straßen belebten sich ein wenig, als er der Innenstadt näher kam. Er sah abwesend in die Schaufenster, als er an den Geschäften entlangging, bis die Auslage eines Gebrauchtwarenladens seinen Blick einfing und er zum zweiten Mal stehen blieb. Es waren gebrauchte Gitarren, Blockflöten, ein verbeultes Saxophon und zwei Geigen, die dort angeboten wurden. Er hätte nicht sagen können, weshalb er den Laden betrat, außer vielleicht, dass ihn die Instrumente an Elsa erinnerten – aber was tat das nicht. Er war alleine, der Verkäufer war vielleicht in einem Hinterzimmer, und so sah er sich zunächst die Geigen an. Aber er konnte sie ja nicht spielen, und außerdem hatten Geigen eine besondere Bedeutung. Flöten? In einer dämmrigen Ecke zwischen zwei Schränken bemerkte er ein Cello, das nicht im Schaufenster gestanden hatte, weil es zu groß war. Er nahm es eben hoch, als der Verkäufer erschien und ihn beraten wollte. Ludwig fragte nach dem Preis. Der Verkäufer nannte eine überraschend niedrige Summe – vielleicht hatte das Cello einen Fehler, den Ludwig als Laie nicht erkannte. Trotzdem – er wusste nicht zu sagen warum – hielt ihn das nicht ab. Er bezahlte, ging aus dem Geschäft und trug das Cello mit einem seltsamen Anflug von Heiterkeit nach Hause.

Als er zu Hause war, lehnte er das Cello an die Lichtenbergmaschine und setzte sich davor auf den Boden. Es ging ja nicht darum, spielen zu lernen. Er strich mit dem Bogen über die leeren Saiten und spürte dem Ton nach. Ein Ton war gar nichts. Er schaltete die Lichtenbergmaschine ein und strich wieder den Ton an. Er schwang, aber es bewegte sich nichts. Er versuchte, ein paar Töne hintereinander zu spielen, aber er konnte die Griffe nicht, und der Bogen rutschte. Es war nur Lärm. Er holte eine Platte mit Cellostücken. Ein Takt, zwei und drei, da war es ein Motiv. Und ein Gefühl. Wie viele Töne waren das, und was machte die Töne zu Musik? Er erinnerte sich plötzlich an ein Experiment aus dem Studium, ließ alles stehen und lief hinunter in den Hof. Dort scharrte er etwas Sand zusammen und ging wieder nach oben. Er legte das Cello hin, schob ein dünnes Brett zwischen den Hals und den gewölbten Korpus, streute den Sand darauf und strich wieder eine Saite an. Der Sand tanzte auf dem dünnen Brett, Ludwig strich weiter, und schließlich entstand ein elliptisches Muster. Die Schwingung war abgebildet. Der Ton hatte den Sand geordnet. Vielleicht macht die Maschine so etwas, überlegte er, bildet die Musik in Gefühlen ab.

Am nächsten Tag ging er früher aus der Arbeit und fuhr durch die halbe Stadt zu einem Instrumentenbauer, dessen Adresse er sich am Tag zuvor aus dem Telefonbuch gesucht hatte. Die Werkstatt lag im ersten Stock eines Hinterhauses, war groß und ziemlich kühl. Der Meister arbeitete an einer hohen Werkbank. Von der Decke hingen Geigen, Gitarren, Mandolinen und andere Instrumente, die Ludwig nicht erkannte.

»Ich habe hier ein Cello«, sagte er und nahm die Hülle ab.

Der Meister warf einen Blick darauf. »Das taugt nichts«, erwiderte er. »Werfen Sie es weg. Schade ums Geld.«

»Ich will es nicht spielen«, sagte Ludwig.

Der Meister war überrascht. »Ich kaufe keine Instrumente«, meinte er abweisend, »ich baue welche.«

»Ja«, sagte Ludwig ein bisschen lächelnd, »das sehe ich. Ich will es ja auch gar nicht verkaufen. Warum taugt es nichts?«

Der Mann strich mit den Händen über seinen blauen

Kittel und steckte den Beitel weg. Dann nahm er das Cello auf und setzte es auf einen Hocker.

»Sehen Sie«, sagte er und zeigte Ludwig einige Stellen, »hier sind Risse im Holz. Das darf nicht sein. Und hier«, er drehte es ein wenig, »sind die Fugen nicht ordentlich verarbeitet. Der Stimmstock darf nicht so weit innen stehen.« Er ließ Ludwig durch die Schalllöcher sehen. »Und die Decke ist nicht wirklich symmetrisch verleimt. Das sage ich mal so. Wir könnten es nachmessen, aber ich bin mir auch so ziemlich sicher.«

»Aha«, sagte Ludwig, »und deswegen klingt es nicht gut?«

»Passen Sie auf«, sagte der Geigenbauer. Er nahm einen Bogen von der Wand, spannte ihn und spielte auf dem Cello eine kleine Melodie. Dann hängte er eines seiner Celli von der Decke ab, stimmte es und spielte die Melodie noch einmal. Und selbst wenn der Mann kein besonderer Musiker war, der Unterschied zwischen den beiden Instrumenten war nicht zu überhören.

»So«, sagte der Meister, »verstehen Sie jetzt, warum Ihr Cello nichts taugt?«

»Ja«, sagte Ludwig, »aber warum klingt Ihres besser?«

Es war, als hätte Ludwig auf einen Knopf gedrückt. Vielleicht war der Instrumentenbau eine einsame Arbeit, denn der Geigenbauer begann zu erzählen, als hätte er lange mit niemandem gesprochen. Er führte Ludwig in die Holzkammer, wo das Fichten- und Ahornholz und dazu einige andere, besondere Hölzer trocken lagerten. Er erklärte Ludwig, dass die Werkstatt gleichmäßig kühl sein musste, damit das Holz nicht unterschiedlich arbeitete. Er zeigte ihm, wie fein man hobeln musste und dass er den Leim noch immer in der kleinen Werkstattküche selber kochte, obwohl er stank. Er ließ ihn eine rohe Decke auf den Rahmen setzen, und Ludwig spürte eine ähnliche Befriedigung wie damals, als an der Lichtenbergmaschine die Teile an ihren Platz geglitten waren, so genau waren die Fugen gearbeitet. Er zeigte ihm eine seltsame viereckige Geige, die Chrotta hieß und eine Quint tiefer gestimmt war als eine Geige. Als er sie anspielte, war es eine Sekunde lang, als griffe der Klang direkt in das Innere, und Ludwig fasste erschreckt in die Tasche, weil er fürchtete, versehentlich die Lichtenbergmaschine angeschaltet zu haben, aber er hatte sie gar nicht dabei.

»Das Geheimnis liegt im Steg«, sagte der Geigenbauer stolz, »einer der Füße geht durch bis auf den Boden. Sie schwingt anders. Die Chrotta kennt heute keiner mehr. Man hat sie im Mittelalter gespielt, aber ich habe sie mithilfe alter Bilder nachgebaut.«

Dann ließ er Ludwig fühlen, wie das Holz glatt wurde. Wie man es wässerte, schliff, wieder wässerte und wieder schliff. Wie man mit Bimsmehl die Poren schloss und wie man mit einem Tropfen Polieröl zwischen die Lackschichten ging, damit sie glatt und glänzend wurden.

»Ich kann es mir nicht leisten«, sagte er schließlich, »aber eigentlich braucht man für eine gute Geige zwischen einem viertel und einem halben Jahr. Und deshalb taugt Ihr Cello nichts.«

»Und Ihre Geigen?«, fragte Ludwig schließlich, »sind die gut?«

Der Instrumentenbauer zögerte einen winzigen Augenblick, dann nickte er langsam. »Sie sind sehr gut«, sagte er dann, »für neue Geigen. Es gibt ein paar bessere Instrumentenbauer. Ein paar sind immer besser, oder?« Der alte Mann lächelte ein bisschen.

Ludwig lächelte auch.

»Aber natürlich kann keine neue so klingen wie die alten

von da Salò aus Brescia oder von Amati oder eben Stradivari aus Cremona.«

»Warum nicht?«, fragte Ludwig nach.

Der Alte zuckte die Achseln und lachte dann. »Wenn ich das wüsste, könnte ich mir drei Monate für jede Geige leisten. Manche sagen, es liegt am Lack. Andere meinen, es liegt am Verhältnis der Maße. Dass der Hals hier ein wenig länger ist, die Decke dort ein wenig dünner. Viele glauben, es liegt am Holz. Aber Stradivari hat das Holz monatelang einfach in der Lagune liegen lassen. Waren Sie schon mal in Venedig? Die Kanäle werden damals nicht sauberer gewesen sein als heute. In dem ganzen Dreck – das würde ich nie tun! Am Holz wird es wohl nicht gelegen haben. Vielleicht doch am Lack oder am Leim. Kurz – keiner weiß es.«

Ludwig ging in der Werkstatt herum und betrachtete die Instrumente. Vor allem die Chrotta betrachtete er immer wieder. Sie sah aus wie ein grober, viereckiger Kasten und hatte doch einen wunderbar weichen Klang.

»Danke«, sagte er schließlich, als er ging, »vielen Dank.«

»Sie dürfen wiederkommen«, sagte der Meister, der schon wieder an der Werkbank stand und mit sicheren, feinen Strichen hobelte. »Aber bitte«, sagte er und lachte dabei, »ohne Ihr Cello.«

Als Ludwig nach Hause ging, fragte er sich, was wohl geschehen würde, wenn er die Töne der Chrotta mit der Lichtenbergmaschine verstärkte. Dann dachte er an Elsa und fragte sich, wie sie spielen würde, wenn sie so eine Chrotta hätte. Das hätte er gerne gehört. Er ging noch eine Zeit lang, aber dann blieb er stehen. Er kämpfte mit sich selbst und ging schließlich zurück in die Werkstatt.

»Sie sind schon wieder da?«, fragte der Meister an der Werkbank. »Und mit Ihrem Unglückscello!«, seufzte er dann, als er sich umgedreht hatte.

»Ja«, sagte Ludwig. Dann holte er tief Luft. »Ich werde es zurückgeben. Und dann möchte ich Ihre Chrotta kaufen.«

»Sie können doch gar nicht spielen«, stellte der Instrumentenbauer sachlich fest.

»Ja«, sagte Ludwig, »aber ich kann zuhören.«

Zwei Tage später schickte Ludwig Elsa die sorgfältig verpackte Chrotta. Nur die Chrotta. Er nahm an, dass sie wissen würde, woher sie kam.

11

Es könnte ein diesiger Tag im Januar sein, an dem Carl Fürstenberg und Gustav Lichtenberg und Emil Rathenau in der Droschke von der Reede zurück zum Hamburger Bahnhof sitzen. Sie haben eben am Stapellauf eines der neuen großen Dampfschiffe teilgenommen, sind geehrt worden, man hat beim Umtrunk einen Toast auf sie ausgebracht. Es ist still in der geschlossenen Droschke. Jeder der drei Herren ist im schaukelnden Rhythmus in seine Gedanken versunken. Das neue Jahrhundert hat vor ein paar Tagen begonnen. Seit Lichtenberg einige Jahre zuvor angefangen hat, mit Rathenaus jüngstem Sohn Erich zusammenzuarbeiten, hat sich auch die Freundschaft mit Emil wieder vertieft, obwohl er ein schwieriger Mann ist. Aber das, denkt Lichtenberg, sind wir wohl alle. Das letzte Jahrzehnt war das schnellste in seinem Leben. In Erich Rathenau sieht Gustav sich selbst, als er noch jung war und von zu Hause fortgegangen ist, voller Pläne und Träume und Mut und Liebe. Wann war das? Vor vierzig Jahren? Es ist manchmal, als ob der junge Erich und er sich die Energie teilten, obwohl Gustav Lichtenberg nicht nachgelassen hat.

Er bewegt sich immer noch voran, er erlaubt sich nicht, müde zu werden, gerade jetzt nicht, wo die Maschine fertig ist, das Patent eingereicht ist und nur noch eines fehlt: dass sie dafür benutzt wird, wofür er sie gebaut hat. Andere würden sich leer fühlen, denkt er vielleicht. Aber wenn es danach ginge ... Erich Rathenau müsste sich auch leer fühlen. Vor sechs Jahren hat er ein Wunder wahr gemacht und ist darum betrogen worden.

Lichtenberg erinnert sich an den Tag, er war ähnlich neblig wie heute und einer der wichtigsten in seinem Leben. Er sieht sie noch vor sich, wie sie im Kraftwerk Wannsee waren: Er, Erich Rathenau und Emil Rathenau, der ihm jetzt mit halb geschlossenen Augen gegenübersitzt. Die Journalisten drängten sich so dicht um sie herum, dass der alte Rathenau einmal sogar mit seinem Stock drohte, nur halb im Scherz, damit Platz wurde. Der Wannseer Bürgermeister war da und die Honoratioren der Stadt, soweit sie nicht auf der anderen Seite der Strecke bei Neu-Cladow gemeinsam mit Walter Rathenau warteten. Gustav weiß noch, wie Erich zu seinem Vater sah und wartete, und als der nickte, schaltete er den Funkenerzeuger ein, den Gustav Lichtenberg viel einfacher schon bei Hertz gesehen hatte. So einen Vater hätte er haben sollen, denkt Lichtenberg ein wenig müde. Aber dann lächelt er wieder bei der Erinnerung, wie es auf einmal ganz still wurde und man nur das Knistern des Stroms und das Knacken von Entladungen hörte, als Erich den vereinbarten Code eingab. In diesem Schweigen wartete man mehr als gespannt zwei, drei Minuten, bis endlich das Telefon läutete und Walter das Ergebnis durchgab. Und da warf Erich die Arme hoch und jubelte und umarmte Gustav Lichtenberg, und Emil Rathenau, der jähzornige alte Mann lächelte bloß darüber: Der Junge hatte eben über eine Strecke von viereinhalb

Kilometern den ersten ordentlichen Funkspruch übertragen. Und Lichtenberg erinnert sich, wie glücklich er war, zusammen mit dem jungen Erich, weil endlich das letzte Stück gefunden war, das er für seine Maschine brauchte – die Übertragung ohne Kabel. Er hatte immer gewusst, dass das Geheimnis in der Elektrizität und dem Magnetismus liegen musste.

Er sitzt in der Droschke und sieht durch die kleine, beschlagene Scheibe die großen Hamburger Häuser vorbeigleiten. Aber wer kannte heute noch Erich Rathenaus Namen? Nach nur sechs Jahren? Kein Mensch. Trotz der Presse, trotz der Honoratioren, trotz des Lobes der Wissenschaft. Manchmal kommt einer und nimmt dir den Erfolg weg, wie der Italiener Marconi. Guglielmo Marconi wird als der erste Funker in die Geschichte eingehen, nicht Erich Rathenau. Eigentlich würde Lichtenberg jetzt gerne die Augen schließen, aber dann spürt er wieder die Energie, die immer noch da ist. Nach vorne sehen, sagt er sich. Ein neues Jahrhundert ist da!

»Was macht deine NAG?«, fragt Lichtenberg Rathenau. Das Automobil. Vielleicht liegt darin die Zukunft.

»Ich überlege«, antwortet Rathenau.

»Was überlegst du?«, fragt Lichtenberg gespannt.

»Ob ich sie aus Neuer Automobil-Gesellschaft in Nationale Automobil-Gesellschaft umbenennen soll.«

»Ach«, sagt Lichtenberg, dem durch seine vielen Reisen alles Nationale ein wenig suspekt ist, »und die AEG wird dann die Alldeutsche Electricitäts-Gesellschaft, wie?«

Rathenau lacht. »Naja«, sagt er dann, »die AEG bleibt, was sie ist. Ich lasse übrigens gerade neue Produktionshallen bauen.«

»Wozu?«, fragt Lichtenberg.

»Wir brauchen Gummireifen«, sagt Rathenau. »Das ist

das Geschäft der Zukunft. Alle bauen Automobile. Wir brauchen bessere Gummireifen.«

»Ich möchte wissen, was du nicht herstellen möchtest«, sagt Lichtenberg amüsiert, »Aluminium am Rheinfall bei Schaffhausen, Elektrostahl, Automobile, Gummireifen – wirst du nie müde?«

»Und du, Gustav?«, fragt Emil Rathenau zurück.

»Nein«, sagt Gustav Lichtenberg vergnügt, »nicht vor dir.«

»Na, dann kann das noch dauern.«

Fürstenberg grinst still in sich hinein. Er verehrt Rathenau. Ab und zu notiert er sich sogar einen seiner Aussprüche. Lichtenberg und Rathenau machen manchmal Witze darüber.

»Wir sind da«, sagt Fürstenberg und beugt sich vor, um den Schlag zu öffnen, noch ehe der Wagen steht. Sie steigen aus. Die Bahnhofskuppel aus Eisen und Stahl ragt glänzend und neu in den nebligen Himmel. Schon vom Droschkenwarteplatz hört man die Züge. Als sie die großen Glastüren öffnen, treten sie in den Lärm wie in ein grelles Licht. Das Geklirr der Waggons, das heisere Husten der Dampflokomotiven, das Geschrei der Träger und Ausrufer. Rathenau kauft einem der Jungen eine Morgenzeitung ab, schlägt sie auf und liest im Gehen. Lichtenberg muss lächeln, weil Rathenau immer so ist. Zwei Sachen gleichzeitig zu tun genügt ihm nicht.

»Oh«, sagt Rathenau plötzlich und bleibt stehen. Der Dienstmann mit den Koffern schiebt ungerührt weiter auf den Bahnsteig. Aus Rathenaus Gesicht ist alle Freundlichkeit fortgewischt.

»Was gibt es?«, fragt Fürstenberg.

»Ich muss telefonieren«, sagt Rathenau und faltet die Zeitung zusammen.

Lichtenberg sieht sich um und entdeckt einen öffentlichen Fernsprecher beim Zeitungskiosk. »Soll ich mitkommen?«, fragt er Rathenau.

Rathenau sagt nichts, aber hält Lichtenberg die Zeitung hin, während sie auf den Fernsprecher zugehen und er in den Taschen nach Münzen kramt. Lichtenberg liest, aber er kann nichts finden, was Rathenau so erregt haben kann.

»Fräulein«, ruft Rathenau in den Hörer, »geben Sie mir Berlin dreiundsiebzig neununddreißig. Rasch, bitte.« Das ist die Nummer der AEG, Rathenau hat oft genug mit ihnen telefoniert.

»Hallo!«, schreit Rathenau zornig in den Apparat, »sind Sie das, Blohm? Ja. Hören Sie. Sie fahren hinaus zu den neuen Hallen und lassen den Bau einstellen. Was? Was? Nein. Sofort. Was verstehen Sie nicht? Sie müssen nichts verstehen. Ich gebe Ihnen die Anweisung, den Bau der Hallen einzustellen. Ja. Ich bin in ein paar Stunden bei Ihnen. Wiedersehen.«

Er hängt auf. Lichtenberg sieht ihn fragend an. Er hat Rathenau schon oft zornig gesehen. Aber jetzt sieht Emil Rathenau nicht nur zornig aus, sondern auch enttäuscht und müde.

»Und?«, fragt Lichtenberg.

Rathenau nimmt ihm die Zeitung aus der Hand, schlägt den Wirtschaftsteil auf und deutet auf eine Notiz. Lichtenberg liest. Michelin, heißt es da, hat angesichts der zunehmenden Konkurrenz auf dem Reifenmarkt die Preise aller Reifen gesenkt. Als Wettbewerbsmaßnahme und, wie der Redakteur vorrechnet, unter den Produktionspreis. Um die Mitbewerber vom Markt zu drängen.

»An einer Branche«, sagt Rathenau nach einer kleinen Weile, »in der so etwas möglich ist, wünsche ich mich nicht mehr zu beteiligen.«

Lichtenberg nickt. Er versteht Rathenau. Sie gehen zum

Zug, wo Fürstenberg schon ungeduldig mit den Koffern wartet.

»Vielleicht ist das nicht mehr unser Jahrhundert«, sagt Rathenau ungewöhnlich leise, als sie im Abteil sitzen und auf den Betrieb auf dem Bahnsteig hinaussehen, »ich bin es manchmal müde.«

Aber Lichtenberg hört kaum zu. Er sieht den Dampf und riecht den Kohlenstaub und stellt sich elektrische Lokomotiven vor: lang, grau, schnell und leise. Es gibt noch so viel zu tun.

Als der Zug anfährt, wandern Fürstenbergs Blicke zwischen Lichtenberg und Rathenau hin und her, und er fragt sich im Stillen, warum er Rathenau verehrt, den zuckerkranken, alterszornigen, hinkenden, müden Mann, und nicht Lichtenberg, dessen Gesicht strahlt wie das eines Jungen.

12

Die Welt war voller Musik. Die Welt war Klang. In diesen Tagen, als Ludwig versuchte, einen Weg zu Elsa zu finden, der nicht über die Lichtenbergmaschine führte, hörte er überall Gesang, hörte er an Nachmittagen, an denen er nachdenklich spazieren ging, Klaviermusik aus offenen Fenstern in den Frühlingshimmel steigen, hörte er, dass die Vögel wirklich sangen, dass die Glocken einzelne Töne in einem unglaublich langen Lied waren, und verstand, dass die Menschen gar nicht anders gekonnt hatten, als Musik zu erfinden.

Nach so einem Nachmittag stand er einmal vor der Maschine und fragte sich zum ersten Mal ernsthaft, warum man dann nie von Lichtenberg gehört hatte. Eigentlich hätte er ungeheuer reich werden müssen, und spätestens seit der Erfindung des Radios oder des Grammophons hätte es doch überall Lichtenbergverstärker geben müssen. Warum hatte er sich soviel Mühe gegeben, seine Maschine aus der Geschichte verschwinden zu lassen? Ludwig hatte spätestens, seit er das Patent auf die Lichtenbergmaschine angemeldet hatte, mit dem Gedanken gespielt, es zu verkaufen. Er wusste nicht, wie man Verhandlungen mit großen Firmen führte, aber er wusste, dass es für diese Maschine wahrscheinlich mehr Interessenten gab, als er sich vorstellen konnte. Werbung, Konzertbüros, Opernhäuser, natürlich – er lächelte humorlos – das Militär, wie für jede Erfindung, Radiosender, Politiker. Wenn man erst einmal begann, sich zu überlegen, wie die Welt aussähe, wenn die Maschine nicht vergessen worden wäre, konnte man Angst bekommen. Doch Lichtenberg hätte das niemals vorhersehen können. Genauso wenig wie Marie Curie oder Otto Hahn bei der Atomspaltung Hiroshima oder Nipkow bei der Erfindung der Lochscheibe das Fernsehen und die Gesellschaft des zwanzigsten Jahrhunderts vorhergesehen hatten. Aber keiner von ihnen hätte daran gedacht, seine Entdeckung wieder ungeschehen zu machen, wie es Lichtenberg offensichtlich versucht hatte.

Er selbst wusste immer noch nicht mehr über die Maschine, als dass sie ein äußerst ungewöhnliches und starkes elektromagnetisches Feld erzeugte. Sie war immer noch ein Rätsel, und obwohl er versuchte, sich von ihr freizumachen und sich der Musik und damit Elsa von einer anderen Seite zu nähern, um sie zu verstehen, blieb die Maschine, wo sie seit Langem war: im Zentrum seiner Wohnung und seines Lebens.

Es war schwer, sich ihrer Anziehungskraft zu entziehen.

Er kam nicht an ihr vorbei, wenn es um Musik ging, und um Musik schien es immer zu gehen, wenn er an Elsa dachte. Er sah aus dem Fenster auf den Baum, der längst wieder voll und dunkel vor dem hellen Abendhimmel stand. Ludwig fühlte einen Anflug von Furcht. Es ging zu schnell. Die Zeit floss an ihm vorbei, und er kam nicht mit. Irgendwann war Elsa so weit abgetrieben, dass er sie nicht mehr erreichen konnte. Wenn er wartete, bis er auch irgendeine große Erfindung gemacht hatte, wäre sie längst fort. Wo spielte sie heute oder morgen oder übermorgen? Ludwig hatte einen Kalender, in dem er ihre Auftritte notiert hatte, soweit er von ihnen wusste. Am Samstag, sah er. Nicht so weit entfernt. Dann stand er noch lange am Fenster, sah zu, wie aus dem Abend Nacht wurde, und wünschte, es sei schon Samstag, obwohl er doch nichts in der Hand hatte, was er Elsa hätte bringen können.

Diesmal war es ein kleines Musiktheater, in dem sie spielte. Ludwig, der lange vor dem Haus gewartet hatte, damit er nicht unter den Ersten im Publikum war und Elsa ihn sofort sehen konnte, erschrak ein wenig, als er sah, wie klein der Zuschauerraum war – es gab keine Möglichkeit, in der Masse zu verschwinden. Aber dann wurde es unten ein wenig dunkler, und die Bühne erhellte sich, als der Doktor und Elsa und Georg sie betraten. Während der ersten Takte stand sie neben dem Flügel, mit leeren Händen, klein und hart und fest wie jemand, der auf einem Schiffsdeck steht und entschlossen ist, erst im letzten Augenblick nach der Reling zu greifen, wenn der Seegang stärker wird.

Als sie dann in einer fließenden Bewegung gleichzeitig nach Bogen und Geige griff und den ersten Ton schon anstrich, als die Geige noch nicht einmal ihre Schulter berührt hatte, wusste Ludwig wieder, weshalb er Elsa liebte. Und deshalb hatte diese fast elegische, träumerische Version des alten Jordansongs eine besondere Bedeutung. Die Geige sang: »Is you is or is you ain't my baby«, und Ludwig hörte zu. Es war schrecklich und schön, sie anzusehen und ihr zuzuhören und dabei zu wissen, dass er sie vielleicht für immer verloren hatte. Er saß im Publikum und wollte, dass sie ihn sah und wenigstens wusste, dass er hier war, und gleichzeitig hatte er Angst davor, denn er war ja mit leeren Händen da, es war nichts anders als vorher. Sie spielte, und er hörte zu, als sei er allein, und er erinnerte sich an den Mann, damals beim ersten Mal, der über ihrer Musik die Zigarette im Aschenbecher vergessen hatte.

Dann gab es ein Stück nur für Klavier, und Ludwig dachte an die wenigen, abgebrochenen Gespräche, die er mit dem kleinen Doktor am Rande der Abende gehabt hatte, Gespräche, um die Minuten zu füllen, bis Elsa kam. Es war eine zögernde und verlorene Melodie wie eine verlegen schöne Erzählung von jemandem, der sonst lieber schweigt, und Ludwig dachte zum ersten Mal daran, dass es wohl noch andere Menschen um Elsa gab, die unglücklich waren.

Als Elsa und Georg zurück auf die Bühne kamen, sah er vielleicht zu spät weg, und es war unvermeidlich, dass sich ihre Blicke trafen. Da zögerte sie einen kleinen Augenblick, und Ludwig sah erst jetzt, dass sie anstelle der Geige die Chrotta in der Hand hatte. Aber dann hob sie den plumpen Kasten doch ans Kinn und nahm den seltsam kurzen Bogen in so raschem Schwung hoch, dass man die Rosshaare schwirren hörte. »Autour de minuit« spielte sie, und ein eigenes Stück, das Ludwig noch von Kopenhagen kannte, und eine Reihe anderer Lieder, die alle von der tiefen Stimme der Chrotta mit einem Hauch Fremdheit überzogen wurden. Man wusste nicht, was sie mit einem taten.

Mit der Maschine, dachte er für einen Augenblick, war es leicht. Da war klar, was die Musik tat. Aber so? So waren die Töne wie ein Flüstern im Inneren, man konnte erkennen, ob wütend gezischt oder verliebt gewispert wurde, aber sosehr man sich anstrengte, man verstand nie ein Wort. Er gab der Versuchung nicht nach, die kleine Maschine, die er immer noch mit sich herumtrug, einzuschalten. Er hätte gerne gewusst, was ihr Spiel sagte, jetzt, wo sie wusste, dass er da war. Aber es blieb ein Flüstern. Manchmal hörte es sich heiter an, wenn sie eines der Nonsens-Lieder spielte, die Ella Fitzgerald gesungen hatte, und dann wieder war es ein traurig-trotziger Blues.

Als die zwei Stunden vorüber waren und der Beifall vorbei war und die Leute aufstanden und gingen, entspannt zwar, aber nicht im Innersten berührt, sondern schon wieder im Gespräch über Autos und Essen und Kinder, da wusste er nicht, was er tun sollte. Elsa, Georg und der kleine Doktor waren abgegangen, und der Saal wurde leer. Nachdem er aufgestanden war, um die Leute aus seiner Reihe durchzulassen, setzte er sich jetzt wieder auf seinen Platz. Die Bühne wurde plötzlich hell, und die Bühnenarbeiter kamen, um den Flügel fortzurollen und die Blumenvasen abzuräumen. Er stand auch auf, zögernd.

»Wieso bist du gekommen?«, fragte Elsa plötzlich. Er drehte sich um und sah sie im Seiteneingang stehen. Er wusste nicht, ob sie dort gewartet oder zufällig vorbeigekommen war und ihn gesehen hatte.

Er hob die Hände. »Wie immer«, sagte er, »ich wollte dich spielen hören.«

»Und?«, fragte sie. Es war schwer herauszuhören, was der Ton ihrer Frage war.

»Schön«, sagte er, »wie immer schön. Aber du hast recht gehabt. Ich verstehe deine Musik gar nicht richtig.«

»Danke für die Chrotta«, sagte Elsa. Sachlich.

Ludwig war überrascht. »Woher weißt du, wie sie heißt?«, fragte er.

»Ich habe mich erkundigt«, sagte Elsa. Es gab eine Pause. Dann sagte sie: »Ich würde sie gerne zurückgeben, aber du würdest sie wahrscheinlich nicht nehmen.«

Davor hatte er Angst gehabt. Aber er nickte trotzdem. »Ich wollte wissen, wie sie sich anhört, wenn du sie spielst.«

Auf einmal machte sie einen Schritt auf ihn zu. »Hör zu, Ludwig«, sagte sie dann, »vielleicht ist es besser, wenn du nicht mehr ...«, sie zögerte, und er war überrascht, weil das so gut wie nie vorkam, »... wenn du nicht mehr kommst. Hast du ... hast du heute deine Maschine benutzt?«, fragte sie dann plötzlich zornig und eilig.

»Nein«, sagte Ludwig erschrocken, »das hättest du doch gemerkt. Ich ... ich verwende sie nicht mehr. Oder nicht mehr so«, setzte er hastig hinzu, »manchmal experimentiere ich noch mit ihr. Aber nur noch zu Hause.«

»Ja«, sagte Elsa spöttisch. »Damit hat es angefangen. Damit hört es auf. Komisch, oder?«

Um sie herum wurde aufgeräumt. Eine Putzfrau ging durch die Reihen und sammelte Programmhefte und fallen gelassene Eintrittskarten auf. Ludwig wusste nicht, was er sagen sollte. Als auf der Bühne etwas gerufen wurde, drehte Elsa sich für einen Augenblick um, und in demselben Augenblick roch er den Duft von Alkohol und Kolophonium, der sie immer umgab, und sagte hastig: »Mir ist die Maschine nicht mehr so wichtig. Jedenfalls nicht so wichtig, dass ich ...«

»Komisch«, unterbrach ihn Elsa wie absichtlich, »und ich denke jetzt oft an sie. Sie lässt einen nicht los, oder?«, fragte sie im Gesprächston.

»Nein«, sagte Ludwig. Wie du, dachte er.

»An irgendetwas halten wir uns immer fest«, sagte Elsa leichthin. »Du an der Maschine und ich am Alkohol oder an meiner Geige.«

»Ich will mich nicht mehr festhalten«, sagte Ludwig unvermittelt.

»An mir«, lächelte Elsa schön und höflich, »kannst du dich auch nicht festhalten. Das haben wir schon versucht, nicht wahr? Wir sind hingefallen.«

Es war, als wenn sie in zwei verschiedenen Sprachen versuchten, miteinander zu reden. Er hatte keine Ahnung, wie er ihr sagen konnte, was er meinte. Vielleicht wollte sie ihn nicht verstehen.

Sie schwiegen. Mit jeder Sekunde Schweigen wurde es schwerer, irgendetwas zu sagen. Und niemand sagt »Ich liebe dich«, dachte Ludwig bitter, wenn die Antwort wahrscheinlich ein verbindliches: »Ja, schön« ist.

»Manchmal glaube ich, dass Musik und Alkohol ganz ähnlich sind«, sagte Elsa plötzlich. »Manche Leute hören ein Lied hundert Mal. Immer wieder. Das ist wie Trinken.«

»Vielleicht«, sagte Ludwig zunehmend verzweifelt, weil er immer mehr das Gefühl hatte, sie nicht erreichen zu können. »Vielleicht, weil das Lied für sie eben etwas Besonderes bedeutet oder ihnen ein bestimmtes Gefühl gibt. Ach, was weiß ich.« Er war erschöpft.

»Aber das Lied verliert seine Kraft, wenn du es zu oft hörst«, sagte Elsa unbeeindruckt. »Das ist wie beim Trinken. Ich frage mich, wie es wäre, wenn man das Lied mit deiner Maschine hören würde.«

Es war etwas in ihrem Ton, das Ludwig alarmierte. »Das ist keine gute Idee«, sagte er hastig, »wirklich nicht. Wenn du Musik so hörst, wie du trinkst, dann ...« Er biss sich auf die Zunge. Idiot, fluchte er innerlich, Idiot.

»Ja?«, fragte Elsa vernichtend höflich.

»Hier!«, sagte Ludwig plötzlich entschlossen, es kam wahrhaftig nicht mehr darauf an, zog die kleine Lichtenbergmaschine aus der Tasche und drückte sie ihr in die Hand. »Hier. Nimm sie. Probier sie aus. Vielleicht ist das nur fair. Jetzt haben wir jeder eine, die uns im Weg steht. Wiedersehen, Elsa.«

Er ging schnell, aber er hörte noch, wie sie ihm leise antwortete: »Auf Wiedersehen, Ludwig.«

An diesen drei Worten hielt er sich fest, bis er zu Hause war.

Er machte gar keinen Versuch zu schlafen. Vielleicht hatte Elsa recht und es gab keinen Weg mehr zueinander. Und vielleicht führte auch kein Weg mehr an der Lichtenbergmaschine vorbei. Vielleicht konnte man Erfindungen tatsächlich nicht zurückhalten. Wenn die Idee einmal in die Welt gesetzt war, konnte man sie wohl nicht mehr zurückholen. Aber dann wollte er auch endgültig wissen, was sie eigentlich war. Wie sie arbeitete. Er räumte den Küchentisch frei und trug ihn hinüber ins Wohnzimmer zur Lichtenbergmaschine. Er würde das Prinzip finden. Er sammelte die Messgeräte zusammen, die in der Wohnung verstreut lagen, und ordnete sie auf dem Tisch an. Dann überlegte er. Und plötzlich kam ihm eine Idee.

Er hatte falsch gesucht. Bisher hatte er immer falsch gesucht. Das war typisch für ihn. Das Problem in der Maschine zu suchen! Über die Maschine wusste er doch schon alles. Er hatte alles tausendmal gemessen. Die Stromstärken und den Energiefluss und das Feld, aber war immer wie ein Idiot vor der Wirkung gestanden. Er wusste ja, wie die Maschine mechanisch funktionierte. Er wusste ja auch, dass die Erde ein Schwerkraftfeld hatte. Er musste nicht wissen, wie Schwerkraft funktionierte. Das wusste niemand. Aber dass sie ihn auf der Erde und die Erde in der Bahn um die Sonne und die Sonne in der Milchstraße hielt, das konnte man messen und sehen.

Er kramte in den Geräten, bis er das Galvanometer fand. Es war primitiv, aber er hatte nichts anderes da. Er ärgerte sich, als er an den Oszillograf dachte, den sie ihm angeboten hatten, als sie den Institutskeller ausgeräumt hatten. Er fand einen Verstärker, schloss das Galvanometer an ihn an und schaltete einen ausgedienten Thermoschreiber dahinter, den er damals klugerweise mitgenommen hatte. Dann ging er und holte Spiritus, Kohlen und ein wenig Holz zum Anfeuern. »Diesmal werden wir sehen«, murmelte er, als er sich vor die Lichtenbergmaschine kniete und die Klappe der Feuerung öffnete. Es zischte schon, als er Wasser in den Kessel füllte. Die Fenster standen weit offen, während der bläuliche Kohlerauch in die Abendluft abzog. Der Druck stieg nur ganz allmählich. Ludwig setzte sich hin und begann, ein paar Elektroden zusammenzulöten, so gut es eben gehen wollte.

Als er fertig war, betrachtete er die zusammengebastelte Versuchsanordnung skeptisch. Aber er wollte es heute versuchen. Während das große Schwungrad der Maschine sich ganz langsam in Bewegung zu setzen begann, leise und surrend wie immer, nahm Ludwig die primitiven Elektroden mit ins Bad vor den Spiegel und klebte sie mithilfe von Pflasterstreifen sorgfältig auf. Zwei auf den vorderen Schädel, zwei zentral, zwei auf die Schläfen und zwei auf den Hinterkopf. Die waren am schwierigsten. Dann ging er zurück zum Tisch und schloss sie an das Galvanometer an, schaltete den Verstärker und das Aufzeichnungsgerät an und sah erleichtert, wie die Nadel über das Papier ausschlug. Es war eine grobe Aufzeichnung, aber als Ludwig rasch in das helle Licht der Glühbirne über dem Tisch und dann wieder auf das Papier sah, hatte er den Eindruck, als könnte man einen Ausschlag erkennen. Mittlerweile war auch die Maschine angelaufen. Ludwig sah noch einmal den Druck nach und war – seltsam eigentlich – stolz, als er das Schwungrad sich glitzernd und schnell drehen sah. Er wusste, dass sich im Dynamo der Anker immer schneller bewegte. Jetzt fehlte nur noch die Musik. Er stand vor dem Plattenspieler und ging die Platten durch, fand seine Lieblingsplatte und nahm sie heraus.

Und in diesem Augenblick hörte er die Musik. Verständnislos sah er auf die Platte in seiner Hand und auf den Plattenspieler, als ob es zwischen den beiden zu einem Überschlag kommen könnte, als ob schon Musik flösse, während die Platte noch gar nicht auf dem Teller lag. Aber dann bemerkte er, dass es ein völlig anderes Lied war. Er hörte eine weiche Frauenstimme, Cello und Klavier; es war ein Lied, das er noch nie gehört hatte. Irritiert sah Ludwig zum Fenster, ging hin und hörte hinaus, aber er konnte nicht sagen, wo die Musik herkam, sie war überall ... und vor allem war sie in seinem Kopf. Die Maschine hatte ihre volle Drehzahl erreicht, und da war Ludwig plötzlich fort.

Der Schock war total. Für einen Sekundenbruchteil spürte er sich liegen und gleichzeitig stehen. Er sah durch ein altes Album mit gelblichen Schwarz-Weiß-Fotos auf den Baum vor seinem Fenster. Er hatte die Papphülle der Schallplatte zum Mund gehoben und trank aus ihr, während er gleichzeitig vor Angst keuchte. Alles fühlte sich grauenvoll falsch an, und er wollte losrennen, aber es war wie im Traum: Seine Beine bewegten sich nicht.

Der Schock war total. Für einen Sekundenbruchteil spürte sie sich stehen und gleichzeitig liegen. Sie sah durch ihr Album aus einem Fenster auf einen Baum. Das Glas war auf seltsame Weise zu einer Schallplattenhülle geworden,

aus der sie trank. Gleichzeitig konnte sie nicht aufhören zu
atmen und sie verschluckte sich, begann zu ersticken, ohne
husten zu können. Alles war falsch. Sie wollte das Glas fort-
werfen, aber es war wie in ihren Träumen, wenn sie im
Keller stand: Sie konnte ihren Arm nicht bewegen.

Die Welt hatte sich plötzlich verdoppelt. Sie sahen auf
ihre Hände, vier Hände, die in einem Winkel gegen ihr
Gefühl standen und die ein Glas hielten, das sich nach
Karton anfühlte, und eine flache Hülle, die sich wie rundes
Glas anfühlte oder viel zu dick wie ein Fotoalbum. Er und
sie sahen gleichzeitig den Baum vor seinem Fenster und
darin die kleine Lichtenbergmaschine auf ihrem Tisch,
und sie hörten das Lied und das Stampfen und Zischen
der großen Lichtenbergmaschine, sie fühlten sich atmen
und gleichzeitig ersticken und hörten sich in Gedanken
schreien, schreien. Er wollte sich die Elektroden vom Kopf
reißen, instinktiv, aber ihre Hand gehorchte ihm nicht, und
sie wollte nach der kleinen Lichtenbergmaschine greifen
und fühlte stattdessen einen Fenstergriff. Panisch griffen
sie in die Luft und krampften sich gleichzeitig in das, was
sie in Händen hatten. Sie spürten, dass in ihren Körpern
ein Kampf begann. Weil sie zu ersticken drohte, raste sein
Herz immer schneller. Erst hustete er. Dann sie, endlich.
Ihr Körper signalisierte seinem Hirn einen Mangel an
Adrenalin. Er sah sich fallen, und sie stützte sich nicht ab,
weil sie das Gefühl hatte zu stehen. Als die Bilder anfin-
gen zu wirbeln, waren sie schon kurz vor dem katatoni-
schen Schock, drohten die verdoppelten Signale sie schon
zu zerstören, aber da sah er sich in ihrer Erinnerung und
sie sich in seiner in dem kleinen Theater stehen und miteinander sprechen, und da erkannten sie sich und wussten wieder, wer sie waren. Für einen Augenblick stand
alles still und wie auf der Kippe. Dann verschwanden die

Doppelbilder, und Ludwig stürzte in ihre Erinnerungen wie sie in seine.

Er war acht und hatte sein Lieblingskleid an, es regnete ein bisschen, und er saß auf der Lieblingsschaukel in dem großen Garten unten am Fluss. Seine Puppe lag in einer Pfütze und sog sich langsam voll, aber er schaukelte über sie hinweg und sang tonlos und fröhlich vor sich hin.

Sie war dreizehn. Der Vater hatte einen morschen Obstbaum gefällt, und sie sollte den Wurzelstock ausgraben. Sie grub schnell und tief, kappte die Wurzeln mit dem Beil, das sie neben sich liegen hatte, und dann versuchte sie, den Stock herauszuziehen. Aber die Hauptwurzel ging direkt nach unten, und sie kam mit dem Beil nicht an sie heran, und so zog sie, drehte und riss an dem Stock. Je länger es dauerte, desto mehr verbiss sie sich und ließ nicht mehr los. Sie stemmte die Füße in die Erde neben dem Stock, und ihr schmaler Jungenrücken spannte sich, sie biss die Zähne aufeinander, und schließlich, mit einem tiefen, gequälten Stöhnen, zog sie noch einmal mit verzweifelter Anstrengung an dem Stock, und die Wurzel riss mit einem lauten Krachen, während sie mit Wucht hintenüberschlug, den Stock immer noch umklammert. So blieb sie liegen, minutenlang, keuchend wie ein Hund.

Es war Donnerstagnachmittag, und er hatte Geigenstunde. Es roch immer dumpf in der Wohnung des Geigenlehrers. In der Badewanne lagen im Sommer die Bierflaschen im Wasser, und auf dem Schemel stand immer dasselbe Glas mit einem Bierdeckel darauf. Er hasste den Lehrer und war sich sicher, dass er nie so gut spielen würde wie sein Vater, der so große Hoffnungen in ihn setzte und manchmal, wenn er wieder Stunden üben musste, zu ihm ins Zimmer kam und sagte: »Lass, Elsa. Die Geige kommt irgendwann zu dir.«

Auf einmal sah er sich selbst. Er kam auf sich zu und sagte spöttisch: »Gehören Sie zu denen, die verloren spielen?«, und als er sich verlegen antworten sah, spürte er ein Zutrauen, wie von seinem Vater, wenn sie – so selten – gemeinsam spielten.

Der kleine Funke des eigentlichen Ludwig, der in Elsa noch glühte, wehrte sich gegen die Neugier, sich selbst zu sehen, zu sehen, wie es war, mit sich Musik zu hören, mit sich selbst zu schlafen, mit sich zu streiten und sich von sich selbst zu trennen, aber es war so verlockend, so leicht, Sicherheit zu haben und von einer Erinnerung zur anderen zu gehen und sich darin selbst zu lesen ...

Sie lag auf dem Traktor und setzte Salat, hörte ein ärgerliches »Ach!« von ihrem Vater, der vor dem Traktor ging, und sah, wie sein Gesicht in den Ackerfurchen zwischen den Rädern erschien. »Halt!«, schrie sie voller Entsetzen. »Halt!«

Plötzlich war er im Keller des Hauses und rief nach dem Vater. Auf einmal hatte er Angst. Richtig Angst. Im Flur lag ein Stück Papier auf dem Boden, das sah ein bisschen aus wie ein Brief. Da waren sechs Türen im Flur, und er begann, sie aufzumachen, lautlos betend: Bitte. Bitte. Bitte. Nur das eine Wort. Und er wusste schon, was sich hinter den Türen verbarg, und der kleine Funke Ludwig, der zusah und begriff, dass hier das Innerste von Elsa lag, schwankte einen kleinen Augenblick in dem Verlangen, alles über sie zu erfahren – zu wissen, wer Elsa war, sobald er die Tür aufmachte – aber dann blieb er stehen. Mitten im Flur. Drehte sich um und ging die Treppe hinauf in ein Elternhaus, das nicht im Dorf stand. Zwang sich, in einem fremden Esszimmer immer im Kreis zu gehen, um dem Wunsch nicht nachgeben zu müssen, die Treppe hinunter in den Keller zu steigen und alle Türen zu öffnen und endlich zu wissen, wer Elsa war, ob sie liebte, wie sie liebte, weshalb sie trank, alles. Im Kreis. Immer im Kreis. Das blauweiße Muster des Porzellans. Die Servietten. Die Maserung des feinpolierten Tisches. Im Kreis.

Das Wasser war längst verkocht, der Dampfdruck fiel und das Schwungrad drehte endlich aus, als Ludwig plötzlich nicht mehr um den Tisch ging und Elsa aufhörte, das Messingschild auf der Lokomobile immer wieder zu lesen: Concessionirt mit 6 Atmosphären, Numero 1, Maschinenfabrik Rudolf Wolf, Magdeburg-Buckau 1862.

Er stand vor dem offenen Fenster, und es gab kein Wort für das Gefühl, das er hatte. Er flog am ganzen Körper, völlig überschwemmt von Hormonen, die für einen Frauenkörper ausgeschüttet waren, von einem Herzschlag erschüttert, der für einen zwanzig Kilogramm leichteren Körper gedacht war. Dann brach sein Kreislauf zusammen, und er stürzte zu Boden, noch bei Bewusstsein zwar, aber zu schwach, um wieder aufzustehen. Ihm wurde mit einem Schlag schlecht, und er versuchte, zur Toilette zu rennen, taumelte mehr und schaffte es gerade so, bevor er sich krampfartig übergeben musste. Dann lag er auf den Fliesen, die immer kälter wurden, und brachte einfach die Kraft nicht auf, hinüber zum Bett zu kriechen. Er war zu schwach. Irgendwann war die Erschöpfung stärker, obwohl er sich voller Angst gegen den Schlaf wehrte, weil er fürchtete, er würde im Schlaf sterben. Sein Körper war voller Schrecken, voller fremdartiger Gefühle. Er dachte an Elsa, der es genauso gehen musste wie ihm. An die Türen, und es tat ihm so leid, dass er nicht die richtigen Worte gefunden hatte, als er sie das letzte Mal gesehen hatte. Das war sein letzter Gedanke, bevor er sich nicht mehr wehren konnte und mit einem Ruck einschlief.

13

Es ist das Jahrhundert der Universalgenies. James Maxwell ist fünfzehn, als er der Royal Society in Edinburgh seine Abhandlung über ovale Kurven liefert. Ziolkowski, in einem ärmlichen russischen Vaterhaus in der Kindheit durch Masern taub geworden, kann auf keine Schule gehen und bildet sich selbst aus, so beharrlich, dass man ihn später bittet, Lehrer zu werden. Er entwickelt den ersten Raketenmotor. Carl Linde fliegt ohne Examen aus dem Züricher Polytechnikum, weil er sich für die Rechte der Studenten einsetzt. Er arbeitet in der Baumwollspinnerei, ist Praktikant in der Borsigschen Lokomotivenfabrik und bewirbt sich mit 25 Jahren für eine Professur am eben gegründeten königlichen Polytechnikum in München. Es ist das Jahr 1868. Er hat keinen Abschluss, aber das Kuratorium lässt ihn je eine Vorlesung über Lokomotivenbau und über Wärmelehre halten.

Gustav Lichtenberg hört beide und ist fast ein wenig brüderlich stolz, als Linde außerordentlicher Professor des Polytechnikums München wird. Er hat ja selbst keinen akademischen Grad. Linde erhält tausend Gulden im Jahr, das sind knapp zwei Gulden fünfundsiebzig Kreuzer am Tag, davon kann niemand leben. Schon gar nicht mit Frau und Kind. Gustav Lichtenberg schwankt zwischen Mitleid und Bewunderung. In diesem Jahrhundert gibt es zu wenig Zeit für all das, was getan werden will, auch ohne Familie und mit genügend Geld.

»Würden Sie mir Unterricht geben?«, fragt der fünfzehn Jahre ältere Lichtenberg Carl Linde.

»Gerne!«, sagt Linde fast erleichtert, der neben seiner Professur auch noch das Bayerische Gewerbeblatt herausgibt und gut und gerne vierzehn bis sechzehn Stunden täglich arbeitet, »worin?«

Das ist eine wunderbare Frage, denkt Lichtenberg, die nur jemand wie Linde stellen kann. Und weil er selber an einem leeren Punkt in seinem Leben angekommen ist, an dem er nicht weiterweiß, an dem ihn die Furcht beherrscht, zu versagen, zurückkehren zu müssen, ohne aus seinem Leben etwas gemacht zu haben, zuckt er die Schultern und sagt: »Was immer Sie wollen!«

»Kälte«, sagt Linde, ohne zu überlegen.

»Gerne«, sagt Lichtenberg.

In diesen Jahren beginnt München zu leuchten, ganz allmählich zunächst, aber doch immer mehr. Neben Berlin ist es die große Stadt der Erfinder. Lichtenberg hat Clara Nachricht zukommen lassen, dass er in München ist. Er weiß, dass ihr Mann dort regelmäßig zu tun hat. Es ist Sommer, und als er, natürlich am Karlstor, auf sie wartet, bestürzt ihn auf einmal der Gedanke, dass es über zehn Jahre her ist, dass er sie hier das letzte Mal gesehen hat. Die Zeit läuft ihm fort wie Eis in der Sonne. Aber da ist Clara unter einem weißen, leichten Spitzenschirm, sie tritt hinter ihm aus dem Schatten der Säule und sagt lachend: »Dr. Lichtenberg, wenn ich mich nicht irre.«

»Tja«, sagt Gustav und muss breit lächeln, »willkommen in Afrika!«, und breitet die Arme aus. Die Hitze in München ist ungeheuerlich.

Es sind ein paar gestohlene Nachmittage, die sie in dieser Woche miteinander verbringen können. Aber es ist die längste Zeit überhaupt, seit Gustav die Heimat verlassen hat. Ein Tag ist so heiß wie der andere, und nachts kühlt es kaum noch ab. Diese Tage sind wie der Vorabend zu einer Wende, und es ist gerade so, als wäre der Krieg zwischen Preußen und Österreich nicht schon längst vorbei, sondern müsste kommen wie ein Gewitter. In jedem der Nachmittage ist wie ein Körnchen Salz ein Vorgefühl von Abschied.

»Was tust du in München?«, fragt Clara, als sie in einer eilig gemieteten Droschke sitzen und durch das Westend zum Paulaner-Biergarten rollen.

Lichtenberg nimmt sie beim Arm und weist auf einen dick mit Stroh ausgelegten Leiterwagen, der auf der staubigen Chaussee eine breite, nasse Spur hinterlassen hat. Er steht vor einem Mietshaus, und der Kutscher, mit einer Lederschürze bekleidet, trägt zwei lange, blauschimmernde Eisblöcke hinein.

»Eis«, sagt er, »ich lerne, wie man Eis macht.«

Sie dreht sich zu ihm und lächelt ihn an. Er sieht die feinen Linien um ihren Mund und denkt wieder, dass ihm die Zeit davonläuft, aber er liebt diese Linien, das weiß er.

»Das möchte ich gerne sehen«, sagt sie. »Ich könnte nämlich gerade eben welches gebrauchen. Aber wahrscheinlich kannst du es gar nicht und gibst nur an.«

»Hast du ein wenig Ammoniak bei dir?«, gibt Gustav zurück.

»Tja«, sagt Clara, »wenn ich noch Apothekerstochter wäre. Aber leider bin ich jetzt die Frau eines Offiziers, deshalb trage ich nur noch Schießpulver mit mir herum.«

»Schade«, sagt Gustav. »Wusstest du, dass aus Kanada jedes Jahr zweihunderttausend Tonnen Eis nach Europa verschifft werden? Man braucht dreiwandige Schiffe dazu. Aber jetzt bauen wir Kältemaschinen.«

Clara sieht ihn an, schüttelt den Kopf und lächelt, gar nicht spitzbübisch oder sprühend oder verliebt, sondern sehr zärtlich, und sie sagt: »Gustav. Wirst du nie erwachsen?«

»Nie«, sagt Gustav. »Bald wirst du im Sommer Schlitt-schuh laufen können!«

»Mit wem?«, fragt Clara und lächelt nicht mehr, sondern sieht Gustav lange und immer noch sehr zärtlich an.

Zwei Tage später ist ihr letzter Tag. Die Hitze hat nicht nach-gelassen, und der Nachmittag ist leer. Die Dienstmädchen haben sich Tücher über den Kopf geworfen und gehen mit ihren Körben dicht an den Häuserwänden entlang. Nur die Flussauen sind voller Kindergeschrei, und trotz aller Verbote ist die Isar an den flachen Stellen voller Jungen. Es ist so heiß, dass selbst Claras helles Kleid an ihrem Rücken klebt und Gustav in seinem Anzug aus dunklem Tuch nicht stehen bleiben will, damit der leichte Zug um seine Beine nicht nachlässt.

»So einen Sommer wird es nicht mehr geben«, sagt Clara, und Gustav nickt und denkt an die Sommerwiesen vor ihrer Heimatstadt.

»Wohin wollen wir?«, fragt er Clara. Es ist der letzte Tag. Sie wohnt mit ihrem Mann in einer Pension. Er wohnt zur Untermiete. Aber ohnehin denken beide nicht daran, den Nachmittag in einem stickigen Zimmer zu verbringen. Es ist ein klarer Tag.

Clara sieht zu den Bergen hin. »Schade, dass kein Zug bis hinauf fährt«, lacht sie ein bisschen wehmütig. »Stell dir vor: Schnee.«

»Komm!«, sagt Lichtenberg und fasst sie unter. »Komm rasch.«

Sie stolpert, als er stürmisch losläuft, lacht, lässt sich auf-fangen, und schließlich laufen sie nebeneinander, Hand in Hand, durch die heißen Straßen, und es ist fast wie da-mals, als sie der Lokomotive nachgerannt sind. Durch die Maxvorstadt, in der vor den kleinen Fenstern die Wäsche in der unbewegten Luft herabhängt, zum Polytechnikum, das neu und unpassend auf der verbrannten Wiese steht.

»Hier?«, sagt sie, als Lichtenberg sie zum Eingang führt, immer noch stürmisch und unbekümmert. Eine Frau im Polytechnikum – zum Glück sind Semesterferien. Lichtenberg führt sie durch die Gänge, in denen es schon ein wenig kühler ist, dann wieder hinaus in den Innenhof – die Hitze ist wie eine dichtgewobene Wolldecke. Dann kramt er in seinem Anzug nach einem Schlüssel, schließt eine Tür auf, die innen dick gepolstert und mit Leder beschlagen ist, zieht sie in einen dunklen Vorraum hinein, öffnet eine zweite Tür und sagt triumphierend: »Da!«

Da – das ist das grünlichschimmernde, eiskühle Reich der Schneekönigin.

»Oh«, staunt Clara nur. Solches Eis hat sie noch nie gesehen. Die Stangen sind fast wasserklar, und nur hie und da ist eine winzige Luftblase eingeschlossen. Man kann durch einen halben Meter Eis hindurchsehen und sich über die Grimassen des anderen amüsieren. Auf den Kupferrohren liegt ein dichter weißer Pelz von Raureif. Das Eis ist nicht nass, sondern die noch ein wenig schweißfeuchte Haut bleibt einen Augenblick daran kleben, trocken und kalt. Überall summen die Kältemaschinen wie ein exotischer Gesang.

»Hast du Schlittschuhe dabei?«, fragt Lichtenberg.

»Keine Schlittschuhe«, Clara schüttelt lächelnd den Kopf, »kein Ammoniak ... nur mich selbst.« Für einen Augenblick sieht ihr weißes Kleid zwischen dem Eis aus wie Schnee. Schweigend fällt es.

Später sagt Clara leise, wie zu sich selbst, es geht fast unter im Summen der Maschinen: »Wenn du mich jetzt fragen würdest, ich käme mit. Überallhin.«

»Was sagst du?«, flüstert Lichtenberg zurück, er hält sie fest, so glücklich ist er.

»Nichts«, sagt Clara laut. Dann niest sie. »Wie spät ist es?«

Aber Lichtenbergs Taschenuhr hat entweder Clara oder die Kälte nicht vertragen. Sie steht. Und als sie in den frühen Abend hinaustreten, taumeln sie fast – der Innenhof ist wie ein glutheißer Kessel.

»Ich muss gehen«, sagt Clara ohne Eile, als sie auf die große Uhr und dann auf Lichtenberg sieht. Sie wartet.

»Ich begleite dich«, sagt Lichtenberg.

Sie gehen zurück, schweigend und weil der Abschied in der Abendsonne schon lange Schatten wirft.

Als Clara am nächsten Tag im Zug nach Hause sitzt, regnet es. Endlich. Aber ihr ist immer noch heiß – sie hat Fieber.

Lichtenberg schickt ihr am selben Tag einen Brief, in dem er schreibt, wie sehr er sie vermisst und dass er mit Linde für ein paar Monate nach La Plata gehen wird. Eine neue Herausforderung: Gefriermaschinen für das Schlachthaus. Fünfhundert Schafe am Tag! So etwas hat es noch nie gegeben. Es wird nicht mehr lange dauern, schreibt er, dann bin ich soweit. Dann werde ich genug Geld haben, und die Maschine wird fertig sein. Bald, schreibt er, und schon wieder fühlt er, wie unzulänglich alles Geschriebene gegen seine Liebe ist. Es gibt einen Weg, ihr nah zu sein, das weiß er. Und das Bild der weißen Clara in der Eiskammer begleitet ihn Tag für Tag.

14

Es war ein quälend langsames Aufwachen, ein hilfloses Umhertreiben knapp unter der Oberfläche des Wachseins. Es war, als wenn man gezwungen langsam gegen das Ertrinken kämpfte, mit schweren Armen und Beinen. Dann gab es einen Ruck, und er war wach. Er war wach, und er lebte. Er lag auf dem Rücken auf den Fliesen, er war eiskalt, und er fühlte sich unendlich schwach, aber er war noch da. Erleichterung durchströmte ihn wie heißes Wasser und machte alle Glieder noch schwächer und weicher. Es war ein gutes Gefühl, aber als er sich umdrehte und auf die Knie kam, merkte er, wie sehr ihm alle Muskeln weh taten, als hätte er die ganze Nacht Krämpfe gehabt. Seine Lunge pfiff wie bei schwerem Husten, und jeder Atemzug schmerzte wie bei Frost. Doch schließlich konnte er aufstehen.

Als er ins Wohnzimmer hinüberging, taumelte er und griff neben sich, um sich festzuhalten. Da spürte er das Metall der Lichtenbergmaschine und riss die Hand weg, als wäre das Eisen glühend heiß. Zittrig rupfte er sich die Elektroden aus dem Haar. Als er am Fenster hingefallen war, hatte er die Kabel wohl abgerissen, aber die ersten Momente des Kontakts mit Elsa waren vielleicht noch aufgezeichnet. Auf dem Papier erkannte er die Spitze der Alphawellen wieder, als er zur Probe in die Glühbirne gesehen hatte. Dann kamen, dicht an dicht, immer stärkere Ausschläge, und dann verdoppelten sich die Wellen plötzlich für eine kurze Zeit – Ludwig wunderte sich, wie kurz diese Spanne in Wirklichkeit gewesen war –, und dann verschwanden die Alphawellen völlig. Ab hier war das Papier noch ein paar Minuten weitergelaufen, ohne dass die Nadel sich bewegt hätte. Wie bei Hirntoten. Und dann war der Kontakt abgebrochen, weil die Kabel gerissen waren. Ludwig zog schauernd die Schultern zusammen und drehte sich zur Maschine um. Sie stand da wie immer. Er dachte an Elsa. Die Erleichterung von vorhin war wieder fort, und er hatte Angst. Er versuchte sich zu beeilen, aber alles ging immer noch viel zu langsam, wie nach einer schweren Krankheit. Endlich war er auf der Straße und nahm ein Taxi zu ihrer Wohnung. Komisch, dachte er, sie waren nie bei ihr gewesen. Immer bei ihm oder in Hotels. Auf dem Weg presste er die zitternden Hände zwischen die Knie und versuchte, sich abzulenken, indem er über Lichtenberg nachdachte.

Hatte er gewusst, welche Nebenwirkungen seine Maschine haben konnte? Oder hatte er sie so gewollt? Sollte sie womöglich eine Waffe sein? Ludwig wusste, was die Maschine in Verbindung mit Musik tun konnte, wie sie die Menschen wie Marionetten tanzen lassen konnte. Hatte Lichtenberg gewusst, was geschah, wenn zwei Maschinen verwendet wurden? Er versuchte sich vorzustellen, was dann mit Menschen geschah, die sich hassten. Und er biss wütend und voller Angst die Zähne zusammen, weil er so dumm gewesen war. Weil es seine Schuld gewesen war, dass Elsa die Maschine bekommen hatte. Weil er diese Maschine überhaupt erst gebaut hatte!

»Könnten Sie nicht schneller fahren?«, fragte er den Fahrer wütend. Die Bilder der Nacht kamen wieder. Elsa war er gewesen. Er als blöder, hässlicher, kleiner Junge. Er stotternd und schweigend vor dem Vater. Und er ... war in Elsas Innerem gewesen. Plötzlich wusste er ganz sicher, dass er nicht mehr leben wollte, wenn Elsa etwas zugestoßen war. Obwohl sie ihn so nackt und hässlich gesehen hatte wie niemand zuvor. Zu seiner Angst und Wut kam noch die Scham, und er biss sich auf die Fingerknöchel. »Schneller!«, herrschte er den Fahrer an. »Schneller!«

Als sie da waren, warf er ihm Geld hin und wollte die Treppen hinaufrennen, aber es war ihm unmöglich, schneller als Stufe für Stufe zu gehen, und er musste auf den Absätzen schmerzhaft nach Luft ringen. Dann war er vor ihrer Tür und klingelte, nahm den Finger nicht mehr vom Knopf. Es dauerte lange, panische Minuten, bis sie die Tür öffnete.

»Hallo«, sagte sie sehr leise, als sie ihn sah. Sie sah so zerstört aus wie er und war mindestens ebenso schwach. Aber sie war klein und zäh und hart, und zumindest körperlich schien sie unversehrt. Sie sah ihn an, und Ludwig war klar, dass er ihr wieder weh getan hatte. Vielleicht zerstörte er alles, was er zu lieben glaubte.

Aber Elsa verzog gequält die Lippen zu einem schwachen Lächeln. »Komm rein«, sagte sie mit einem Rest Spott, »du kennst dich aus – du warst ja heute Nacht schon da.«

Da musste Ludwig, das erste Mal seit langer Zeit, auch lächeln.

Als Ludwig das Zimmer betrat, war das Wiedererkennen ein kleiner Schock. Vielleicht lag es auch daran, dass die Farben ein bisschen anders waren, als er sie mit Elsas Sinnen wahrgenommen hatte. Sie setzten sich auf den Boden. Es war still bei ihr. Die Befangenheit zwischen ihnen war wie mit Händen zu greifen.

»Ich habe nicht gewusst«, sagte Elsa schließlich, »dass dein Vater gestorben ist. Es tut mir leid.«

»Ja«, sagte Ludwig nur. Und dann: »Du hast deinen Vater geliebt.« Das war keine Frage, sondern eine Feststellung. Ludwig wusste es.

»Du hast deinen auch geliebt«, sagte Elsa.

Er schüttelte langsam den Kopf. »Respektiert vielleicht«, sagte er störrisch.

»Als er gestorben ist«, sagte Elsa offen und hart, »hat es sich angefühlt, als würdest du ihn lieben.«

Ludwig zuckte die Schultern und antwortete nicht. Es gab nichts zu antworten. Sie wusste ja jetzt, wie er war. Nur er selber wusste es nicht. Vielleicht hätte er die Maschine benutzen sollen, um ein wenig in sich selbst spazieren zu gehen.

Elsa stand auf und ging hinüber zu ihrem Schreibtisch, holte die kleine Lichtenbergmaschine und gab sie Ludwig. »Hier«, sagte sie bestimmt, »ich hätte sie zerschlagen, aber ich war einfach zu schwach. Außerdem gehört sie dir.«

Er nahm sie und legte sie dann neben sich auf den Fußboden.

Sie beugte sich vor und sah ihn an. »Wo bist du jetzt, Ludwig Lang?«, fragte sie ihn.

Er wusste, was sie meinte. Wo in seinem Leben war er angelangt? Er sah zu Elsa auf, die vor ihm stand und wartete. Da stand er auch auf. »Ich bin …«, er suchte nach den richtigen Worten. »Es tut mir leid, was ich getan habe. Vielleicht hat der Staatsanwalt recht gehabt. Bloß, weil wir das immer so gemacht haben, dass der Vater den Traktor einfach hat laufen lassen, heißt es ja noch nicht, dass das richtig ist. Wenn ich vorsichtig gewesen wäre und nachgedacht hätte, hätte ich mich ans Lenkrad gesetzt. Ich habe aber nicht nachgedacht. Vielleicht war ich doch schuld.«

»Ja«, sagte Elsa ruhig, aber hart, »du hast nicht nachgedacht.«

Ludwig hatte auf eine andere Antwort gehofft. Aber sie hatte recht. »Und mit dir«, sagte er dann, zögernd, »mit dir ist es genauso gewesen. Ich habe dich vorangehen lassen, und dann bist du gestolpert.«

»Weil ich trinke, musst du dazusagen«, unterbrach ihn Elsa spöttisch.

»Vielleicht, weil du trinkst«, sagte Ludwig diesmal fest.

»Aber trotzdem – ich hätte dich ja nicht alleine gehen lassen müssen. Und ... ich wollte das eigentlich auch nicht.«

»Du hast es getan«, stellte Elsa nüchtern fest. Ihre Stimme schwankte ein wenig.

Sie schwiegen. Sahen sich an und dann wieder fort. Ludwig dachte nach.

»Du hättest mir das vielleicht eher sagen sollen«, sagte Elsa eine Zeit lang später. Es klang endgültig.

»Ja«, sagte Ludwig, und dann stieg es in ihm hoch, er dachte an die Nacht und sagte wütend, auf sich selbst und sie: »Aber du hast mich doch gesehen heute Nacht. Du weißt doch jetzt, wie es sich anfühlt, wenn man nie das Richtige sagt und einem immer zu spät einfällt, was man hätte sagen sollen. Du weißt doch jetzt, wie es sich anfühlt, wenn sie um einen herum alle schweigen und denken, du bist komisch. Du weißt doch jetzt, wie es sich anfühlt, wenn man ... wenn man ich ist.«

»Das habe ich vorher auch schon gewusst«, sagte Elsa kühl und setzte nach einer kleinen Pause – nun auch zornig – hinzu: »Aber das müsstest nun eigentlich du wissen, wenn du meine Musik verstanden hättest. Und dann wüsstest du auch, dass man nicht so bleiben muss, wie man ist. Ja, vielleicht bist du schuld, dass dein Vater gestorben ist. Und es tut dir leid. Aber vor allem tust du dir leid. Ich kenne niemanden, der so voller Energie ist wie du. Nur – bist du nie auf den Gedanken gekommen, dass man Energie auch zu etwas anderem als zum Explodieren benutzen kann? Vielleicht solltest du, das erste Mal in deinem Leben, anfangen zu reden!«

Sie starrte ihn wütend an, und er dachte, dass sie viel

mehr Energie hatte als er. Wirklich komisch, dass sie ihn so sah.

Er dachte nach. »Als ich dich das erste Mal gesehen habe«, sagte er schließlich, »war das so, als wenn du den Schlüssel in die Tür gesteckt, sie aufgeschlossen, geöffnet und gesagt hättest: ›Komm raus.‹ Und du hast gedacht, ich müsste herauskommen, mich freuen und mit dir ans Licht gehen. Es war für mich so, als wäre ich schon seit dreißig Jahren eingesperrt, und dann hat man Angst vor dem Licht. Aber du hast die Tür offen stehen lassen, auch wenn ich nicht herausgekommen bin. Dann habe ich ein paar Schritte gemacht. Und in Kopenhagen war ich schon ziemlich weit draußen. Es war schön. Es war hell. Schließlich habe ich Angst bekommen, bin zurückgerannt und habe die Tür zugeschlagen.«

Er sah Elsa an. Sie stand am Tisch und hörte ihm zu.

»Weißt du, was schön war?« Ludwig ließ ihr keine Zeit zum Antworten. »Ich habe nicht gewusst, wie es ist, Geige zu spielen. So zu spielen wie du. Wie es sich anfühlt, wenn Musik durch einen ... fließt. Und wie du Musik sehen kannst. Dass es ist, als ob die Töne gleichzeitig Farben wären und zueinander passen müssten. Als du das erste Mal mit deinem Vater gespielt hast, da war es so.«

»War es so?«, fragte sie mit veränderter Stimme und sah auf den Tisch. »Das war schön?«

»Ja«, sagte Ludwig fest, »das war schön. Sehr schön.«

Es gab eine lange Pause, in der Ludwig wieder seinen Körper spürte, in dem alles durcheinander war.

Elsa musste es auch so gehen. Ihre Fingerspitzen zitterten ganz leicht. »Wie alt warst du«, fragte sie, ohne ihn anzusehen, »als du den Wurzelstock ausgegraben hast?«

Er brauchte einen Augenblick, bis er die Erinnerung fand. Dann zuckte er die Schultern.

Elsa achtete gar nicht darauf. »Weil ich nämlich glaube«, sagte sie langsam, »dass ich mich damals schon in dich verliebt hätte.«

»Natürlich«, sagte Ludwig verletzt, er konnte heute keinen Spott aushalten, »in den komischen, hässlichen, ängstlichen Bauernbub.«

»Nein«, sagte Elsa mit schwebender, fast zärtlicher Stimme, »in den Jungen, der sich an den Ästen die Hände allmählich blutig reißt und nicht loslässt«, sie sah auf ihre Hände, die immer noch zitterten. »In den Jungen, der einfach nicht loslässt. Ich kann es immer noch fühlen. Der Rücken ist ein Bogen, zum Zerreißen gespannt. Und meine Zähne tun weh, weil du sie so aufeinandergebissen hast, damals. Aber du hast nicht aufgegeben.« Sie sah vom Tisch auf. Es war ein ernstes Lächeln, aber trotzdem wie ein Leuchten in ihrem schmalen Gesicht.

Er legte vorsichtig seine Hand auf ihre, die jetzt ruhig war. Beide zuckten zusammen, als sie sich berührten, und obwohl sie es wollten, konnten sie es nicht lange aushalten: Es war immer noch so, als würde man sich selbst anfassen.

»Es dauert vielleicht viel zu lange«, sagte er dann, »aber ich bewege mich. Ich liebe dich.«

»Ich weiß«, sagte Elsa. Dann schaute sie ihm voll ins Gesicht. »Manchmal ist es besser, die Türen geschlossen zu lassen. Als du im Keller warst, hast du sie nicht aufgemacht. Danke.«

Sie machte eine kleine Pause. Dann sagte sie, immer noch erschöpft und durcheinander, aber schon wieder mit einem Anflug Ironie: »Meinst du, wir sterben, wenn wir jetzt etwas trinken?«

Er schüttelte den Kopf.

»Ich denke, dass man nicht zu lieben aufhören kann, wie es einem gerade passt«, sagte Elsa nachdenklich, als sie mit

Gläsern zurückkam und Ludwig eines gab, »aber die Frage ist, ob wir miteinander leben können. Ich weiß nicht«, sagte sie mit einem Blick auf die Lichtenbergmaschine, »wieviel ohne die Maschine von dir bleibt. Sie hat uns schon ... sie hat uns verändert.«

»Sie ist nur wie ein Verstärker«, sagte Ludwig schließlich, »wir haben uns selber verändert.« Er fand keine besseren Worte.

»Wenn Musik zu laut wird«, sagte Elsa, »kannst du damit Häuser zum Einsturz bringen. Du hast die Maschine nicht erfunden. Die Frage ist, was du damit tust.«

»Ich möchte«, sagte Ludwig nach einer langen Stille schließlich, »dass du mir hilfst.«

Nach einer nachdenklichen Weile nickte Elsa.

Als sie zu Ludwig fuhren, saßen sie nebeneinander im Taxi, aber sie gingen vorsichtig miteinander um, so wie man mit Genesenden umgeht. Es war wieder eine tiefe Befangenheit zwischen ihnen. Vielleicht hatte es gar nichts genützt, die verbotenen Türen nicht zu öffnen, dachte Ludwig, während das Schweigen bedrückend wurde, vielleicht waren sie sich sowieso viel zu nah gekommen, um sich je wieder lieben zu können. Vielleicht hatten sie viel zu viel voneinander gesehen, und es würde immer etwas Beschämendes haben, sich zu küssen und zu umarmen, weil es war, als würde man sich selbst küssen und umarmen. Konnte man sich selbst richtig lieben? Unsinn, versuchte Ludwig sich zu beruhigen, wir sind ja immer noch wir selbst. Zum Glück war die Fahrt bald zu Ende. Als sie in seiner Wohnung vor der Lichtenbergmaschine standen, war das Gefühl der Schwäche überwältigend.

Elsa versuchte einen Scherz: »Vielleicht solltest du dir einfach eine andere Wohnung nehmen.«

Sie konnten nicht lachen.

Und Ludwig ging um die Maschine herum. Sie hatte sich nicht verändert. Aber er wusste jetzt, was sie tat. Deshalb sah ihr Glänzen anders aus, und ihre Perfektion war nicht mehr rätselhaft schön, sondern faszinierend gefährlich. »Es würde genügen, eine zu vernichten«, murmelte er.

Elsa öffnete einfach die Hand und ließ die kleine Lichtenbergmaschine fallen, die sie mitgebracht hatte. So, wie sie immer alles fallen gelassen hatte, das nicht wichtig war. Aber jetzt drehte sie sich um und war schon fast an der Tür, als Ludwig sie aufhielt.

»Ich kann nichts dafür«, sagte er, »es ist nicht so einfach. Die Maschine ist so lange schon ein Teil von meinem Leben. Wenn es nicht so gewesen wäre, hätte ich sie nicht gebaut, oder?« Aber dann nahm er sich zusammen. »Gut. Aber jetzt ist es genug.« Er ging entschlossen zurück zur Maschine, nahm einen Schlüssel von der Werkbank und öffnete mit ein paar raschen Griffen die Muttern auf der Nabe des Schwungrades. Als sie fielen, zog er es ab und ließ es zu Elsa rollen. Das eiserne Rad machte auf den Dielen ein Geräusch wie ein entferntes Donnern. »Hier«, sagte er.

»Was soll ich damit?«, fragte Elsa und griff nach dem Rad, bevor es umfiel. »Kommt die Maschine jetzt in den Keller? Tragen wir eine Tonne Gusseisen in Einkaufstaschen zum Schrotthändler?«

»Wir werden ein Auto mieten müssen«, meinte Ludwig. »Aber vorher ...«, er ging hinüber zu Elsa, nahm ihr das gusseiserne Rad mit den geschwungenen Streben ab, hob es mit Mühe über den Kopf und ließ es auf den kleinen Apparat fallen, der immer noch auf dem Boden lag. Kunststoff und Dioden spritzten in Splittern weg. Ludwig nahm das Rad wieder hoch und ging zum Fenster, das noch vom Abend zuvor offen stand. Er sah in den gepflasterten Hof hinunter. Er war leer. Da nahm er das Rad und ließ es aus dem Fenster fallen. Der Krach hallte von den Hofmauern wider. Elsa sah hinaus. Das Rad lag in Stücken auf dem Kopfsteinpflaster. Selbst zersprungen sah es noch schön aus.

»Ludwig«, sagte Elsa auf einmal in einem ungewohnt weichen Ton, »ich hatte Angst, ich würde genauso zerspringen. Ich möchte nicht mehr fallen gelassen werden.«

Er drehte sich zu ihr um. »Ich weiß. Ich weiß das.«

»Hat Lichtenberg gewusst, dass du mit dieser Maschine die ...«, sie stockte einen Augenblick vor dem Wort, fuhr dann aber fort, »dass man mit ihr die Seele des anderen ... auseinandernehmen kann wie eine Uhr? Bis man sie nicht mehr zusammensetzen kann?«

Ludwig hob die Achseln. »Wir wissen es jetzt«, sagte er.

Eine Weile schwiegen sie beide, bis sie fragte: »Was ist mit den Plänen?«

»Versteckt«, antwortete Ludwig zögernd und mit etwas Überwindung. Die Maschine war immer noch eine Versuchung.

»Dann müssen wir sie holen«, sagte Elsa.

Ludwig nickte.

»Eigentlich wollte ich nie wieder hierherkommen«, sagte er, als sie in der Dämmerung des Lagerhauses standen. Und so wie für Ludwig an diesem Morgen war es jetzt wohl für Elsa wie ein nicht enden wollendes Déjà-vu, vor der Lokomobile zu stehen, jede Schraube, jede Niete und das Messingschild mit der Kesselkonzession des Technischen Überwachungsvereins für sechs Atü wiederzuerkennen und absolut sicher zu wissen, dass sie noch nie hier gewesen war.

Ludwig bückte sich, schob sich an ihr vorbei und öffnete

die Tür der Feuerung. »Hier«, sagte er und griff tief hinein, bis er die Papprolle zu fassen bekam und aus der Asche zog.

Elsa nahm sie ihm ab und öffnete sie, zog Lichtenbergs Zeichnungen heraus und breitete sie auf dem staubigen Boden aus.

Ludwig sah sich die Pläne noch einmal an. Wie ein kostbares Bild. Das war die Spur, die einer hinterlassen hatte. Seine Stimmung änderte sich plötzlich, und er erinnerte sich an den Tag, als er die Pläne zum ersten Mal aufgerollt hatte. Wie lange das her war. War er glücklich gewesen, damals?

Elsa schien den Umschwung zu spüren. »Du wärst gerne wie er, oder?«, fragte sie kühl in die Stille.

»Ja«, gab Ludwig fast trotzig zu, »manchmal wäre ich gerne wie er.«

»Ich kann dir nicht helfen«, sagte Elsa ruhig, stand auf und ging hinaus.

Sie ließ ihn allein. Er stand da, ohne zu denken. Er spürte dem Gefühl nach, wie es war, Lichtenberg zu sein, ein so wunderbarer Erfinder zu sein, fähig zu sein, eine Maschine zu bauen, mit der man anderen in das Herz sehen konnte. Vielleicht machte es dann nichts aus, einsam zu sein, wenn man die anderen bewegen konnte wie Puppen. Und die Pläne waren Lichtenbergs einziges Erbe. Wer verbrannte ein Erbe? Wer löschte die Spur eines anderen Menschen für immer aus? Es war dunkel geworden im Lagerhaus und er konnte die Linien nicht mehr erkennen, aber er spürte das Papier und einen Hauch davon, wie wunderbar es wäre, Lichtenberg zu sein. Er kniete sich hin, legte die Pläne ordentlich übereinander und begann sie säuberlich zusammenzurollen. Er hob die Papprolle auf, steckte die Pläne hinein und öffnete die Klappe der Feuerung.

Da hörte er, wie Elsa draußen zu singen anfing, wie für sich selbst. Er hielt einen Augenblick inne und versuchte, die Melodie zu erkennen und den Text. »Fly me to the moon ... and let me play among the stars ...«, sang sie mit ihrer ganz leicht rauen Stimme, und es musste ihr schwerfallen, nach dieser Nacht, in der sie sich gegenseitig fast zerstört hatten. »Let me see what spring is like ... on Jupiter and Mars ... in other words ...«

Da nahm er die Pläne wieder heraus und zündete sie an, ohne sie noch einmal anzusehen.

Dann fuhren sie zurück in die Stadt. Es war schon sehr spät, als sie ankamen und schließlich, bis auf den Grund von diesem Tag und der vorangegangenen Nacht erschöpft, vor Elsas Haus standen, das näher am Bahnhof lag.

»Gute Nacht, Ludwig«, sagte Elsa.

»Gute Nacht, Elsa«, sagte Ludwig und ging nach Hause, um zu schlafen. Aber trotz der ungeheuren Müdigkeit, die alles andere überdeckte, dachte er auf dem Weg an die Photonen, die für immer miteinander verschränkt voneinander fortflogen. Das Universum ist gekrümmt, dachte er, vielleicht treffen wir uns, wenn wir lange genug warten. Nur: Photonen sind unendlich klein. Wie groß ist die Chance, dass sie sich wirklich treffen?

15

Lichtenberg stiehlt sich Tage und Wochen, in denen er bei Clara sein kann. Immer zwischen zwei Reisen, zwischen zwei Erfindungen, zwischen zwei Weltausstellungen. Obwohl seine Heimatstadt wächst, kommt sie ihm bei jedem Besuch kleiner vor. Er taucht auf wie die Zigeunerlager, die gestern noch nicht auf der Bleichwiese gelagert haben und von denen sechs Tage später nur noch die Wagenspuren im morgenfeuchten Gras zu sehen sind. Manchmal telegrafiert er Wilhelm, er möchte Clara zu einem Landgasthaus in der Umgebung bringen, manchmal schreibt er als Geschäftsbriefe getarnte lettres d'amour, manchmal ist er frech und lässt sie ans Telefon des städtischen Telegrafenamts holen.

Einmal, es muss ein Frühjahr um 1880 herum sein, trägt er ihr auf, an einer der Bahnstationen nicht weit vom Städtchen aus dem 9-Uhr-Zug zu steigen. Da wartet er, nachdem er zwei Jahre nicht da war, neben dem Bahnsteig auf sie, als hätte er erst gestern auf Wiedersehen gesagt. Er hat zwei der neuen Sicherheitsfahrräder mit Kettenantrieb dabei, eines für Damen, eines für Herren, und einen ungefügen Picknickkorb am Henkel.

»Aus England!«, sagt er stolz, und Clara kann – wie immer – nicht ernst bleiben und nicht ernsthaft mit ihm sprechen, wie sie es sich vorgenommen hat. Seine Begeisterung überschlägt sich immer noch.

»Ich kann nicht Fahrrad fahren«, sagt sie immerhin.

Da verbringen sie einen langen, lachenden Vormittag auf sandigen Waldwegen damit, Clara das Fahrradfahren beizubringen, und der Fahrradausflug endet am Nachmittag in der Bahnhofsrestauration, in der Clara ihre Kleider notdürftig von Sand und Kiefernadeln befreit.

»Das Fahrrad gehört dir«, sagt Lichtenberg am Ende des Tages. Clara lächelt. Sie ist noch immer eine wunderschöne Frau, denkt Lichtenberg wehmütig.

»Wie soll ich zu Hause mit einem Fahrrad ankommen, wenn ich morgens mit dem Zug fortgefahren bin?«, fragt sie ihn, halb zärtlich, halb belustigt.

So verrostet das Fahrrad in den kommenden Jahren an

die Wand der Bahnhofgaststätte gelehnt, und jedes Mal, wenn Clara dort mit dem Zug vorbeifährt, ist sie überrascht, dass es noch immer nicht gestohlen ist.

Es gibt vielleicht drei kurze, atemlose Begegnungen im Jahr, und nicht immer ist es Clara, die nicht genug Zeit hat. Es gibt Treffen bei offiziellen Anlässen und Zwischenhalte auf Reisen, die Lichtenberg unternimmt. Lichtenbergs Mutter könnte in den Achtzigerjahren gestorben sein, und er kehrt für ein paar Wochen heim, um dem Vater bei der Ordnung der Angelegenheiten behilflich zu sein. Und obwohl das die längste Zeit ist, die er seit vielen Jahren in seiner Heimatstadt verbringt, sieht er Clara nicht oft. Sie verlässt nur selten das Haus des »Offiziers«, wie Lichtenberg ihren Mann abschätzig bei sich nennt. Wenn Lichtenberg an ihrem Haus vorbeigeht, sieht er durch den hohen Zaun ihre Kinder im Garten spielen oder schaukeln. Da bleibt er stehen und stellt sich vor, es wären seine – sie sehen so unbeschwert aus.

1888 kommt er von einer Reise nach Amerika zurück, und wie es sich trifft, ist der Offizier in München und Clara alleine zu Hause. Da macht er einen offiziellen Besuch. Sie trinken Kaffee und tauschen Blicke, während das Dienstmädchen aufwartet und die Zwillinge staunend die Kamera untersuchen, die Lichtenberg ihnen mitgebracht hat. Lichtenberg lächelt – sie sind so wie Clara: neugierig, unbefangen und gespannt.

»Man kann hundert Fotografien mit ihr machen«, erklärt er mehr Clara als den Kindern. »Es ist ein Rollfilm. Man braucht keine Platten mehr. Fotografiert eure Mutter, Jungens!« ermuntert er sie. Clara lässt sich fotografieren, auf dem Korbstuhl sitzend, wie immer im Sommer im weißen Kleid.

»Wie kommt man zu den Bildern?«, fragt sie später.

»Man muss die Kamera nach Amerika zu Eastmans Firma schicken«, sagt Lichtenberg, »dann werden sie entwickelt, die Kamera wird neu geladen und du bekommst sie mit den Fotografien zurück. Er will in Berlin auch ein Studio bauen lassen, dann geht es schneller.«

»Da hätte ich mich auch malen lassen können«, sagt Clara spöttisch, »das geht noch schneller.«

Als er geht, gibt ihm Clara die Kamera wieder mit. »Schick mir die Fotografien«, sagt sie.

Aber als Lichtenberg die kreisrunden Fotografien zusammen mit der Kamera ein halbes Jahr später in seine Berliner Wohnung zugestellt werden, behält er die Bilder, auf denen sie zu sehen ist, und schickt ihr nur die anderen.

Die Lokomotiven werden immer schneller. Die Schiffe und die Dampfautomobile, die ersten Benzinmotorräder – es ist keine Droschke mehr schneller als die Straßenbahn. Lichtenbergs Besuche werden immer seltener, je schneller er reist, und seine Sehnsucht immer größer. Die runden Bilder der schönen Clara, fein gerahmt an den Wänden seiner Wohnung, sind wie Fenster in den Sommer. Und dieser Sommer ist lang, fast unendlich, während die Sommer in Lichtenbergs Leben voller Strom und Maschinen und Bewegung sind. Sie beginnen, wenn er morgens an seinen Werktisch tritt, und sind zu Ende, wenn abends die Maschine wieder ein Stück vorangekommen ist.

Einmal fällt ihm aus einem Lager, das er einbauen will, eine Kugel in die Kupferschale auf dem Tisch. Lichtenberg sieht sie von Rand zu Rand laufen und denkt: So ist mein Leben. Am Ruhepunkt, in der Mitte, ist Clara. Und dort ist die Kugel immer am schnellsten. Aber die längste Zeit ist sie unterwegs, verharrt an den Rändern und fällt zurück, durchläuft den Mittelpunkt und ist schon wieder auf dem Weg zur anderen Seite. Dann nimmt er die Kugel wieder auf, bevor sie ausgelaufen ist, setzt sie in den Ring zurück und baut das Lager in die Maschine ein.

Sind schon zwölf Jahre vergangen? Vielleicht erreicht Lichtenberg ein Telefonanruf, in dem er vom überraschenden Tod des »Offiziers« erfährt. Wilhelm könnte ihn aus dem Telegrafenamt der kleinen Stadt angerufen haben. Es könnte auch ein Telegramm sein. Telegramme sind immer noch der schnellste Weg der Nachrichtenübermittlung. Aber wahrscheinlich ist es ein Brief. Lichtenberg hat ja keine Veranlassung, bei der Beerdigung von Claras Mann dabeizusein, und deshalb eilt es nicht. So erfährt er eine Woche nach der Trauerfeier davon. Er schickt Clara einen Brief, in dem er kondoliert. Und gleichzeitig beginnt er, alle Vorbereitungen zu treffen, um zurückzukehren. Die Maschinen lässt er auseinandernehmen und in solide Kisten verpacken. Mit ihnen kommt er zwei Monate später in Claras Stadt an. In einem offenen Automobil mit Maybachvergaser. Es ist fast dreißig Stundenkilometer schnell.

»Vier preußische Meilen«, rechnet Clara für sich um, erst dann erstaunt. Lichtenberg ist froh, sie viel nüchterner zu sehen, als er befürchtet hat. Sie wirkt sogar, gedämpft zwar, aber immerhin, ein wenig heiter. Sie trägt das Witwenschwarz und sieht schlank und aufrecht aus. Eine Frau, die ihr Leben lang nichts von ihrer Schönheit verloren hat. Sie sitzen in ihrem Wohnzimmer. Das Automobil steht vor dem Haus. Lichtenberg hat noch nicht einmal die Koffer in sein Elternhaus gebracht.

»Wirst du länger hierbleiben?«, fragt sie.

Er nickt. »Ich denke schon.« Er trinkt einen Schluck Tee und sagt dann nachdenklich: »Ich habe mein ganzes Leben an einer Maschine gebaut, um dir immer nah sein zu können. Jetzt ist sie fertig, und ich brauche sie eigentlich nicht mehr.«

»Wann immer ich dich gesehen habe in den letzten dreißig Jahren«, sagt Clara mit einem ganz leicht melancholischen Lächeln, »hast du Maschinen gebaut oder auseinandergenommen oder bist mit ihnen gereist. Was für eine besondere Maschine soll das sein?«

»Ich habe sie noch nicht ausprobiert«, sagt Lichtenberg, »ich wollte das immer nur mit dir tun.«

Er erklärt und erzählt von Versuchen und Rückschlägen, er erklärt und zeichnet auf die Serviette, der Tee wird kalt, und Clara ist von seiner Begeisterung gerührt und amüsiert zugleich.

»Wie hast du dir das vorgestellt?«, fragt sie dazwischen. »Wo hätte ich die Maschine denn haben sollen? Im Geräteschuppen oder im Kohlenkeller? Und zu meinem Mann hätte ich gesagt: ›Entschuldige, aber ich muss in den Keller, die Dampfmaschine befeuern, die mir meine Jugendliebe geschenkt hat‹?«

»Nein«, sagt Lichtenberg ungeduldig, »ihr habt doch Lichtstrom. Du brauchst keinen Generator. Man kann sie auch an den Lichtstrom anschließen. Dann ist sie viel kleiner.« Er sieht Clara an. »Willst du sie nicht ausprobieren?«, fragt er sie. »Es ist wie ... gemeinsam auf einen Zug aufspringen.«

Clara kann nicht anders, sie gibt nach.

In den folgenden Tagen baut Lichtenberg Claras Keller um. In Hemdsärmeln und nur mit Weste bekleidet, sieht er wie ein Handwerker aus. Am späten Abend kappt er die Lichtstromleitung und bittet um eine Petroleumlampe, zweigt Kabel ab und stellt seine Maschine in der Waschküche auf.

»Sie ist ganz schön groß«, sagt Clara, als er fertig ist, »wo soll das Mädchen jetzt die Wäsche mangeln?«

»Ach«, Lichtenberg wischt den Einwurf mit einem Lachen fort, »die zweite Maschine ist mindestens doppelt so groß, weil du eine Dampfmaschine und einen Generator brauchst.«

»Wie schön, dass ich die kleine habe, die schon von zwei Männern bewegt werden kann«, sagt Clara spöttisch.

»Hier schaltest du sie ein«, erklärt Lichtenberg und zeigt ihr einen schwarzen Schalter, »das Schwungrad läuft an, und sie ist bereit.«

»Sonst nichts?«, fragt Clara.

»Sonst nichts«, sagt Lichtenberg und holt ihr einen alten Korbstuhl, »dann setzt du dich hierhin. In einer Stunde, ja?«

»Ja«, sagt Clara geduldig.

Lichtenberg eilt die paar Straßen zurück in den Garten seines Elternhauses, wo er in der Remise die Maschine aufgebaut hat, zündet mit wenigen, geschickten Handgriffen das Feuer an und befüllt den Kessel. Es ist dasselbe Gefühl, das er immer hat, wenn er vor einer Reise steht: Er ist aufgeregt und voller Vorfreude und Ungeduld. Er geht auf und ab, bis der Kessel genügend Druck hat, sieht auf die Uhr und stellt sich vor, wie Clara im Korbstuhl sitzt. Wird es funktionieren? Es muss, denkt er und versucht sich auszumalen, wie es ist, plötzlich verbunden zu sein wie zwei drahtlose Empfänger.

Die Luft verändert sich, als das elektromagnetische Feld sich aufbaut, und es kommt völlig unvermutet, dass der Funke überschlägt und Clara und Gustav brutal ineinandergeworfen werden. Obwohl sie nicht unvorbereitet sind, ist der körperliche Schock so stark, dass er ihnen fast das Bewusstsein nimmt. Sie sind nicht mehr jung. Und es sind so unzählbar viele Erinnerungen und Bilder zweier ganzer Leben, die aufeinandertreffen, sich vermischen und rasend umeinander wirbeln.

Clara hat das Gefühl zu fallen, durch Gustavs Leben zu fallen und sich dabei allmählich aufzulösen. Sie steht auf Korallen im Roten Meer, die ihre Füße zerschneiden, blickt gleichzeitig aus vielen Hundert Metern Höhe von einem Fesselballon auf einen See herab, bekommt einen elektrischen Schlag beim Ausprobieren eines Telegrafen, Fahrtwind im Zug, Rattern der Webstühle, Funken, Funken, wirbelnde Radspeichen, glühende Drähte ... und sieht sich selbst. Das Schlimmste ist sie selbst. Sie sieht sich selbst mit wehenden Haaren auf einen Zug aufspringen, sieht sich torkelnd und fremd lachend radfahren, sieht sich viel zu schön zwischen Eisblöcken in einem weißen Kleid, das sie niemals hatte, sieht sich wie eine fremde Geliebte in Gustavs Leben in München, und sie beginnt, sich in der fremden Clara aufzulösen, der witzigen, schönen, reinen Clara, die immer jung bleibt. Sie fühlt, wie ihr Geist an den Rändern ausfranst wie ein Stück Eis in einer Salzlösung. Sie fühlt, wie sie von dieser anderen Clara ausgelöscht wird.

Gustav sieht: einen großen, unverschämten Jungen und ist unsterblich verliebt in sich. Er sieht sich auf einen Zug aufspringen, und es ist so schön mit ihm, dass es in der Brust schmerzt. Er sieht sich fortgehen, und es ist nicht mehr schön, sondern schmerzt nur noch. Am schlimmsten ist es, als er hört, dass er tot ist. Und dann beginnt Gustav, verlorenzugehen. Immer mehr Bilder kommen, in denen er sich nicht findet. Sommerfeste, Reisen, tausend Morgen mit einem Mann, den er nicht kennt, aber der immer vertrauter wird, Schmerzen, die er noch nie erlebt hat, und danach ein Glück, das er noch nie erlebt hat, als er sich Kinder zur Welt bringen sieht ... er ist nirgends. Er findet sich nicht. Immer schneller hastet er durch Claras Leben, das er zubringt wie sein eigenes, und endlich sieht er sich wieder auftauchen, für einen schönen Augenblick an einem heißen Tag, da ist er schon wieder fort. Er sieht sich selbst älter werden, er lächelt über sich selbst, er sieht sich selbst auf einem Fahrrad fahren und liebt sich zärtlich, wie man ein selbstvergessen spielendes Kind liebt, von dem man nichts erwartet, das immer nur nimmt. Gustav hetzt durch Claras Geist auf der Suche nach der großen Liebe, aber er findet immer nur einen Jungen, der Liebe spielt, bis er sich selbst in Claras Wohnzimmer gegenübersitzt und von der Maschine erzählen hört, graubärtig, mit funkelnden Augen. Er hört sich zu, gelassen und freundlich und voller Wärme, weiß, dass er mitspielen wird, wenn die Maschine ausprobiert werden soll. Er hat nie zu seinen spielenden Kindern gesagt: In Wirklichkeit kann man gar nicht fliegen. In Wirklichkeit kannst du gar nicht zaubern. Und er sagt es auch jetzt nicht.

Da wird es in Claras Haus auf einmal dunkel. Lichtenberg hat eilig gelötet und eilig isoliert, und vielleicht ist die Maschine auch viel zu stark für die Leitungen, die ja nur für vier bis fünf Glühbirnen ausgelegt sind. Die Lötstelle schmilzt, und die Maschine läuft aus. Es hätte nicht länger dauern dürfen.

Sie sind nicht mehr jung. Es dauert Tage, bis sie sich erholt haben. Und obwohl Clara viel stärker um ihr Gleichgewicht kämpfen muss, kommt sie als erste zu Lichtenberg.

»Ich möchte«, sagt sie, »dass du die Maschine aus meinem Haus holst.«

Lichtenberg nickt. Er ist noch sehr blass.

»Du hast mich nie geliebt«, sagt er. Noch immer fassungslos.

»Doch«, sagt Clara nach einem kleinen Schweigen, »ich habe dich immer geliebt. Es gab Augenblicke, da hätte ich alles stehen- und liegen lassen und wäre mit dir gegangen. Aber du hast mich nie geliebt.«

Er will aufbegehren, weil das ist, als würde man die Basis seines Lebens anzweifeln. Aber Clara sieht ihn nur an, lächelt sogar ... sogar liebevoll. Wie immer. Und er weiß, dass sie recht hat. »Ich werde wieder fortgehen«, sagt er dann.

»Natürlich«, sagt Clara.

Lichtenberg steht am Fenster. Als sie das Haus verlässt, sieht er ihr nach. Sie hält sich gerade und geht schnell. Von hier oben kann er keinen Unterschied zwischen der sechzehnjährigen und der fast sechzigjährigen Clara erkennen. Sie geht fort, und er weiß, dass er sie so nie wiedersehen wird. Da greift das Fieber nach ihm, ein Frost, wie er ihn noch nie erlebt hat, schüttelt ihn. Seine Zähne fangen an, aufeinanderzuschlagen und er kann nichts dagegen tun. Er fliegt am ganzen Körper.

»Umsonst«, stammelt er fassungslos zwischen klappernden Zähnen, als er endlich merkt, was geschehen ist, »alles umsonst.«

Er wendet sich vom Fenster ab, schlotternd, wie er es in sechzig Jahren nicht gekannt hat, nicht nach den elektrischen Schlägen, nicht nach dem Schiffbruch im Roten Meer und nicht nach der großen Kesselexplosion. Er irrt durch sein Haus und denkt in Fetzen und Erinnerungen: Sein ganzes Leben hat er für Clara gearbeitet. Aber zwischen seine lärmenden Gedanken sagt ihre Stimme klar in seinem Kopf: nicht für mich, sondern für die Maschine.

»Die Maschine!«, sagt Lichtenberg laut. »Die Maschine!«, ruft er lauter und lauter, er läuft hinüber zur Remise, reißt die Tür auf. Er sieht sich um und greift nach dem Erstbesten, was ihm in die Hände fällt. Es ist nur ein Besen, der dort steht. Dann beginnt er, auf die Maschine einzuschlagen, immer wieder, das Fieber verwandelt sich mehr und mehr in Wut. Der Besen splittert nach den ersten Schlägen, und da holt Lichtenberg einen großen Vor-schlaghammer.

»Umsonst!«, schreit er wie ein Ertrinkender, als er mit einem ungeheuren Schlag das Schwungrad von der Achse drischt. Lichtenberg, der in seinem Leben noch nie eine Maschine zerstört hat, hämmert die Maschine zu Klump, bis nichts, nicht das kleinste Teil mehr ganz ist. Und am Ende steht er da, kann nicht mehr, der Zehnpfundhammer rutscht ihm aus den Händen, und in dem wüsten Haufen zerschlagenen Eisens fällt er auf die Knie und weint. Um sich und um Clara und um seine Maschine. Es ist ein ro-mantisches Jahrhundert voll der großen Gefühle und Taten.

Es braucht ein paar Tage, bis er sich erholt hat und die zweite Maschine aus Claras Haus holen kann. Er zerlegt sie. Die Teile lagert er zunächst in der Remise und lässt sie in den nächsten Tagen vom Schrotthändler für ein paar Mark ab-holen. Er telefoniert mit seinem Hausdiener in Berlin und trägt ihm auf, ihm die Pläne der Maschine zu schicken. Als sie zwei Tage später mit der Nachmittagspost ankommen, verbrennt er sie im Kamin. Es ist Sommer, und die Sonne drückt auf den Schornstein – das ganze Wohnzimmer ist verqualmt. Da lächelt Lichtenberg das erste Mal seit Tagen wieder. Man müsste, denkt er, eine Vorrichtung haben, die an sonnigen Tagen im Schlot den Zug herstellt. Vielleicht einen Ventilator, der von der Sonnenwärme angetrieben ...

Er schüttelt den Kopf und macht sich daran, die Spuren der Maschine aus seinem Leben zu tilgen. Es soll nichts übrig bleiben. Nichts. Er räumt seinen Traum auf. Man kann erst wieder etwas Neues bauen, wenn die Werkstatt sauber ist. Zum Schluss schreibt er einen Brief an das Patentamt, in dem er sein Patent zurückzieht und um die Rücksendung der Unterlagen bittet. Einige Tage später bekommt er die Patentschrift, aber die Rolle mit den Plänen ist nicht dabei.

»Pakete«, erklärt ihm der Briefbote geduldig, »kommen mit Extrapost.«

Aber das Patentamt hat Anweisung, Kosten zu sparen, und deshalb werden nur die Patentschriften zurückgesandt. Es ist ein preußisches, sparsames Patentamt: Die sperrigen Pläne werden gesammelt, um in einem Aufwasch vernichtet zu werden. Damit aber vorher nichts verloren geht, wird ein eigenes Regal eingerichtet. »Zu vernichten«, steht in königsblauer Beamtenschrift auf dem Klemmzettel. Der Zettel vergilbt über die Jahre und geht schließlich verloren, das Regal füllt sich und bleibt. Es wird zwei Kriege überdauern.

Lichtenberg steht das letzte Mal in Claras Haus.

»Auf Wiedersehen, Clara«, sagt er, den Hut schon in der Hand.

»Auf Wiedersehen, Gustav«, sagt Clara, umarmt ihn wie selbstverständlich und küsst ihn, streicht ihm eine Haarsträhne zurück und sagt: »komm wieder.«

»Bestimmt«, sagt Lichtenberg und geht. Doch er geht nicht zum Bahnhof, sondern wie vor über vierzig Jahren als Junge hinaus aus der Stadt und über die Felder.

Es ist das Jahr der Weltausstellung in Paris. Es ist ein eigenartiges Zwischenjahr, das Ende des neunzehnten und der Beginn des zwanzigsten Jahrhunderts. Es ist das Jahr, das die Epoche der Erfinder beendet und das Jahrhundert der Physiker beginnen lässt. Ein Jahrhundert des Zweifelns, in dem nichts mehr sicher sein wird. Noch ist der Dekan des physikalischen Instituts in München ein Mann des neunzehnten Jahrhunderts. Er erklärt Planck bei seiner

Einstellung behaglich, dass er sich wohl bald selbst überflüssig machen wird, denn ... Physik? Ein Erkenntniszweig,
der bereits fast vollständig ist. Und Planck selbst? Es ist das
schwankende Jahr 1900, in dem Planck, zurück in Berlin,
die Quantentheorie aufstellt, die so revolutionär ist, von der
die herkömmliche Physik so auf den Kopf gestellt wird,
dass er selbst die nächsten zehn Jahre nach einer anderen Erklärung für seine Entdeckung suchen wird, weil die
Quantentheorie ... einfach nicht schön ist. Planck ist ein
Mann zwischen den Jahrhunderten. Er will nicht zweifeln.
Aber er muss.

16

Am nächsten Tag begann Ludwig, die Lichtenbergmaschine
auseinanderzunehmen. Es fiel ihm leicht, nachdem er die
Pläne verbrannt hatte. Es war nur noch wie Aufräumen. Die
Fenster standen offen, es war ein kühler Morgen. Während
er methodisch Verbindungen zerlegte, Schrauben löste
und Sprengringe abzog, Röhren, Walzen und Leitungen
sortierte, dachte er über sich und Elsa nach. Er ließ sich
Zeit dabei. Es gab nichts, was jetzt noch eilig gewesen
wäre. Vielleicht musste man warten und geschehen lassen.
Vielleicht war es falsch, aber er hatte nicht das Gefühl, als
sei alles zu Ende. Es war, wie wenn beide den Atem angehalten hätten, gespannt, was jetzt kam. Sie waren in der
Schwebe.

Dann war er fertig. Er sah in das ungewohnt leere Wohnzimmer. Dort, wo die Maschine gestanden hatte, waren die
Dielen fast schwarz. Wasserdampf, gemischt mit Schmieröl,
mit Ruß- und Ascheresten, war immer nach unten abgelas-

sen worden. Die Holzdielen hatten sich viele Male vollgeso-
gen, waren wieder getrocknet, und jetzt hoben sich die brei-
ten Dielen dort dunkelglänzend gegen die helle Umgebung
ab. Das gewaltige Gewicht der Maschine hatte sie über die
Zeit hin ein wenig durchgebogen. Es sah gar nicht hässlich aus, dachte Ludwig, die braunschwarz schimmernde
Wölbung hatte etwas Elegantes. Ob sein Vermieter das
auch so sehen konnte?, dachte er ein wenig ironisch.

Aber dann berührte ihn flüchtig ein Gedanke. Ein
wichtiger Gedanke, und er stand ganz still, versuchte an
nichts weiter zu denken, um ihn zu fassen. Es hatte mit den
Dielen zu tun. Ludwig kniete sich vor die Stelle im Boden.
Sie maß etwa zwei Meter im Quadrat. Er sah gleich, dass
die Dielen aus gutem Holz geschnitten waren. Sie waren
breit und astfrei, man hätte auch Möbel aus ihnen machen
können. Und da war der Gedanke auf einmal wieder. Ganz
klar. Die Gelassenheit war fort. Er spürte, wie eine besondere Erregung in ihm hochstieg, wie die Flut aus dem Sand
des Wattenmeeres, wenn der Wind umsprang, unaufhalt-
sam. Ludwig blieb auf den Knien, zwang sich, das dunkel
durchgefärbte Holz weiter zu betrachten und nachzudenken. Mineralische Öle. Aschensalze. Dampf. Ruß. Was ist
Ruß? Fette. Kohlenstoffe. Salze. Was tun Salze? Kristalle.
Er überlegte. Er wollte sich nicht fortreißen lassen. Es
war Unsinn. Natürlich war es Unsinn. Aber dann dachte
er daran, dass er ja in seinem Wohnzimmer auch eine
Dampfmaschine aufgebaut hatte.

»Es kommt wahrhaftig nicht mehr darauf an«, murmelte
er, wie um sich zu beruhigen. Er ging in den Keller und
holte das Werkzeug wieder nach oben. Er zog die Nägel
heraus. Dann nahm er ein Brecheisen und fing an, die
acht Dielen aus seinem Wohnzimmerboden zu hebeln. Er
stapfte durch den Sand, der zwischen den Balken lag, und

stapelte die Dielen neben sich. Schließlich sägte er sie dort ab, wo die dunkle Färbung wieder ins Helle überging. Die acht Stücke, alle um einen Meter lang, band er zusammen, klemmte sich das Bündel unter den Arm und verließ mit ihnen die Wohnung. Als er die Straßen entlangging, dachte er an sein Wohnzimmer, das nun in der Mitte ein Loch hatte. Aus irgendeinem Grund stimmte ihn das fröhlich.

Fast sieben Wochen, dachte Ludwig, als er vor ihrer Tür stand und einen Zettel herausnahm, den er lange aufbewahrt hatte. Zu lang? Zu kurz? Es gab keinen Grund mehr, länger zu warten.

»Zeit?« stand auf dem Zettel, den er sorgfältig glattstrich und an ihre Tür hängte. Er stellte sich vor, was sie fühlte, wenn sie das las. Es war eigenartig, sich daran zu erinnern, dass sie wusste, was er gefühlt hatte, als er diesen Zettel damals gelesen hatte.

Später war er zu Hause und ging auf und ab. Er hoffte, dass sie nicht lange fort war. Immerhin war sie nicht auf Tournee, das wusste er. Sie musste kommen. Sie würde auf jeden Fall kommen. Wenigstens ein Mal noch. Er setzte sich hin und stand sofort wieder auf. Er konnte nicht stillsitzen. Zwischendurch ging er durch den Flur an die Tür und lauschte ins Treppenhaus. Wie oft heute Leute ein- und ausgingen. Aber als es dann läutete, erschrak er.

»Hallo«, sagte Elsa, als er die Tür öffnete. »Ja«, sagte sie dann, »ich habe Zeit.«

Er spürte etwas von der alten Unsicherheit. Aber dann sagte er: »Schön, dass du da bist«, und lächelte.

»Willst du mich nicht hereinbitten?«, fragte sie, ein bisschen überrascht von seinem Lächeln.

»Nein«, sagte er, »eigentlich müssen wir gleich wieder gehen. Ich will dir etwas zeigen. Kommst du mit?« Jetzt war

Ludwig wirklich aufgeregt. Weil es auf einmal war, als gäbe es nur noch diese letzte Möglichkeit für sie beide.

»Ich denke schon«, sagte Elsa.

Es war ein winddurchwehter Tag, der Wind fuhr durch das frische Grün der Platanen an den Straßen und trieb weiße Wolkenschleier wie Fahnen über den Himmel. Wenige Tage waren so.

»Ein Reisetag«, sagte Elsa in einem Ton, der sich für Ludwig sehnsüchtig anhörte.

Ludwig sah sie fragend an.

»Es sieht alles leicht aus«, erklärte sie, »die Bäume und die Menschen und sogar die Häuser. Ganz schwebend und bewegt. Und der Himmel ist hoch. An solchen Tagen kann man gut reisen, weil man einfach immer weiter gehen kann, ohne Anstrengung. Ich glaube, ich war lange nicht mehr richtig draußen«, setzte sie nach einer kleinen Pause hinzu.

Sie gingen schweigend nebeneinander her. Ein bewegtes Schweigen.

»Wir sind da«, sagte Ludwig schließlich und blieb vor einem Haus stehen. Er öffnete das Hoftor, um sie durchgehen zu lassen.

Sie sah ihn forschend an. »Ludwig!«, sagte sie mit solcher Intensität, dass er stehen blieb, »ist das eine Entscheidung, heute?« Sie stand da, und ihre dunklen Haare waren verweht, und ihr Gesicht war frisch von den Farben des Tages.

Da öffnete er die Hände und ließ die Aufgeregtheit und die Zweifel einfach fallen, so wie es Elsa mit den Dingen tat, die nicht mehr wichtig waren, und auf einmal wusste er, dass er das Richtige getan hatte. »Ja«, sagte er dann nach einem Augenblick.

Sie gingen durch den Hof und in das Hinterhaus und stiegen die Treppe hinauf.

Elsa las das Schild. »Hast du hier die Chrotta her?«, fragte sie.

Ludwig nickte und stieß die Tür auf. »Meister!«, rief er, »Wir sind da.«

Elsa sah sich um. Die Geigen und Gitarren und Violen hingen von der Decke.

»Guten Tag«, sagte der Instrumentenbauer heiter und kam aus der Kammer.

Elsa sah Ludwig verwundert an, dann den Instrumentenbauer und wartete. Der alte Mann lächelte ihnen zu.

»Wir haben ein Geschenk für dich«, sagte Ludwig langsam.

Die Fenster der Werkstatt waren angelehnt, und durch die kleine Brise drehten sich die vielen Instrumente an den Schnüren wie in einem selbstvergessenen, langsamen Tanz.

»Nicht wir«, korrigierte der alte Mann bestimmt und ging zur Werkbank, nahm einen Kasten und brachte ihn Elsa.

Elsa legte ihn auf den Boden und öffnete ihn. Ein weißes Flanelltuch lag als Schutz zwischen Deckel und Instrument, und Elsa nahm es fort. Man hörte, wie sie Luft holte, als sie die Geige sah. Ungewöhnlich dunkel glänzend, im Sonnenlicht an manchen Stellen ein wenig öl-schillernd, so glatt, dass das Holz kühl wirkte, lag die Geige aus Ludwigs Dielen auf dem Futter des Kastens. Elsa fuhr mit den Fingerrücken ganz zart über den Lack, dann hob sie die Geige heraus. Sie nahm den Bogen aus dem Kasten, stand auf, sah Ludwig lächelnd in die Augen und setzte den Bogen in der fließenden Bewegung an, die er so an ihr mochte. Der Ton war so, wie Ludwig ihn selbst mit der Lichtenbergmaschine noch nicht gehört hatte. Elsa lauschte ihm einen Augenblick nach. Und dann begann sie zu spielen. Der Instrumentenbauer und Ludwig standen nebeneinander vor der Werkbank und hörten zu. Es gab keine grellen Bilder und keine Springflut von Gefühlen. Es gab nur Musik. Sie spielte nichts, was er kannte, und er hätte nicht genau sagen können, ob es Jazz oder Blues oder klassisch war. Es war eine Geschichte. Elsa erzählte auf der Geige aus Ludwigs Dielen die Geschichte ihrer Liebe. Davon, wie es war, sich das erste Mal zu treffen, wie es war, miteinander zu schlafen, wie es war, sich um ein Haar zu vernichten, und wie es war, eins zu werden und sich mühsam voneinander zu trennen, um nicht zu vergehen. Sie erzählte davon, was sie träumte, wenn Ludwig nicht da war. Sie ließ die Geige von ihrer eigenen Entstehung erzählen und von einem blauen Tag, und dann war das Spiel zu Ende.

Elsa nahm die Geige vom Kinn und betrachtete sie genau von allen Seiten. »So klingen die großen Geigen«, sagte sie einfach, »solche Geigen kann man heute eigentlich nicht mehr bauen. Was ist das für Holz?«

»Fichte«, sagte Ludwig, »wie jedes Geigenholz. Stradivari hat auch nichts anderes verwendet. Und es kommt aus meiner Wohnung.«

»Keine Reise nach Cremona oder Venedig?«, fragte Elsa und betrachtete dabei die Geige.

»Nein«, antwortete er mit einem kleinen Lächeln in der Stimme, »ich habe mir ... die Lagune in die Wohnung geholt.«

Elsa strich mit der Hand über die Saiten, und es gab einen schönen Klang. Auf dem Lack der Geige und in ihren dunklen Augen spiegelte sich das Frühlingslicht.

»Die Geige passt zu dir«, sagte er. Dann, schneller, als er denken konnte, trat er einen Schritt vor, nahm ihre Bogenhand und küsste sie.

Da sah sie ihn an und lächelte.

»Wollen wir gehen?«

Alles war in Bewegung an diesem Tag. Der Wind spielte mit der Zeit und trieb eine Zeit lang die Minuten schnell vor sich her, dann ließ er sie unmerklich langsam ziehen wie Wolken. Elsa und Ludwig gingen die Straßen entlang und hielten sich an den Händen, und jeder fühlte den anderen. Sonst nichts. Elsa ließ den Geigenkasten an ihrer linken Seite schwingen und genoss die streifende Berührung. Auf einer kleinen Brücke blieben sie stehen. Sie standen mit verschränkten Händen nebeneinander. Der Wind zog an ihren Kleidern, und es war ein Reisetag.

»Vielleicht ist Lichtenberg an so einem Tag fortgegangen und hat gedacht: Die Welt wird leuchten«, begann Ludwig, während er in den Fluss sah und Elsa neben sich spürte, warm und lebendig. »An einem windigen Tag wie diesem. Aus einem Dorf wie ich ... oder vielleicht aus einer kleinen Stadt wie dieser ... und er wird gedacht haben: Ich mache sie leuchten ... So hat Lichtenberg den Weg in die Stadt Berlin genommen. Hat den Kopf voller Träume und voller Maschinen. Und vielleicht denkt er auch an seine kleine Stadt oder sein kleines Dorf und an ein Mädchen und möchte für sie die Welt bewegen.«

Er schwieg und Elsa sagte nach einer ganzen Weile leise, aber fest: »Mir genügt, dass du mein Herz bewegt hast.«

* * *

Der Brief, den Reinhard Mannesmann aus Marokko in das Deutsche Reich schreibt, könnte aus dem Jahr 1906 stammen. Mannesmann kommt soeben mit seiner Karawane, die alles technische Gerät trägt, in Fes, mitten im Atlasgebirge, am Hofe des Sultans an. Als sie die Stadttore passieren, drängen sich die Menschen aus den umliegenden Dörfern schreiend mit hindurch. Sie laufen ihnen schon seit einigen Meilen hinterher. Die orientalische Pracht des neuen Palastes Dar Batha nimmt Mannesmanns Frau Titta den Atem. Das erste Mal, seit sie in Tanger mit der Karawane aufgebrochen sind, hat sie tatsächlich das Gefühl, auf ihrer Hochzeitsreise zu sein und nicht auf einer Expedition. Reinhard Mannesmann ist schon fünfzig, und die junge Titta denkt nicht zum ersten Mal, dass er viel abenteuerlustiger ist als all die jungen Männer, die sie kennt. Deshalb liebt sie ihn. Nur die verrückten alten Herren, die ihn umgeben, liebt sie nicht. Sie schaukelt auf ihrem Kamel und ist froh um den Schleier, den sie tragen muss, denn er hält den Staub ab.

Hinter ihr reitet der alte Voss von Bergen. Das hier war seine Idee. Wie lange sie in Hamburg beraten haben! »Sie müssen dem Sultan ein Geschenk mitbringen«, hat von Bergen gesagt. »Wenn Sie Schürfrechte haben wollen, müssen Sie Geschenke mitbringen. Und viel, viel Zeit.« Reinhard und die Brüder haben gelacht, als sie das gehört haben. Titta konnte ihn von Anfang an nicht leiden. Trotz seines weißen Bartes hat er etwas Leichtsinniges an sich, etwas jungenhaft Spitzbübisches. Aber Reinhard ist mit den Brüdern und von Bergen zum Tierpark Hagenbeck hinausgefahren, in zwei Automobilen. Und jetzt ... sie dreht sich um. Hinter ihr reitet von Bergen und führt an einer langen Leine – wie ein Pferd – einen weißen Elefanten! Manche Einheimische fallen vor dem Tier in den Staub und sie sieht, wie von Bergen lächelt. Einen weißen Elefanten als Geschenk!

Als sie endlich den Palast erreicht haben, sieht sie, wie der Sultan und die Korangelehrten beeindruckt sind, ohne sich das anmerken lassen zu wollen, und muss von Bergen insgeheim recht geben. Er hat ihren Geschmack getroffen. Die Audienz dauert bis tief in die Nacht und dann lässt der Sultan den Gästen Zelte anweisen. Zelte!, denkt Titta verächtlich, als von Bergen sich während des Essens zu ihr neigt und aus dem harten Französisch übersetzt. Aber als sie spät nachts zu ihren neuen Wohnungen geführt werden, steht der Mond hell am afrikanischen Himmel, und Titta hält den Atem an, als sie ihr Zelt sieht. Es ist so hoch wie ein Haus und sicher um die fünfzehn Meter lang. Als die Diener schweigend die schweren Stoffe vor dem Eingang auseinanderschlagen und sich fast zum Boden verbeugen, kommen die Deutschen sich auf einmal vor, als wären sie in der Schatzkammer eines orientalischen Märchens. An den Zeltwänden hängen seidene Teppiche dicht an dicht, silberne Zierdolche und schwere Reitersäbel, Flinten und Silberteller funkeln aus reichverzierten Truhen, überall stehen silberne Leuchter, und in der unbewegten Luft des Atlasgebirges brennen die Kerzen hell und ruhig. Titta steht still, und sogar Reinhard und von Bergen sind überwältigt. Dann geht Titta ganz langsam in die Mitte des Zeltes, wo drei Stämmchen aus dem Boden in die Kuppel des Zeltes wachsen. Im Rauchloch über ihnen stehen die Sterne. »Das sind Apfelsinen«, sagt Titta langsam und greift nach den Früchten. »Hunderte von Apfelsinen!«

»Na«, sagt Reinhard Mannesmann lachend, »ist das ein Hochzeitsgeschenk?«

Da zieht von Bergen sich diskret zurück.

In den nächsten Wochen und Monaten werden die Brüder Mannesmann und von Bergen fast zu Marokkanern. Man kann sie nicht mehr von den Einheimischen unterscheiden, wenn sie in der Landestracht auf den kleinen, schnellen Pferden in einer Wolke von Sand durch die Ebenen am Fuß des Atlasgebirges stieben. Sie gehen mit dem Sultan auf Jagd und schießen wie die Teufel. Der alte von Bergen reitet wie ein junger Draufgänger, und der Sultan, der niemals weiß, wer Freund und wer Bruder von Reinhard Mannesmann ist, beginnt die Familie trotz der Warnung seiner Korangelehrten zu schätzen.

Max Mannesmann ist ungeduldig: »Was ist mit den Schürfrechten?«, fragt er. »Wir müssen den Sultan fragen. Die Franzosen kommen uns zuvor.«

Von Bergen winkt ab: »Sie wissen, dass Ungläubigen die Augen ausgestochen werden, wenn sie unerlaubt schürfen?«, fragt er Max.

Titta findet von Bergen unerträglich herablassend. Immer weiß er alles besser. »Du kennst ihn doch eigentlich gar nicht«, sagt sie eines Abends zu Reinhard. Die Mücken sirren nervenzerreißend hoch, Titta fühlt sich fast etwas fiebrig.

»Ach«, sagt Reinhard, »du siehst doch, er kennt sich aus.« Aber es ist wahr, so richtig weiß Mannesmann nicht, was von Bergen wirklich bewegt hat, mit nach Marokko zu kommen. Er ist kein Hochstapler, das ist sicher, denn er kennt sich mit allem aus: mit Bergbau und Automobilen, mit Kraftmaschinen und Elektrizität, und er spricht mindestens vier Sprachen. Aber woher kommt er? Mannesmann erinnert sich, dass von Bergen die Zusammenarbeit mit Rathenau erwähnt hat, und so schreibt er eines Tages zwischen Jagden und Festessen und heimlichen geologischen Erkundungen in den Bergen an Emil Rathenau. Er kleidet die Erkundung, die ihm doch etwas peinlich ist, in eine Bitte um technischen Rat in Bezug auf seine Gaslampen: »Sehr verehrter Herr Rathenau«, schreibt er, »Voss von Bergen, Ihr langjähriger Mitarbeiter, hat mich ermutigt, mich an Sie in einer heiklen Frage um Rat zu wenden ...«

Erst vier Wochen später kommt Antwort – Marokko ist noch immer ein wildes Land. Rathenaus Brief ist kurz und verwundert, er gibt technischen Rat, aber setzt knapp und in fast unwirschem Ton auseinander, dass er nie einen von Bergen beschäftigt habe. Es müsse eine Verwechslung vorliegen. Der einzige Mann, auf den die Beschreibung passe, sei Anton Berglund, den er aber seit Jahren nicht mehr gesehen habe. Als Reinhard Titta den Brief zeigen will, findet er sie zitternd im Zelt. Malaria. Sie hält die Hitze kaum aus. Von Bergen kommt und bleibt. Er hat Chinin dabei und gibt es ihr in kleine Papierfetzen gewickelt. Ihr Durst ist unerträglich, und wenn Reinhard fort ist, bleibt der Alte bei ihr. Später verschwindet er für ein paar Stunden, und als er wiederkommt, hat er ein wenig Fruchteis in einer beschlagenen Silberschüssel dabei. »Hier«, sagt er und sieht zu, wie Titta erlöst von dem Eis nimmt.

»Eis?«, fragt Mannesmann von Bergen leise, als Titta schläft, und hebt bewundernd beide Augenbrauen.

»Ich habe bei Linde gearbeitet«, sagt von Bergen wie zur Entschuldigung.

Nach Wochen, als Titta wieder gesund ist, fällt Reinhard das wieder ein und er schreibt einen zweiten Brief, diesmal an Carl Linde, obwohl er die Antwort schon ahnt.

Nein, liest Mannesmann im Schatten der Stadtmauer von Fes einige Wochen später, einen von Bergen habe Linde nie gekannt. In München habe er einen Assistenten gehabt, Wilhelm Altenberg, der in La Plata verschollen sei, damals, beim Bau der Kühlhalle.

Als sich Mannesmann umdreht, um wieder auf sein Pferd zu steigen, steht von Bergen hinter ihm, die Zügel seines Pferdes in der Hand.

»Wichtige Post?«, fragt von Bergen lächelnd.

Mannesmann zögert einen Augenblick. Aber dann denkt er an die Jagden und an den weißen Elefanten und an die Nächte, die von Bergen an Tittas Bett verbracht hat, und schüttelt den Kopf. »Nein«, sagt er und knüllt den Brief achtlos zusammen, »nichts von Bedeutung. Wer zuerst am Zelt ist!«, ruft er, und beide schwingen sich trotz ihres Alters wie Jungen in die Sättel und stieben davon.

In dieser Nacht wacht Titta auf und lauscht. Neben ihr atmet Reinhard schwer und tief. In der Stille hört sie Hufschlag. Ruhig und sicher am Zelt vorbei, dann ganz leises Geklirr wie von übereinandergelegten Steigbügeln. Das Pferd fällt in Trab, doch es ist schon so weit weg, dass die Mücken lauter sind. Am nächsten Morgen, als die Sonne aufgeht, finden Titta und Reinhard auf ihrem niedrigen Frühstückstisch unter nassen Tüchern eine silberne Schale mit einem kleinen Berg Orangeneis. Von Bergen sehen sie nie wieder. Seine Spur im Sand ist längst verweht, wie immer.

*

Verführerisch

Ewald Arenz
Der Duft von Schokolade
Roman, Hardcover
270 Seiten
ISBN 978-3-7472-0437-5

»Es ist mehr als Nahrung für die Seele, es ist ein Festmahl!«
Brigitte
»Ewald Arenz weiß zu verführen!«
freundin

Gnadenlos schwarzer Humor

Ewald Arenz
Ehrlich & Söhne
Roman, Hardcover
424 Seiten
ISBN 978-3-7472-0468-9

»Ein unterhaltsamer Familienroman, in dem sich die Feier eines stolzen
Individualismus und das Loblied auf eine wie Pech und Schwefel
zusammenhaltende Familie nicht ausschließen.«
SWR 2